D1105125

El Anillo de Rocamadour

El Club de las Chaquetas Rojas

El Anillo de Rocamadour

El Club de las Chaquetas Rojas

Michael D. Beil

Traducción de Raquel Vázquez Ramil

Rocaeditorial

Título original: *The Red Blazer Girls. The Ring of Rocamadour*

Primera edición: septiembre de 2011

© de la traducción: Raquel Vázquez Ramil
© de esta edición: Roca Editorial de Libros, S.L.
Marqués de l'Argentera, 17. Pral.
08003 Barcelona
correo@rocaeditorial.com
www.rocaeditorial.com

Ilustración: Carlos Martín.
Diseño de portada: Mario Arturo.
Impreso por Egedsa
Rois de Corella, 12-16, nave 1
Sabadell (Barcelona)

ISBN: 978-84-9918-346-6
Depósito legal: B.25.336-2011

¿A QUE ES MISTERIOSO?

Para Laura

CAPÍTULO 1

En el que entro en un universo alternativo, donde hombres hechos y derechos leen *Cosmopolitan*, y gigantescos gatos domésticos deambulan por pasillos sagrados

Desde que tengo memoria le he dicho a todo el mundo que quiero ser escritora, y no se trata de un vago sueño. Siempre he sido una chica muy activa, y mi disco duro está a punto de reventar con los productos de mi ambición: un montón de cuentos casi-acabados-pero-no-del-todo y, al menos, tres novelas (esta vez es la definitiva, de verdad). Por desgracia, todo lo que he escrito (hasta el momento, claro) está gafado. «¡Escribe sobre lo que conoces!», me decía todo el mundo de pequeña. Un consejo excelente, al que no hice el menor caso. Y me empeñé en escribir sin parar, llenando páginas y más páginas con personajes y lugares sobre los que me había pasado la vida leyendo, en vez de describir las personas y lugares que eran mi vida. Pero todo cambió cuando miré por la ventana en la clase de inglés del señor Eliot, y grité. De pronto nació mi propia historia.

El relato empieza en septiembre, al iniciar mi primer curso de secundaria en el colegio Santa Verónica, situado en el Upper East Side de Manhattan. Sí, lo sé, suena muy pijo, tanto como uno de esos colegios de las películas de la tele, pero creedme, no es así. Os garantizo que no soy rica y mis amigas tampoco. Santa Verónica es un agradable colegio de chicas, corriente y moliente, que por pura casualidad está en un barrio elegante. Por supuesto, llevamos falda escocesa y una preciosa chaqueta roja, y claro, también corretean algunas monjas por el edificio, pero no hay limusinas aparcadas fuera, ni helicópteros en el tejado, ni nada por el estilo.

En la clase de inglés del señor Eliot estamos estudiando *Grandes esperanzas* y leemos el primer capítulo en voz alta por turnos. En estos momentos le toca a Leigh Ann Jaimes, una lectora muy apasionada; algún día ganará un Oscar. Cuando lee, parece una de esas fabulosas audiciones de Broadway en las que nace una estrella. *Grandes esperanzas*, «la mejor novela de todos los tiempos» según nuestro profesor, empieza con una escena espeluznante: una fría niebla matutina envuelve un cementerio parroquial, mientras el pobre huerfanito Pip se acerca a la tumba de sus padres. Como Leigh Ann vuelca el corazón en cada palabra, no me cuesta imaginar la bruma que impregna las lápidas, borrosas debido al paso del tiempo, y siento el aire helado y pegajoso, oigo el crujido de los árboles agitados por el viento y casi me caigo de la silla mientras ella lee: «¡Silencio! ¿Por qué vienes aquí a hacer ruido? –gritó una voz terrible al tiempo que un hombre salía de entre las sepulturas que había junto al pórtico de la iglesia–. ¡A ver si te callas, granuja, o te degüello!».

Lanzo un grito ahogado, pero bien audible.

Leigh Ann y todas las demás vuelven la cabeza y me miran.

–¿Ocurre algo señorita Saint Pierre? –pregunta el señor Eliot, observándome por encima de las gafas y disimulando una sonrisa. El señor Eliot es uno de esos profesores simpáticos, pero un poco bobos: siempre está haciendo chistes ingeniosos que solo él entiende. Su nombre de pila es George, lo cual lo explica todo. ¿Lo entendéis? Sí, George Eliot, como la novelista, aunque esta era en realidad una mujer llamada Mary Ann Evans. ¡Uish!

Me pongo colorada… un poquito, y aclaro:

–Estoy bien. Gracias por su interés. –Mejor dejarlos con la duda; es lo que siempre hago.

El profesor indica a Leigh Ann que continúe.

Al otro lado del aula mi mejor amiga, Margaret Wrobel, luce su enorme sonrisa y, moviendo los labios, me deletrea las palabras «respira hondo», que es lo que me dice cuando me altero demasiado, estoy demasiado asustada, demasiado nerviosa o demasiado lo que sea. Soy muy temperamental; por lo visto no tengo el gen «pasota». En mi mundo todo es importante.

Margaret, precisamente, lee a continuación, y su versión de Dickens está aderezada con una pizca de acento polaco, reminiscencia de los primeros siete años de su vida que pasó en los alrededores de Varsovia. Desvío los ojos un instante y contemplo las cristaleras de colores y los muros de piedra gris de la iglesia de Santa Verónica, separada del colegio por un patio de unos escasos diez metros de ancho.

Y entonces grito otra vez. En esta ocasión me sorprendo tanto como el resto del aula, tal vez con la excepción del pobre profesor.

–¡Sophie! ¡Por amor de Dios! Ya sé que es un libro emocionante, pero procura controlarte, por favor.

–Lo siento, señor Eliot. Es que acabo de ver… –Señalo el ventanal de la iglesia, pero lo que me ha hecho gritar ya no está.

–¿Qué has visto?

–Nada, nada. Me ha parecido ver algo; debía de ser una paloma.

–¡Caramba! ¿Y qué estaba haciendo la dichosa paloma?

Suena el timbre (¡yupi!), recojo mis libros en silencio y miro disimuladamente hacia la ventana, esperando atisbar por segunda vez lo que he visto en un fugaz destello.

Margaret y yo vamos hacia la taquilla que compartimos.

–¿De qué iba todo eso? –me pregunta cuando nos apartamos del grupo al salir del aula.

–He visto algo –susurro.

–Algo como... ¿un muerto? –susurra ella a su vez.

Rebecca Chen asoma la cabeza entre mi amiga y yo.

–¿Qué ocurre? ¿A qué viene tanto murmullo?

–Sophie dice que ha visto algo terrible por la ventana en clase de inglés; incluso ha gritado.

El interés de Rebecca aumenta inmediatamente, y pregunta:

–¿De verdad has gritado en clase? ¡Genial!

–He visto una cara en la ventana; en la ventanita redonda esa de la iglesia. Venid, os la enseñaré.

Volvemos al aula 503, en ese momento vacía, y repetimos la escena.

–Yo estaba sentada aquí y, aunque ha durado una milésima de segundo, la he visto, clara como el agua: la cara de una mujer, muy pálida, casi blanca, de cabello largo y canoso.

–Te debes de haber quedado dormida –afirma Rebecca–. Habrá sido un sueño.

–No, no; estaba muy despierta. ¿Sabes cuando manejas el mando a distancia de la tele, zapeando de un canal a otro a toda velocidad, y de vez en cuando ves algo… algo que reconoces, como un chico guapo, una escena de tu episodio favorito de *Seinfeld*, no sé, cualquier cosa, y aunque solo lo veas un instante, se te queda grabado? Pues eso es lo que me ha ocurrido.

–Sophie, estamos en la quinta planta –observa Margaret–, lo que equivale a doce metros de altura, y la ventana está más arriba de donde nos hallamos nosotras; debe de ser la de un desván o algo así. Perdona, pero resulta muy improbable que hubiese una señora ahí.

–¡A menos que fuese un fantasma! –Rebecca se emociona por momentos–. ¡O alguien atrapado o retenido en una habitación secreta, como en *El hombre de la máscara de hierro*!

Margaret, la persona más lista que conozco, no deja pasar la ocasión de hacer una apropiada alusión literaria:

–Tal vez sea alguien que se refugia en la iglesia, como Quasimodo. Ya sabéis, *El jorobado de Notre Dame*.

Hacía un par de años que el padre de Margaret había rescatado una colección completa de Clásicos de Harvard que un imbécil de su vecindario había tirado a la basura. Mi amiga convirtió entonces la lectura de los setenta volúmenes en una de las misiones de su vida.

–Chicas, hablo en serio. Sé que no me creéis, y lo comprendo, pero os juro que la he visto. Lo raro es que, aunque ha sido muy rápido, me ha dado la impresión de que quería decirme algo.

–¿Como qué? –pregunta Rebecca con los ojos como platos.

–Que necesitaba ayuda o algo similar. –Espero a que se burlen de mí.

–Escucha, Soph, te conozco bien y sé que no habrías gritado si no hubieras visto algo extraño, o sea que si dices que la has visto, te creemos. ¿Verdad, Rebecca?

La aludida no parece muy convencida, pero asiente:

–Vaaaalee. Sí, claro. Por supuesto que sí. Te creo. Pero ¿sabéis que os digo?: que me muero de hambre. ¿Por qué no vamos a comer?

–Bec, por favor. La comida puede esperar; tenemos una misión. Mira, llevo una barrita de cereales en el bolso, una delicia de avena y nueces, y es toda tuya.

–¿En serio? ¿Opinas que debemos ir ahora mismo?

–Yo soy capaz de saltarme la comida, sobre todo la comida del colegio, a cambio de una mínima aventura.

–¿Por qué esperar? Si se trata de un fantasma, tal vez sea el único día del año en que aparece, no sé, como en el aniversario de su asesinato. Tenemos que ir ahora.

Rebecca se anima ante la mención de un asesinato y acepta:

–De acuerdo, pero he de regresar para llegar puntual a clase de inglés. Ayer entré diez segundos después de que sonase el timbre y el señor *Smelliot* me puso mala cara. Creo que no le caigo bien.

–Tenemos tiempo de sobra: treinta y cinco minutos –comenta Margaret–. Además, al señor Eliot le cae bien todo el mundo.

–Dame la barrita de cereales –exige Rebecca–. ¡Bah! No me extraña que estés hecha un fideo.

Margaret es quien nos guía. Sabe cómo entrar en la iglesia: por una puerta ante la que he pasado miles de veces sin preguntarme ni por casualidad qué había al otro lado; luego hay que subir por una estrecha escalera iluminada por una simple bombilla. En la parte superior de la escalera, Margaret empuja otra puerta (que gime como un viejo gruñón) y, de pronto, nos encontramos en el vestíbulo de la iglesia, apenas a dos metros del guardia de seguridad.

El hombre se peina los abundantes cabellos canosos en punta, al estilo de los años cincuenta, muy cortos en la coronilla. Me dan ganas de ponerle un jarrón encima. Levanta la vista de algo tan sorprendente como el último número de la revista *Cosmopolitan*.

Margaret se dirige a la mesa del guardia, y lo saluda:

–¡Hola! Somos alumnas de Santa Verónica y queremos saber si podríamos echar un vistazo a la iglesia. Por supuesto, venimos aquí a misa, pero nunca tenemos tiempo de ver bien el edificio. ¿Nos deja?

El hombre se pone una mano junto a la oreja izquierda, en la que lleva un audífono bastante grande.

–Repítelo. No te he entendido bien.

–¿PODEMOS ECHAR UN VISTAZO? SOMOS DEL COLEGIO. –Margaret señala el emblema de su chaqueta.

El hombre, que usa unas gruesas gafas repletas de huellas, entrecierra los ojos y, escrutándola, responde:

–El colegio está a la vuelta de la esquina. –Me fijo en que está haciendo el test del *Cosmopolitan*: «¿Agresiva o ingenua?».

–Dejadme a mí. –Me acerco a la oreja desprovista de audífono, y digo–: Disculpe. –No responde–. ¡DISCULPE! –El hombre me mira y le enseño mi cámara–. SOLO QUEREMOS ECHAR UN VISTAZO Y HACER ALGUNA FOTOGRAFÍA. ¿PODEMOS?

–Nada de fotografías. –Y pasa a una página que dice: «Cuando no es una cosa, es otra y, si no, tu madre». (Tomo nota del tema para estudiarlo en el futuro.)

–Eso sí que ha estado bien –admite Rebecca, mientras abrimos la puerta de dos hojas y entramos en la iglesia propiamente dicha.

–Si no le damos el pego, es que somos las peores fisgonas del mundo –afirma Margaret.

La iglesia de Santa Verónica es espectacular y la verdad es que me apetece «fisgonear» un poco. Pero Margaret está muy atareada.

–Tenemos que encontrar la forma de subir ahí arriba. –Señala una serie de arcos que se alzan, a más de diez metros de donde nos hallamos, en la pared frontal de la iglesia–. Si miramos desde el aula del señor Eliot, queda a esa altura, más o menos.

–¿Cómo se llama esta parte del templo? –pregunto.

–La parte más larga que va desde la puerta hasta el altar, donde el techo es más alto, se llama nave. Y esta zona en la que estamos, que cruza la nave, es el transepto. –Subraya el prefijo «trans» para que yo lo asimile. (A Margaret se le da muy bien el vocabulario: las raíces, los prefijos y todo ese rollo)–. Si miras la iglesia desde arriba, tiene forma de cruz.

–Nunca me había fijado. Sin embargo, es lógico. ¿Y cómo sabes tanto?

–Gracias a Victor Hugo.

–¡Aaah! Gracias a Dios y a los Clásicos de Harvard.

–Amén –concluye Margaret–. ¿Veis esos confesionarios? –Señala los tres recintos de madera idénticos ante los que los fieles exponen sus pecados. (Aprovecho para deciros una cosa: a veces «adorno» mis propias confesiones para recibir una penitencia mayor. Patético, ¿verdad? En resumen, soy tan buena que aburro)–. Bien, ahora mirad a la derecha. ¿Veis una puerta? Pues debemos empezar por ahí.

No nos preocupa mucho Robert, el guardia de seguridad (lo de guardia y seguridad entre comillas, más bien), pero procuramos fingir indiferencia mientras vamos hacia la puerta elegida. Está junto a un cuadro, a la derecha de la iglesia, y de súbito nos interesa muchísimo aquella obra de arte. La puerta es sólida, de madera maciza muy tallada, provista de una alambicada reja de hierro sobre una cristalera en la que aparece pintado un cáliz dorado.

–El Santo Grial; muy a lo Monty Python. –Rebecca adopta un acento francés macarrónico y cita una de sus frases favoritas–: Pedorretas para todos vosotros en general.

Nos reímos porque, hay que reconocerlo, decir la palabra «pedorreta» en una iglesia es muy feo y tiene mucha gracia.

A continuación pongo la mano en el pomo de la puerta, miro a Margaret y cuestiono:

–¿Qué te parece?

Ella está nerviosa pero decidida. Cree que sus padres la matarán si se mete en un lío. Sin embargo, toma aliento y, suspirando, dice:

–Adelante. ¡Vamos allá!

Giro el pomo. No se abre.

–¿Y ahora qué?

–Veamos. –Se arrodilla delante de la puerta–. Esta cerradura es antigua. Rebecca, ¿puedes abrirla?

Rebecca se arrodilla junto a Margaret, examina la cerradura y le pide:

–¿Tienes una horquilla?

–Viene alguien –advierte Margaret, levantándose de repente–. Hagamos como si estuviésemos admirando el cuadro.

Un hombre de mediana edad, que viste un traje de color chocolate demasiado grande para él, surge de detrás del altar y se dedica a colocar bien las velas y a arreglar las mechas. Margaret tose, el hombre alza la vista y se sorprende al vernos.

–Buenas tardes, jovencitas. –Se acerca y contempla el cuadro de la sexta estación del viacrucis: *La Verónica limpia el rostro de Jesús*–. Bonito, ¿verdad? Refleja el peso de las cargas que abruman a Cristo, ¿no os parece? Es el que más me gusta.

Como he pasado el suficiente tiempo visitando con mis padres los museos de Nueva York y París, tengo una ligera idea de lo que es arte del bueno, y este no lo es. Rebecca, la más artística de nosotras, lo sabe muy bien. Pero todas asentimos.

–Estamos haciendo un trabajo escolar. Por casualidad, ¿sabe usted quién lo pintó? No está firmado.

¡Oh, sí, mi amiga Margaret tiene mucha labia!

–No es de un pintor famoso. Por desgracia, no podemos exponer obras de arte de verdadero valor. Nos robaron unas cuantas pinturas de artistas más conocidos. Es increíble…, ¿verdad? ¡Robar en una iglesia! Las catorce estaciones del viacrucis fueron pintadas en los años treinta por un feligrés, un tal señor Harriman. Hay más cuadros suyos en la rectoría; la mayoría de ellos son copias de Caravaggio. –(Copias malas, apuesto el cuello)–. Su nieta, Elisabeth, también es feligresa de esta iglesia; de hecho, vive al lado. –Levanta una esquina del cuadro y lo aparta de la pared para examinar el dorso–. Ah, ahí está: «M. Harriman, 1934». –Nos tiende la mano y nos dedica una agradable sonrisa–. Soy Gordon Winterbottom, diácono.

Sonrío con educación mientras le estrecho la mano con la firmeza que mi padre me ha enseñado.

–Hola, yo soy Sophie Saint Pierre, y estas son Margaret Wrobel y Rebecca Chen.

Mientras el hombre saluda a mis amigas, me fijo en él. No solo el traje le queda demasiado grande, sino que también la piel –del color del queso rancio– le va dos tallas mayor, pues le cuelga formando pliegues alrededor de las mejillas. Aunque apesta a tabaco, parece muy agradable. «No hay que tener prejuicios», me digo. Mi padre fue un fumador empedernido hasta que mi madre se quedó embarazada de mí, y no para de decirle que sus dolores de parto no fueron nada comparado con lo que él sufrió para abandonar el hábito.

–Encantado de conoceros, chicas. ¿Sois de secundaria?

–¿Esa pinta de despistadas tenemos? –replico.

El hombre se ríe, con una risa que a medias es carcajada, y a medias, tos de pulmones congestionados.

–No, no es eso –explica–. Lo digo por las chaquetas, porque las de las alumnas de bachillerato se ven bastante gastadas. Vuestras solapas, en cambio, están planchaditas y en perfecto estado.

El tipo es listo. Resulta que una semana antes todas las alumnas del último curso de primaria participamos en la compleja «ceremonia del día de la chaqueta» de Santa Verónica, en la que cambiamos los chalecos rojos de lana que se llevan en esa etapa escolar por las faldas escocesas y las chaquetas de deslumbrante color rojo (oficialmente carmesí) propias de secundaria, con el emblema que proclama *Maiestas et dignitas*. Muy guay. De verdad.

–En efecto, nuestras chaquetas son nuevas –admite Margaret–. Caramba, podría ser usted detective.

–A lo mejor me he equivocado de vocación –dice él haciendo un guiño desenfadado–. Bueno, os dejo con vuestras investigaciones. Si tenéis alguna duda, preguntadme. Naturalmente, no sé todas las respuestas; al fin y al cabo no soy más que un diácono. Pero tal vez pueda ayudaros uno de los sacerdotes.

Un momento. ¿Hay un matiz de sarcasmo en su voz o es solamente la típica actitud que se emplea en Nueva York? Percibo un rastro de acento de Brooklyn.

–Gracias –digo–. Creo que tenemos todo lo que necesitamos.

–Al menos de momento –añade Margaret. El hombre regresa al altar, mientras Rebecca tuerce mi horquilla del pelo y la convierte en una llave improvisada; poco después oímos un clic.

Ella nos mira sonriente. Gira el pomo de la puerta y la abre unos centímetros, lo suficiente para mirar qué hay al otro lado. De pronto ahoga un grito y cierra de golpe.

–¡Dios mío!

–¿Qué ocurre? ¿Qué hay ahí dentro?

–¡Habéis picado! –exclama, riéndose de nuestras expresiones de susto.

Margaret muestra su enojo y, empujando a Rebecca, le espeta:

–Muy graciosa. Déjame ver.

Rebecca comprueba que la puerta no se cierre detrás de nosotras, y la mantiene abierta.

–Usted primero, señora.

Margaret se adelanta, muy decidida, y Rebecca y yo nos adentramos tras ella en lo desconocido. Cuando Rebecca cierra la puerta, nos quedamos a oscuras. El ruido de Lexington Avenue llega hasta la iglesia, pero al traspasar aquella puerta reina un silencio tal que oigo los alterados latidos de mi corazón. Una fría corriente de aire se cuela entre los muros de piedra y vibra en la oscuridad. Rebecca me da un codazo, y señala a mis pies la imagen del cáliz pintado en la vidriera, que se refleja en el suelo gracias a la tenue luz del templo.

–Esto se parece más a Indiana Jones que a los Monty Phyton –susurro notando que se me pone la carne de gallina.

La iglesia no es muy antigua, pues fue construida en 1900, pero tengo la sensación de estar penetrando en la Edad Media. El suelo, las paredes sin ventanas y el techo abovedado son de piedra muy tosca; se asemeja más a una cueva que a un corredor. En las últimas vacaciones estivales, mis padres me llevaron a ver unas catacumbas situadas bajo una iglesia de París, donde había miles de personas enterradas; se me pusieron los pelos de punta, y no me apetece nada descubrir algo semejante en Santa Verónica.

Margaret nos adentra aún más en el abismo.

–Debe de haber otro corredor exactamente encima de donde estamos –nos dice.

–O una cripta –puntualiza Rebecca, reavivando mi temor a tropezar con un montón de sepulturas.

Y de pronto ahí está: una escalera sumamente oscura, de techo bajo, retorcida, estrecha y aterradora.

–¿Créeis…? –Rebecca quiere preguntar algo, pero en cuanto pronuncia la primera palabra, los pies de Margaret son la única parte visible de su cuerpo.

Subimos, dando vueltas y más vueltas, hasta que llegamos al final de otro corredor, apenas iluminado por dos ventanas del tamaño de troneras, cubiertas de mugre y encajadas en los muros de medio metro de grosor. Al limpiar un poco la porquería de la ventana más próxima y dar un vistazo, ¡veo mi pupitre en el aula del señor Eliot! Voy a la otra ventana y compruebo que la han limpiado hace poco.

–*Regarde!* –exclamo.

–¡Inconcebible! –dice Rebecca.

–Una prueba concluyente –tercia Margaret.

En ese momento, al final del pasillo, los goznes de una puerta chirrían con un breve *ñeeec.* Miramos con gran atención el rayo de luz que procede del interior de la habitación tras la maciza puerta de madera, y al enorme gato anaranjado que se cuela por la abertura. El animal, casi del tamaño de un coche pequeño, avanza unos pasos hacia nosotras, aunque no nos ha visto. Pero al detectarnos arquea el lomo, se le ponen los pelos de punta –como los de mi nuca–, y suelta un aterrador maullido, despectivo, chisporroteante y gruñón.

–¡Lárgate, bicho! ¡Fuera, vete! –grita Rebecca, retrocediendo–. No creo que nos caiga bien. –Da la vuelta y se dirige a la escalera.

Margaret y yo la seguimos, pero de repente oímos algo: la voz de una mujer, cuyo acento es muy parecido al de la madre de Margaret. ¿Polaco? ¿Ruso tal vez?

Freno en seco.

–¡Escuchad! –Aguzamos el oído para captar la voz procedente de la estancia que hay tras aquella puerta.

–... No sé dónde lo encontró, pero no cabe duda de que le pertenece a él. Dijo algo sobre una tarjeta o una carta, y que tenía que ir a la biblioteca del colegio. Tal vez sea lo que hemos estado esperando todos estos años. Y ya va siendo hora. Dudo que logre seguir aguantando a ese viejo tostón.

Margaret y yo intercambiamos una mirada: ¿la biblioteca del colegio?

–Un momento, un momento –continúa la voz, que suena agobiada–. Está buscando a ese maldito gato; seguro que el bicho ha vuelto a salir. Tengo que ir... Ah, ahora sube la escalera. –Oímos colgar el auricular de un teléfono. Estamos atrapadas entre la puerta abierta, la que –o lo que– sube por la escalera y el terrible felino.

Entonces llega hasta nosotros la segunda voz, que pertenece a una mujer mucho mayor:

–¿Me ayudáis a coger a mi gatito? Le gusta bajar por esa vieja escalera.

Me vuelvo con lentitud para ver a la dueña de la voz: ¿Hay una Quasimoda entrada en años con el hacha recién afilada pendiendo sobre mi cabeza? ¡Qué va! Ante mí se halla una minúscula señora mayor, cuyos largos y lisos cabellos parecen de un blanco inmaculado en el oscuro pasillo, pero tiene la piel muy tersa y sin arrugas, lo cual dificulta adivinar su edad. ¿Cincuenta años? ¿Sesenta? En cuanto a la ropa, da la impresión de ser una especie de hippy de los sesenta: lleva una túnica larga teñida, adornada con seis o siete collares de cuentas de diferentes colores, y unas sandalias Birkenstock. Es la mujer de la ventana. No me cabe duda.

Debo de poner una cara de susto tremenda, porque la mujer me sonríe con dulzura y me consuela:

–No pasa nada, cariño. No voy a haceros daño. Aunque quisiera, no creo que pudiese.

El bicho, que se interpone entre nosotras, ruge como si quisiese decir: «Pero yo sí puedo».

–¡Oh, no le hagas caso! –dice ella cuando yo retrocedo–. Es un carcamal con un corazón de oro; mucho bufido, pero no mata ni a una mosca. Debí de olvidarme de pasar el pestillo de la puerta, y se escabulló. Fue a ti a quien he visto hace poco, ¿verdad? Siento haberte asustado. ¡Qué detalle de tu parte venir a verme!

–No me asustó –miento–. Solo me sorprendió... un poquitín.

–*Teazle* sabía que vendrías; lleva toda la mañana enredando, y es la segunda vez que lo encuentro en el pasillo. Tal vez no nos hubiésemos conocido si no fuese por él. Siempre lo he considerado un poco adivino; debe de ser la reencarnación de mi querida tía abuela Maysie. Ella sí que tenía poderes: predijo el crac de la bolsa en el veintinueve. Su padre nunca le perdonó que no se lo hubiese dicho.

Desorbitados los ojos, Margaret aparece por fin en el recodo de la escalera; Rebecca va pegada a sus talones.

–Bueno, hola a todas. Soy Elizabeth Harriman, y este viejo monstruo es *Teazle*. –Lo coge del suelo, sosteniéndolo como solía hacer yo con mis muñecas: con las patas colgándole casi hasta el suelo. Aún temblando y harta del gato, apenas le rozo la mano cuando nos presentamos.

–¿Os apetece entrar a tomar una taza de té?

¿Entrar dónde? ¿De dónde ha salido ella?

–Hum, Sophie, faltan dos minutos para que suene el timbre –se atreve a decir Rebecca.

–¡VAYA! –exclama la señora Harriman–. Bueno, podéis venir después de las clases, ¿verdad? Tengo que pediros algo muy importante.

Las tres nos miramos.

–¿Os apuntáis, chicas? –pregunto.

–Sí, claro –responde Rebecca.

–Por supuesto –se suma Margaret.

¿En serio? ¿En qué nos vamos a meter?

–¡Qué bien! ¿Os parece que quedemos a las tres en punto?

–¿Tenemos que venir aquí? –Miro con prevención el pasillo en penumbra.

–¡Oh, no, no! Llamad a la puerta principal de mi casa, en la calle Sesenta y Cinco; es la que está al lado del colegio. Mi casa es el antiguo convento, de la época en que había más monjas. Por eso se comunica con la iglesia. Es la puerta de color rojo brillante, como vuestras chaquetas; seguramente habéis pasado por delante de ella miles de veces. Llamad al timbre. *Teazle* y yo os estaremos esperando. Jovencitas, creo que el karma ha facilitado este encuentro fortuito. Nuestros destinos se han cruzado.

–Esto…, quedamos a las tres –digo, y salimos corriendo de allí.

CAPÍTULO 2

En el que comparto asiento con un tipo muerto y oigo una historia increíble

El resto del día pasa volando. ¿Qué nos espera en el interior de la casa de la señora Elizabeth Harriman? ¿Tal vez habitaciones atestadas de lámparas de lava, cortinas de cuentas y retratos de Janis Joplin envuelta en terciopelo negro, o quizá música de Jimi Hendrix a todo meter en el tocadiscos?

A las tres en punto llamo al timbre de la puerta pintada de rojo de su casa y acerco la oreja a la ranura metálica del buzón. La puerta se abre de sopetón, y mi cara tropieza con el pecho de una mujer cuadrada como un bloque de granito, cuyo cabello –¿o se trata de un casco?– es del color de un día sombrío de noviembre; sobre el inmenso busto lleva el nombre de «Winnie» bordado en un sencillo delantal blanco.

–Hola, jovencitas. La señora Harriman os espera. Entrad.

Cuando se da la vuelta, nos miramos. Es la voz de la persona que oímos hablar por teléfono.

–Gracias, Winifred –dice la señora Harriman, que

inmediatamente empieza a hacer preguntas y a responderlas con la misma celeridad–. Entrad, chicas, por favor. Poneos cómodas. ¿Os apetece tomar algo? Winifred, ¿te importaría traernos té, querida? Creo que nos vendría bien una buena tetera de *Flower Power*. –Tras insistir en que la llamemos Elizabeth en lugar de señora Harriman (cosa que no soy incapaz de hacer), nos conduce a la sala de estar más grande que he visto en mi vida, atestada de preciosos muebles de madera o de cuero sobre alfombras orientales; nada de pufs ventrudos ni de alfombrillas de felpa.

Curioseo un poco y me doy cuenta de la majestuosidad de la casa. Por ejemplo, la barandilla tallada de la sinuosa escalera me deja sin habla.

–¡Qué barbaridad, esta casa es enorme! ¿Cuántos pisos tiene? –pregunto.

–Cinco, pero ahora apenas uso los tres últimos. Mi habitación está en el segundo piso, y Winifred utiliza el tercero para planchar y otras tareas domésticas. El quinto, donde *Teazle* se escabulló, era el de los aposentos de la servidumbre; me temo que necesita muchos arreglos. La casa ha pertenecido a mi familia durante tres generaciones.

¡Qué lujo tener unos cuantos pisos de sobra! En el apartamento de mi familia seríamos felices con un cajón más.

En las paredes cuelgan cuadros modernos. Reconozco un picasso, un matisse y dos warhols, y estoy segura de que son verdaderos. Caramba, ¿quién es esta señora?

–Veo que te has fijado en los cuadros –comenta Elisabeth–. ¿Te gusta el arte, Sophie?

–¿A mí? Sí, supongo que sí. Pero la artista es Rebecca; debería ver sus dibujos...

–Sophie, por favor –interrumpe mi amiga, poniéndose roja como un tomate maduro.

–¿Qué pasa? Dibujas de maravilla. Enséñale tu cuaderno; es precioso.

–Me encantará ver tus dibujos en cualquier momento, Rebecca –afirma la señora Harriman, que acude a rescatarla–. Tal vez cuando nos conozcamos un poco mejor, ¿te parece?

–Muy bien. –Rebecca respira a fondo y su rostro recupera el color normal–. Pero no soy tan buena. Mucho menos en comparación con... –Señala la habitación con la mano.

–¡Bah! –exclama la anfitriona–. Todos esos pintores empezaron como tú.

Mi amiga sonríe ante tal comentario. Creo que nunca se le ha ocurrido que podría llegar a ser una artista famosa.

Winifred, que ha estado rondando por la sala, sirve el té con una fuente de pastas mediocres –soy hija de un cocinero francés y muy quisquillosa con las pastas–, y la señora Harriman nos formula preguntas: sobre nuestras familias, qué hacemos en el colegio, cómo nos divertimos, el rollo de siempre. Le encantan las historias de Margaret sobre su infancia en Polonia y el traslado de su familia a Nueva York. Luego le toca el turno a Rebecca, y los ojos de Elisabeth se anegan de lágrimas mientras le cuenta que su padre murió cuando ella tenía siete años, dejando a su madre con tres criaturas. Me sorprende un poco porque es algo de lo que ella jamás habla. Mi historia no resulta tan interesante, pero le hablo de mi padre, que se educó en Francia y es jefe de cocina en un restaurante muy exclusivo del Midtown –en el que, para mi gusto, están obsesionados con el hígado de oca–, y de mi madre, una neoyorquina «de verdad», que nació y se crió en Queens, y da clases de violín en una escuela de música muy famosa del West Side, y además toca en un cuarteto de cuerda que ha actuado en el Carnegie Hall y grabado dos CD.

Y cuando empiezo a pensar que se trata de una anciana solitaria, deseosa de hablar con cualquiera, dice:

–Bien, supongo que os preguntaréis cuándo voy a explicaros por qué os he pedido que vinierais. Habéis tenido mucha paciencia, y os agradezco la visita a una vieja como yo. –Respira hondo, se reclina en su sillón y nos cuenta la historia:

»Para empezar, mi padre, Everett Harriman, fue un conocido arqueólogo. Dio clases en la Universidad de Columbia cuarenta años y viajó por todo el mundo, especialmente por Europa y Oriente Medio. Aunque yo no estudié arqueología, mi padre me llevó a muchas excavaciones porque confiaba en mí y porque era la única persona capaz de descifrar sus notas de campo. Teníamos una relación maravillosa. El tiempo que pasamos en tiendas polvorientas, leyendo poesía y hablando de arte, literatura y política fue el más feliz de mi vida. Él fue uno de los mayores expertos en el cristianismo de los siglos II y III y escribió varios libros sobre el tema. En el Museo Metropolitano de Arte de Nueva York se exhiben muchas de las piezas que él encontró.

Se interrumpe mientras Winnie llena de nuevo nuestras tazas con el té *Flower Power*, de curioso y agradable sabor; luego continúa:

–Entre viajes, excavaciones, investigaciones y libros, los años pasaron volando. Sin darme cuenta me vi con treinta años y soltera, pero no me importaba; mi vida era estupenda. Entonces conocí a Malcolm, Malcolm Chance. Colaboraba con papá en Columbia, y era uno de los arqueólogos de la «nueva hornada». Tal vez un poco descuidado en su trabajo y bastante perezoso; le interesaban más la fama y la gloria que la investigación meticulosa. Pero a mí me daba igual, porque era un tipo genial. Os podéis imaginar el estilo: alto, moreno, guapo, como el protagonista de una novela de amor. Bueno, pues nos casamos y, unos años después, tuve una niña preciosa, mi querida Caroline. Vosotras me la recordáis mucho: alegres y llenas de vida. Mi hija leía todo lo que le caía en las manos. Podía haber ido a cualquier colegio de la ciudad, pero quería estar cerca de casa, así que elegimos Santa Verónica. Recuerdo lo orgullosa que estaba el día que recibió su chaqueta roja, y cómo se miraba en el espejo.

Margaret y yo sonreímos, un poco avergonzadas; ambas habíamos hecho lo mismo.

La señora Harriman se levanta de pronto, y nos dice:

–Os voy a enseñar el despacho de mi padre. Creo que así entenderéis mejor la siguiente parte de la historia.

La seguimos por el pasillo hasta una habitación oscura y mohosa, donde un par de estrechas ventanas con vidrieras de colores –procedentes de una capilla de Rocamadour, en Francia, como descubrí más adelante– filtran la suficiente luz para distinguir paredes enteras repletas de estantes tan atestados de libros que no hay sitio ni para introducir un tebeo o un folleto. Los muebles son los más adecuados para un viejo arqueólogo: un gran escritorio de cerezo y sillones de horripilantes patas que parecen las garras de un buitre apoyadas sobre una pelota; hay también un sofá muy mullido, con un escabel en el que *Teazle* duerme profundamente.

–¡Qué sitio tan fantástico! –exclamo, acariciando los lomos de los libros.

Otra confesión: llamadme bicho raro si queréis, pero me encantan los libros; en realidad me obsesionan. A ver, citad cualquier novela o serie juvenil, y seguro que la tengo. Gasto tanto dinero de mi paga en la librería que Margaret cree que padezco una especie de trastorno compulsivo por las compras. Cuando vamos a pagar a la caja, cargando yo con un montón de libros, me enseña su carnet de la biblioteca sin pronunciar palabra y se limita a ponerlo delante de mis narices, moviendo la cabeza con pena. No tengo nada en contra de las bibliotecas, pero es muy distinto tener el libro y poder ir a buscarlo cuando, por ejemplo, siento la imperiosa necesidad de volver atrás y releer ese fragmento de *Ana, la de Tejas Verdes* que me hace llorar siempre. (Hablando de libros, si eres tú quien se llevó mi gastado pero querido ejemplar en tapa dura de *El jardín secreto*, devuélvemelo por favor; no te lo echaré en cara.)

–Gracias –dice la señora Harriman–. Su despacho de Columbia aún era peor… o mejor, depende de lo que a uno le gusten los libros. –Se sienta en el sofá, junto a *Teazle*, y nos invita a sentarnos. Winnie, que nos ha seguido hasta allí, pone otra bandeja de indigestas pastas en una mesita auxiliar.

–Por si acaso –comenta sin inmutarse. Y allí se queda.

–Gracias, Winifred. De momento no necesito nada más. –La señora Harriman se dirige a nosotras–: En cuanto os vi, supe que podíais ayudarme. Y ver cómo admiráis la biblioteca de mi padre me lo reafirma.

–Señora Harriman, bueno, Elizabeth –interviene Margaret, yendo al grano–, estoy un poco confusa. No somos más que unas niñas, ¿en qué podríamos ayudarla?

–Buscando una cosa. –De un sobre de color crema, saca una típica felicitación de cumpleaños, de las que suelen enviar los padres con un cheque de diez dólares.

–Hace veinte años mi padre compró esta felicitación para mi hija Caroline, que cumplía catorce años. Escribió una nota en ella, cerró el sobre y lo metió en un libro, los *Poemas completos* de Tennyson, donde permaneció hasta ayer, que fue cuando lo encontré. Sin duda compró la tarjeta poco antes del cumpleaños de Caroline y la escondió para que ella no la viese, pues siempre estaba curioseando en el despacho, y luego, resumiendo una larga historia, él murió.

–¡Oh, Dios mío, cuánto lo siento! –exclama Margaret.

–No, cariño, no lo lamentes. Ocurrió hace mucho tiempo, y mi padre disfrutó de una vida larga y magnífica. Pero dentro de la felicitación hay un mensaje para Caroline que no acabo de entender. –Entrega la tarjeta a Margaret–. Toma, léelo en voz alta para que lo oigan Sophie y Rebecca.

Margaret lee:

9 de diciembre

Queridísima Caroline:

Con el venturoso motivo de tu decimocuarto cumpleaños, te ofrezco un regalo muy especial, un regalo de singular belleza a la altura de la tuya. Se trata de un regalo exigente: has de çdemostrar que mereces poseerlo y, por ello, en consonancia con nuestra afición por las adivinanzas y todo lo misterioso, he creado un complejo rompecabezas para ti. Resuélvelo y encontrarás tu regalo.

Hallarás la primera pista junto con otra nota que contiene más detalles, en la biblioteca del colegio, dentro del único ejemplar de tu obra favorita, Het Cholos orf Lanscad, *de Renidash.*

Con todo mi amor y mis mejores deseos
en el día de tu cumpleaños,
tu abuelo Ev

Margaret mira la tarjeta unos momentos, sonriendo y moviendo la cabeza; luego se la devuelve a la señora Harriman.

–¿Y la encontró usted?

–En efecto. Mi padre nunca se la dio a Caroline, pues murió el 8 de diciembre, el día antes del cumpleaños. Lo encontré en ese sillón. –Y señala mi asiento.

Me agito, incómoda, y procuro no ponerme en evidencia cuando aparto las manos de los brazos del sillón y las poso en el regazo, repitiéndome que no debo ponerme histérica por estar sentada en la butaca en la que murió una persona. Respira, Sophie, respira.

–Cree que la otra nota sigue en ese libro del colegio, ¿verdad? –pregunta Margaret.

–No solo la nota, sino todo –explica la señora Harriman, asintiendo.

–¿Todo? –replica Margaret–. ¿Se refiere a todas las partes del rompecabezas y al regalo?

–Exacto.

–¿Le dijo su padre en qué consistía el obsequio? –inquiere Rebecca.

–No tengo ni la más remota idea, pero tal y como él lo expresó, «de singular belleza», me inclino a pensar que se trata de algo que vale la pena encontrar. Recordad que era arqueólogo; su trabajo lo llevaba a buscar cosas antiguas raras y muy valiosas.

–Y esto ha estado escondido en un libro veinte años –comento, maravillada, señalando la tarjeta.

–Lo tengo merecido, por no ser fan de Tennyson –afirma la señora Harriman con una triste sonrisa–. Siempre preferí a Byron y a Shelley.

–Pero un libro de la biblioteca del colegio es distinto. Ha pasado demasiado tiempo para que nadie haya dado con él, suponiendo que el libro siga allí –digo.

–No lo sabremos si no lo comprobamos –asegura Margaret, mirándome a los ojos.

La frase provoca una sonrisa de satisfacción en los labios, tan rojos como mi chaqueta, de la señora Harriman.

–¿Me haríais el favor de mirarlo?

–Un momento, ¿y su hija qué? ¿No le gustaría participar? Al fin y al cabo se trata de su cumpleaños, y vamos a buscar su regalo –plantea Margaret.

Elisabeth lanza un profundo y triste suspiro, y nos comenta:

–Esa es otra historia, para la cual necesitamos más té. –Winnie se materializa en cuanto se pronuncia la palabra «té»–. Lo tomaremos en la sala –le indica a la sirvienta.

Me apresuro a abandonar el sillón del muerto y regresamos a la sala, donde entre otra ronda de té con pastas, Elisabeth nos cuenta la historia de su divorcio de Malcolm y su relación, o mejor dicho, su absoluta falta de relación con su hija.

–Después de la muerte de mi padre –explica–, mi marido y yo nos fuimos distanciando. Él continuó con el trabajo de su suegro, realizando cada vez más largas expediciones a los mismos lugares que yo había visitado antes con mi padre. Pero nunca me pidió que lo acompañase. Sin embargo, cuando Caroline fue a la universidad y se especializó en arqueología, empezó a viajar con él. Procuré convencerme de que no me importaba; en aquella época yo estaba muy metida en el mundillo artístico de la ciudad y no tenía un momento de respiro, aunque me dolía ver a mi hija y a mi marido irse juntos: me sentía como una extraña en mi propia familia. Y al licenciarse Caroline, Malcolm y yo nos divorciamos. A partir de entonces, apenas vi a mi hija; pasó dos años en Estambul y visitaba a su padre muy a menudo, pero no vino ni una sola vez a verme a Nueva York. La gota que colmó el vaso fue cuando recibí una tarjeta postal de un lugar de Turquía, en la que me informaba de que se había casado con uno de los discípulos de Malcolm, un estudiante inglés llamado Roger. No me decía que se iban a casar, ¿os dais cuenta?, sino que ya se habían casado. Y para añadir leña al fuego, mi exmarido había sido el padrino de la boda. Fue una ofensa, me sentó fatal y juré que no volvería a dirigirle la palabra a mi hija. Un año después nació Caitlin, mi nieta, a quien no conozco.

Siento la urgente necesidad de abrazar a mi madre. Creo que nunca hemos pasado más de doce horas sin hablarnos, y esta señora lleva la tira de años sin hablar con su hija.

–Viven en el extranjero… o vivían hasta hace unos meses. Malcolm me ha dicho que hace poco se han trasladado a la zona de Washington Heights. Caroline ha seguido los pasos de su abuelo y su padre, y da clases en Columbia.

–Entonces, ¿su exmarido nunca ha perdido el contacto con Caroline? –pregunta Margaret.

–Eso es lo que él me cuenta, porque lo veo una o dos veces al año y me pone al día.

–Y usted no quiere… –Margaret respira hondo.

–Sí… No… No sé… –duda la señora Harriman, esbozando una triste sonrisa–. Ha pasado mucho tiempo. Y ahora esto –susurra, mostrando la tarjeta y apretándola contra el corazón.

Margaret mira primero a Rebecca, luego a mí y nos cuestiona:

–¿Qué os parece, amigas? ¿Listas para una aventurilla?

–Siempre –respondo.

–Por supuesto –se suma Rebecca.

Margaret copia la nota tal como está escrita en la felicitación de cumpleaños, y devuelve la tarjeta a Elisabeth, preguntándole:

–¿Sabe algo de la obra que cita su padre, *Het Cholos orf Lanscad*, de Renidash? El título suena como a latín, o tal vez a griego, pero me despista el nombre del autor. No lo había oído en mi vida.

–Me temo que no puedo ayudaros en ese punto, pues a mí tampoco me suena de nada. A mi padre le interesaban muchísimas cosas, y Caroline era igual que él. Siempre estaban resolviendo rompecabezas, jugando al ajedrez o al backgammon, o leyendo a poetas crípticos. Me sentía un poco marginada, incluso celosa. Desde que mi hija era muy pequeña, no sé por qué, apenas tuvimos nada en común.

–¿Nos puede contar algo más sobre ella en la época en que se escribió esta carta? –inquiere Margaret–. ¿Qué le gustaba leer? ¿Qué le interesaba aparte de la lectura? Ya sabe: moda, fotografía, bailes, cualquier cosa. ¿Qué quería ser? En fin, un detalle que nos dé la primera pista.

Elisabeth medita unos instantes, y responde:

–¿Que qué leía? Cualquier cosa, todo. Y más que nada en el mundo, quería ser actriz. Fue la protagonista de varias obras de teatro en el colegio: Julieta en *Romeo y Julieta*, Emily en *Nuestra ciudad*...

–Esa es mi obra favorita –digo, extasiada.

–Y la mía –coincide la señora Harriman–. Aunque no he sido capaz de asistir a su representación, ni siquiera de leerla desde que Caroline... Me llega al alma, ya os dais cuenta, ¿verdad? ¡Ah, se me olvidaba...! También tocaba el violín.

–¡Como yo! –exclama Margaret, que es alumna de mi madre y el motivo de que yo cambiase a la guitarra hace un par de años. (Mi amiga interpretaba a Bach y a Mozart, y yo aún seguía asesinando «Campanitas del lugar», mientras mi madre me animaba con gesto de sufrimiento.)

–Caroline se parecía al personaje de Schroeder en las tiras de *Charlie Brown*; le chiflaba Beethoven. Echo de menos su música. Margaret, tal vez Sophie y tú podáis tocar algo para mí de vez en cuando.

«Rápido, cambia de tema antes de que Margaret acepte interpretar un estrambótico dúo de violín y guitarra», pienso, y pregunto:

–¿Tiene una foto de Caroline? No sé por qué, pero creo que nos ayudaría saber cómo era.

Sin decir palabra, la señora Harriman se aproxima a una mesa situada detrás del sofá, coge una fotografía enmarcada y la acaricia como si fuese su posesión más preciada... (tal vez lo sea).

–Esta es Caroline con mi padre y su gatito el día que cumplió trece años. –Me entrega el marco–. El gatito, aunque os parezca mentira, es *Teazle*; se lo regaló su abuelo. Tiene veintiún años y sigue fuerte como un roble. –El gato levanta la cabeza un instante al oír su nombre.

–Una preciosidad –dice Margaret–. Su hija, quiero decir; no me refiero al gato. Bueno, el gato también es precioso –añade, muy en su papel, para no excluir a *Teazle*.

La chica de la fotografía parece perfecta y, de pronto, me invade la tristeza. Le devuelvo el marco a Elisabeth sin mirarla, y le digo:

–Gracias. Es agradable ponerle cara al nombre.

Nos dirigimos a la puerta.

–Gracias, chicas. Gracias por escucharme y por ofrecerme vuestra ayuda.

–Nos pondremos en contacto con usted en cuanto encontremos algo –afirma Margaret.

–Si lo encontramos –corrijo por lo bajinis.

–¡En cuanto lo encontremos! –insiste Margaret.

Y así, amables lectores, es como el Club de las Chaquetas Rojas recibe su primer caso.

CAPÍTULO 3

En el que juego con el idioma y añadimos un recluta a nuestras filas

Esa tarde, durante el trayecto a casa en el metro y mientras Margaret parlotea de la señora Harriman, de la nota y de nuestra única pista, no consigo dejar de pensar en la chica de la fotografía. Me cuesta asimilar que aquella joven tan guapa y tan orgullosa, enfundada en su chaqueta roja, tenga ya treinta y cuatro años y una hija prácticamente de nuestra edad, y que el hombre que está con ella, mirándola con tanto cariño, lleve veinte años muerto. No conocí a esas personas, pero al pensar en ellas casi se me saltan las lágrimas. Y por otra parte está el padre de Caroline, el exmarido de la señora Harriman. Se llama Malcolm Chance, o sea Mal Chance. *Mal chance.* En francés significa «mala suerte». Cuando llegue a casa, además de abrazar a mi madre, telefonearé a mis abuelos, e incluso a la bisabuela Henrietta de Francia, lo cual es toda una aventura lingüística.

Me encierro en mi habitación y leo los diez primeros capítulos de *Grandes esperanzas.* No está mal. («¡No está mal! –grita el señor E, llevándose la mano al pecho como si sufriese un infarto al oír mi comentario en clase al día siguiente–. ¡Se trata de Charles Dickens, por el amor de Dios!»). Es mi primer contacto con este autor, y me sorprende agradablemente lo divertido que resulta. La descripción de la señora Joe, que cría a Pip «valiéndose de la mano» (lo cual significa que lo abofeteaba sin cesar), y el párrafo en el que Pumblechook cree que está bebiendo brandy en vez de agua con alquitrán me hacen reír a carcajadas. No sé si será «la mejor novela de todos los tiempos», pero me está gustando mucho.

Tras dejar a un lado a Dickens, resisto la tentación de encender el ordenador y me sumerjo en el libro de matemáticas. A las nueve y cuarto, totalmente confusa y desesperada, escribo un mensaje de chat a Margaret pidiéndole ayuda.

Sophie: M, ¿has resuelto el 5? ¡¡¡Socorro!!!
Margaret: Soph, ¿me tomas el pelo?
Es el problema más fácil de todos.
¡Parece una escena entre George y Emily!
Sophie: ¿De qué estás hablando?
Margaret: De *Nuestra ciudad.* George y Emily, ¿recuerdas?

George Gibbs, Emily Webb, *Nuestra ciudad.* Se refiere a la escena en la que George y Emily, que son vecinos, hablan desde las ventanas de sus respectivas habitaciones. Emily, la «chica más lista del colegio» ayuda al pobre George, que es bastante torpe, a resolver un problema de álgebra muy fácil. Sin duda, Margaret acaba de insultarme.

Margaret: Una pista: la respuesta está en metros cuadrados en el papel de la pared.

Lo mismo que Emily le dice a George.

Sophie: ¡Vete a la porra!

Margaret: Si quieres que te ayude, tendrás que ser más educada. Esa forma de hablar está totalmente fuera de lugar.

Sophie: Vale, hermana Margaret la Remilgada, lo intentaré; porfa, porfa, porfa, ayúdame, ayúdame, ayúdame.

Margaret: Mucho mejor. Si sabes que el ángulo B tiene sesenta y cinco grados, ¿qué te indica acerca del ángulo C?

¡Oh, Dios! Hasta un mono sabría resolverlo.

Sophie: Tienes razón, soy tonta de remate.

Margaret: Nunca dije tal cosa. Soph, he estado pensando. Deberíamos contarle a Leigh Ann lo de Elizabeth, e incluirla en el club.

Sophie: ¿Tú crees? ¿Por qué?

Leigh Ann se ha trasladado a Santa Verónica desde otro colegio y no la conocemos mucho, aunque parece simpática.

Margaret: Porque es muy inteligente, agradable, graciosa y encantadora. Dale una oportunidad... Encajará muy bien.

Sophie: De acuerdo, pero prefiero a mis amigas de toda la vida.

Poco después me llama Rebecca.

–¿Has resuelto el problema número cinco? –pregunta.

–Margaret tuvo que darme una pista.

–¿Qué pista?

–Mira el ángulo B: tiene sesenta y cinco grados, ¿no?

–Ya…

–Entonces…

–Entonces, ¿qué?

–¿Cómo tiene que ser el ángulo C?

–¡Aaah! Pues sí que es fácil. Gracias.

–De nada. Oye, Becca, ¿qué opinas de Leigh Ann? Margaret piensa que deberíamos dejarla entrar en el club.

–¿Tenemos un club? No lo sabía. Parece simpática. Y muy guapa, eso sin duda. Además de ser un cerebrito. ¿Es tan inteligente como Margaret?

–¿Acaso hay alguien tan inteligente como Margaret?

–Buena observación. Oh, Soph, ¿sabes el rollo ese de Dickens en que me metisteis?

Todos los años en otoño el señor Eliot organiza una especie de fiesta extravagante que denomina «un banquete digno de Dickens». Se disfraza como este autor y lee párrafos de sus novelas favoritas; las encargadas de la cafetería sirven una comida inglesa tradicional a la antigua, a base de rosbif con pudin de Yorkshire y coles de Bruselas, y de postre, algo parecido a un pudin de higos. (Mi padre arqueó una suspicaz ceja francesa cuando le expliqué el concepto de banquete dickensiano. «¿Un verdadero banquete inglés? Yo diría que no».)

Los padres y otros adultos tienen que pagar, pero las alumnas comen gratis. Sin embargo, hay una condición: la que quiera comer tiene que representar algo. Se puede escoger una lectura o un monólogo o, en el caso de las más atrevidas, un grupo de alumnas tiene la opción de escribir y representar una parodia basada en una escena de una obra dickensiana. Margaret, Leigh Ann y yo estamos entre las primeras de la clase de inglés del señor Eliot, y Leigh Ann, a quien le encanta actuar, nos convenció para que representáramos una parodia con ella. Reclutamos a Rebecca y decidimos adaptar una escena de *Grandes esperanzas*, puesto que tenemos que leer el libro de todas todas.

–Sí, ¿qué pasa con el banquete?

–No sé si podré ir con vosotras.

–¿Quéee? ¿Por qué?

–Porque a partir de mañana debo regresar a casa al salir del colegio, y no creo que os apetezca pegaros la paliza de venir hasta Chinatown cada vez que queráis ensayar.

–¿Y por qué has de ir corriendo a casa?

–Para cuidar a mis hermanitos.

–Creí que tu madre trabajaba en el turno de noche. ¿No está en casa por la tarde?

–Hasta ahora sí, pero las cosas han cambiado. El mes que viene se queda sin trabajo, y no sé qué será de nosotros. Si no encuentra un empleo pronto, seguramente tendré que dejar el colegio. Las matrículas de los tres... No podemos permitírnoslas.

–Ya verás como encontrará otro trabajo. Tu madre es fantástica. Oye, ¿y no podríais gestionar con la hermana Bernadette una ayuda económica? Quizá el colegio haya previsto algo al respecto.

–La mitad de mi matrícula se paga con una beca, pero se acaba este año. El próximo curso tendré que pagarlo entero, y no nos es posible, ni aunque el colegio aporte parte del dinero.

–Pero Rebecca, bajo ningún concepto puedes dejar Santa V.

–Créeme, Soph, la mera idea de no estar con mis

amigas... Bueno, tengo que acabar los deberes. Una cosa, Soph.

–Dime

–Por favor, no se lo digas nada a nadie, y no te preocupes. A ti no te afecta.

Pero sí que me preocupo. Me entusiasma nuestro trío; es perfecto. ¿Quedarnos sin Rebecca? ¡Impensable!

Margaret me llama al móvil al día siguiente por la mañana, ¡a las seis!

–¿Qué quieres?

–Buenos días, cielo. ¿Te he despertado? –Se ríe.

Doy un vistazo por la ventana y le contesto:

–¡Aún es de noche! ¡Por todos los santos, Margaret! Nada de chistes.

–¡Anda, vamos, levántate! Estaré en tu casa dentro de once minutos –(Ni diez minutos, ni doce...)–. Quiero estar en el colegio cuando abran. El señor Eliot siempre llega temprano y nos dejará ir a la biblioteca. Sophie, ¿todavía no te has levantado?

–Sí, ya me he levantado, ¡pues claro! –miento.

–Iremos al Perkatory; pago yo.

–Voy a pedir algo carísimo.

El Perkatory está casi al lado de la iglesia; es la cafetería favorita y lugar de reunión de las alumnas de Santa Verónica (y de algunos profesores). Hay que bajar una escalera para entrar: no está al nivel de la calle ni debajo de ella, sino entremedio. Como el purgatorio, ¿os dais cuenta? Cuando entramos, el señor Eliot está sentado ante una desvencijada mesa con su café, una napolitana de chocolate (¡qué rica!) y el *New York Times*.

Cuando nos ve, consulta el reloj y muestra una expresión muy extraña.

–Tomaré un chocolate caliente grande, no, que sea extragrande. ¿Y hay más de esas? –pregunto señalando la pasta del profesor–. *S'il vous plait.* –Me quito la mochila y me dejo caer en una silla, apoyando la cabeza sobre la mesa.

Poco después, una Margaret que hace gala de una irritante alegría aparece con los chocolates calientes y los pastelillos.

–¿Aún no se lo has dicho?

El señor Eliot baja el periódico unos centímetros y arquea las cejas.

–Seguramente le interesará saber que Sophie tenía razón –afirma Margaret.

–¿Sophie Saint Pierre? Dios mío, no me cabe la menor duda.

–Ayer sí vio algo de verdad.

–¡Ah, el grito!

–En efecto. El justificado grito.

Margaret lo cuenta todo, incluyendo la parte en la que nos escabullimos del colegio.

–Y al salir del colegio, fuimos a la casa.

–¿Y la mujer llevaba un vestido de novia raído y amarillento? ¿O tal vez os invitó a jugar a las cartas con una díscola niña llamada Estella?

–A decir verdad –intervengo, levantando la cabeza de la mesa–, no llevaba un vestido de novia ni iba descalza, los relojes no estaban parados a las nueve menos veinte, y no se llama señora Havisham, sino Harriman.

–Me alegra comprobar que has estado leyendo a Dickens –replica el profesor, sonriendo.

–No había ninguna Estella ni ningún señor Jaggers,

pero sí una tal Caroline –añade Margaret–. Y por eso estamos aquí.

El resto de nuestra aventura le asombra.

–Esa es una historia fabulosa.

–De fábula, ¿verdad? –Sé que está más interesado de lo que deja entrever; ha doblado el periódico y lo ha puesto a un lado para dedicarnos toda su atención.

–Como adulto responsable –comienza–, debería enfadarme con vosotras. Encontráis por casualidad a una mujer en un «pasadizo secreto» de la iglesia y, sin pensároslo dos veces, vais a su casa. Podría haber sido una antigua asesina.

–¡Oh, no exagere, señor Eliot! –salta Margaret–. Denos un margen de confianza. Somos chicas de ciudad, espabiladas y todo lo demás.

–Por otro lado –continúa él–, debo confesaros algo: ¡ojalá hubiese estado con vosotras! Es una historia absolutamente dickensiana: la felicitación de cumpleaños perdida tanto tiempo con la misteriosa pista, la extraña voz al teléfono, la hija descarriada que se casa con un extranjero, el enorme gato de veintiún años, las paredes cubiertas de obras de arte... ¡Me muero de ganas por saber qué vendrá a continuación!

Al escuchar estas palabras, Margaret coge el maletín del profesor, se lo entrega y lo conduce hacia la puerta.

–Me alegro de que diga eso, señor Eliot, porque va a ayudarnos a descifrar nuestra primera pista.

CAPÍTULO 4

¡En el que una pequeña parte del pasado sale a la luz y conocemos el impactante secreto familiar que William Shakespeare no quiere que sepáis!

—Os concedo media hora —nos advierte el señor Eliot mientras vamos desde el Perkatory al colegio—. Debéis salir de la biblioteca antes de que llegue la señora Overmeyer. Las bibliotecarias escolares tienen un sentido muy agudo del territorio y no les gusta que nadie fisgonee en su mesa ni en su ordenador.

—¡Sí, señor Eliot, sí, señor! ¡Vaya desconfianza!

Margaret ya sabe qué fechas nos interesa buscar, así que nos dirigimos directamente al estante donde están los antiguos y polvorientos anuarios. Coge uno y sopla el polvo de la tapa.

—Debe de ser el de su primer curso de secundaria.

—Por cierto, ¿qué estamos buscando?

—Tenemos que situar a esa chica en su ambiente, averiguar todo lo que podamos sobre ella. No sé qué es eso del *Het Cholos orf Lanscad*; he buscado en Internet, pero no he encontrado a ningún escritor llamado Renidash. Mira, aquí tienes el anuario del segundo curso; a ver si das con algo.

Lo hojeo en una de las mesas de la biblioteca, cuya cubierta de madera está llena de raspaduras y mensajes grabados por las alumnas durante décadas.

–¡Eh, aquí está, en una fotografía del Club de Teatro! –exclama Margaret–. «Caroline Chance ha sido nuestra Julieta». ¡Qué guapa era! Caramba, ¿una chica de primero de secundaria como protagonista de *Romeo y Julieta*? No se lo digas a Leigh Ann, pero no creo que ella esté preparada para algo así. ¿Y tú? ¿Has encontrado algo?

–Creo que sí. –Le muestro el interior de la contracubierta del anuario que estoy mirando. Dice: «A la señora Overmeyer. Gracias por sus adecuadas recomendaciones de libros y su ayuda en la realización de mi proyecto de literatura inglesa. ¡Quién sabe, a lo mejor conseguimos que RBS vuelva a ser popular! Disfrute de sus vacaciones en Irlanda, lejos de nuestra pequeña Escuela del Escándalo. Con mis mejores deseos, Caroline Chance».

–Yo diría que la señora Overmeyer la recordará –opina Margaret–. Da la impresión de que se conocían muy bien. ¿Qué será lo de ERRE BE ESE?

–Suena a cadena de televisión, como la PE BE ESE.

–Vaya, no está mal, Soph. Por desgracia, no has acertado, pero al menos le vas cogiendo el tranquillo al asunto.

–¡Nancy Drew! ¡Harriet! ¿Qué hacéis aquí metidas? –El señor Eliot empuja la puerta de la biblioteca, intentando (sin conseguirlo) asustarnos con una voz de enfado simulado.

–Mire señor E, eche un vistazo –sugiere Margaret, enseñándole el anuario.

El señor Eliot lee la dedicatoria y suelta un gruñido.

–Hummm. No me sorprendería que la señora Overmeyer la conociese; lleva aquí toda la vida. ¿Cuánto tiempo hace de esto, casi veinte años? Aún quedan un par de profesores de esa época, aparte de la bibliotecaria. Pero hablando en serio, ¿de qué nos sirve este descubrimiento?

Margaret, un poquito indignada con la actitud del profesor, cierra el anuario de golpe.

–Todavía no lo sabemos –le espeta.

–De acuerdo, señorita Marple, pero ahora mismo tenéis que salir de aquí. Ya hablaréis con la señora Overmeyer después.

Margaret y yo lo acompañamos hasta la clase y le preguntamos si le suena a algo la referencia a RBS que aparece en el anuario.

–Claro. Randy Bob Shakespeare (ERRE BE ESE): el hermano pequeño de Will; un patán especializado en chabacanas comedias isabelinas.

–Señor Eliot, ¿por qué no reconoce que hay cosas de las que no tiene ni idea?

–¡Oh, sí sabe lo que es! –apunta Margaret. Y el señor Eliot sonríe–. ¡Y no piensa decírnoslo!

–¡No me digáis que no podéis adivinarlo solas! Vamos a ver: si al final del día no lo sabéis, venid a verme. Os daré una pista: Caroline escribió con mayúsculas Escuela y Escándalo. ¿No sois detectives? Pues descubridlo.

Realmente empiezo a sentirme una verdadera detective, pero primero tengo que ir a clase de matemáticas.

Capítulo 5

En el que Margaret dice que es imbécil, lo cual me lleva a preguntarme qué soy yo

Después de clase de matemáticas, hago un examen de español desastroso (como hablo bastante bien francés, me obligan a estudiar español: *c'est injuste*), y me duermo en clase de religión (¡Perdóname, Señor!), así que estoy deseando que llegue la hora de comer. Leigh Ann se sienta en nuestra mesa por primera vez y le contamos nuestra pequeña aventura mientras comemos *nuggets* de pollo con patatas fritas. Ella manifiesta su admiración y cuánto le ilusiona participar. (Tengo mis dudas de que el cuarteto funcione.) Tras vaciar las bandejas, vamos a la biblioteca para continuar la búsqueda. Cuando llegamos, la señora Overmeyer está hablando por teléfono, así que Margaret se dirige a un ordenador y lo enciende; es muy inteligente, pero carece de la virtud de la paciencia.

Teclea «Escuela del Escándalo», y esperamos. Cuando aparece el resultado, abre tanto la boca que la barbilla casi le llega a la mesa.

—¡Dios mío! Resulta que soy una estúpida. Sophie, ¿tienes ahí la nota?

La saco de la mochila y se la doy.

Margaret se golpea la frente con el dorso de la mano.

–Lo dicho… una imbécil. –Nos pone la nota delante de las narices, y nos esforzamos por descifrar lo que ella acaba de ver tan claro–. ¿No lo veis?

–Pues no –respondo.

–Volved a leer la nota. Habla de una obra teatral, *Het Cholos orf Landscad*, de Renidash. Mirad lo que he encontrado al buscar «Escuela del Escándalo»: la escribió Richard Brinsley Sheridan (ERRE BE ESE); y fijaos en los nombres: Sheridan… Renidash.

–¡Aaaaah! Las letras están traspuestas –digo.

–Se trata de un anagrama –explica Margaret.

–¡Y *Het Cholos orf Lanscad* alude a *The School for Scandal, La Escuela del Escándalo*! –observa Leigh Ann, yendo directa al meollo de la cuestión.

–El profesor Harriman era un tipo avispado, ¿verdad? –comento–. Bueno, ¿y qué es eso de *La Escuela del Escándalo*?

Margaret navega por la pantalla, y murmura:

–Veamos… Es una comedia. ¡Oh, Dios mío, está en los Clásicos de Harvard! Figura en el volumen dieciocho: *Teatro inglés moderno*.

–¿Lo has leído? –pregunto–. ¿De qué trata?

–Aún no. Aquí dice que es una «comedia de costumbres».

–¿Una comedia de costumbres? –repite Rebecca, poniendo cara de desconcierto–. ¿Algo así como «No hables a tu madre con la boca llena»? ¿Y eso cómo se convierte en obra de teatro?

–Trata de una mujer muy cotilla que se llama… (al señor Eliot le encantará el nombre) lady Sneerwell, que suena a desdén, y… ¿os acordáis del gato?

–*Teaser* –respondo.

–No, *Teazle* –corrige Margaret–. En esta obra hay un personaje que se llama lady Teazle. A ver si el libro sigue en la biblioteca. –Se levanta de un salto, va al ordenador que contiene el catálogo y teclea el título de la obra–. ¡Vaya, está en el almacén! –Permanece unos instantes callada, asimilándolo, y enseguida empieza a despotricar–. ¿Cómo puede ser que los Clásicos de Harvard estén en un almacén? Pero ¿qué escuela es esta? ¿En qué mundo vivimos? Tengo que hablar con la señora Overmeyer. –Se dirige a la mesa de la bibliotecaria y llega en el preciso instante en que esta cuelga el teléfono.

–Sí, cielo. ¿En qué puedo ayudarte yo a ti? –pregunta. Lleva cuarenta y cinco años en Estados Unidos, pero su acento irlandés sigue siendo más espeso que unas gachas de avena pasadas.

–¿Dónde puedo encontrar un libro en el almacén? –pregunta Margaret.

–¡Ay, cielo! Como diría el difunto señor Overmeyer, que en paz descanse: «¿Es tu día de suerte?». En realidad depende. ¿Qué estás buscando? Tal vez encuentres el texto en Internet; es un medio maravilloso para eso.

–No, me temo que necesito el libro físico. Se trata de una obra de teatro incluida en los Clásicos de Harvard que se titula *La Escuela del Escándalo.*

El rostro de la señora Overmeyer se ilumina al momento, y exclama:

–¡Caramba! Nadie la había pedido desde…

–Es de…

–Sí, ya lo sé. De Sheridan. Richard Brinsley Sheridan. Nació en Dublín, como yo. Hoy en día no lo lee casi nadie. ¿Te interesa él o solo esa obra en concreto?

–Bueno, ambos. Pero sobre todo la obra. ¿Sabe dónde está?

–Si todavía la tenemos, es decir, si no se estropeó al inundarse el sótano hace unos años, o no la tiraron, debería estar en el almacén. ¿Cuándo la necesitas?

–Ahora mismito.

–Pues si la necesitas con tanta prisa, te aconsejo que vayas a la biblioteca pública de la calle Sesenta y Siete, entre las avenidas Primera y Segunda. Allí te lo facilitarán. –Repara en la decepción que reflejan nuestros rostros, y añade–: Lo siento, pero no puedo dejaros entrar solas en el almacén. La hermana Bernadette me colgaría.

–¿Y si nos acompaña un profesor? –Sé perfectamente a quién se lo pediríamos.

–Si encontráis a un profesor que baje a ese antro y os ayude a buscar un libraco mohoso, tenéis a Dios de vuestra parte. ¿Os importaría explicarme por qué es tan esencial para vosotras ese libro?

–Señora Overmeyer –dice Margaret, apoyándose en el mostrador–, ¿se acuerda de una chica que se llamaba Caroline Chance? Estudió aquí…

–Pues claro que me acuerdo de la señorita Chance. Debe de hacer diez años; no, no, más, quince años o más que estuvo en el colegio. –Nos mira con gesto interrogante–. ¿Por qué lo preguntáis?

Margaret y yo intercambiamos una mirada, dudando de lo que podemos revelar.

–Hemos conocido a alguien, a alguien que… la trataba –responde Margaret–. Y nos pidió que le hiciésemos un favor.

–¿Su madre?

–¿Cómo lo sabe?

–Una corazonada. La veo de vez en cuando. Es una pena lo suyo con Caroline.

–Entonces, está enterada de…

–Claro, claro que las conozco. La familia tenía mucha relación con Santa Verónica: el abuelo de Caroline estuvo en la junta directiva muchos años hasta que murió, y su padre, el señor Malcolm Chance, continúa perteneciendo a ella. ¿El libro que intentáis localizar tiene que ver con el favor del que habéis hablado?

–En cierto modo –responde Margaret–. Estamos buscando algo, pero sin saber muy bien qué.

–Y descubrimos que Caroline le dedicó a usted el anuario –añado señalando el estante donde se halla–. Mencionaba la ayuda que usted le había prestado para hacer un trabajo de literatura y algo sobre ERRE BE ESE y *La Escuela del Escándalo.*

»Solo queremos verlo para comprobar si escribió algo en los márgenes o alguna cosa por el estilo. Sentimos curiosidad. ¿Nos permitiría bajar al sótano a buscarlo si nos acompaña un profesor?

–Por mí no hay inconveniente, jovencitas –dice con una sonrisa de condescendencia–, pero apuesto lo que sea a que no encontraréis nada.

Es evidente que nos subestiman.

Capítulo 6

En el que Otto Frank nos proporciona orientación moral, y se liquidan las esporas de moho

A fin de cuentas estamos buscando un libro, y al señor Eliot le gustan los libros casi tanto como a mí. Bueno, aparte de eso no lo dejamos en paz hasta que acepta. De modo que nos lleva a un sótano asfixiante, mal iluminado y apestoso, atestado hasta el techo de cajas de cartón en rápido proceso de deterioro, llenas de sabe Dios qué. Hay unas veinticinco o treinta, todas del mismo tamaño y de la misma época, y en ninguna de ellas se ven etiquetas. Vamos a tener que escarbar.

Veinte minutos después el señor Eliot, sucio de polvo de pies a cabeza, grita:

–¡Eureka! Aquí están los Clásicos de Harvard. –Nos enseña un libro verde, con las tapas de piel bastante mohosas, como prueba de su descubrimiento–. Tomo treinta y tres, *Viajes por tierra y mar.*

Margaret, Rebecca y yo saltamos sobre la caja, dándonos codazos para sacar los libros uno a uno mientras Leigh Ann nos mira asombrada, sin saber muy bien en qué se ha metido.

–Treinta y uno, treinta y siete, cuarenta y cinco, cuarenta y cuatro... Once, doce, diecisiete, ¡DIECIOCHO! –exclama Margaret–. *Teatro inglés moderno.* –Lo aprieta contra el pecho. A diferencia de los otros volúmenes, el libro aún conserva el forro de plástico típico de las bibliotecas, cubierto de polvo, quebradizo, amarillento y pegado con cinta adhesiva todavía más amarillenta.

–Ha llegado el momento de la verdad, damas y caballeros. –El señor Eliot imita un redoble de tambor–. Luces, por favor.

–¡Ábrelo ya!

Margaret levanta la cubierta muy despacio, con cautela, como si temiese que hubiera una serpiente oculta debajo. Le centellean los ojos y esboza una levísima sonrisa.

–¡Ahí va!

–¿Qué ocurre? Déjame ver –exijo, nerviosa.

Sostiene el libro abierto ante nosotros. ¡Dentro del forro del tomo dieciocho de los Clásicos de Harvard hay otro sobre de color crema, igual al que contenía la felicitación de cumpleaños! En él hay algo escrito con la inconfundible letra cursiva de Everett Harriman, el abuelo de Caroline.

–Hummm. La aventura continúa. ¿Es esto...? –pregunta el señor Eliot, cogiendo el sobre.

–¿Lo que estamos buscando? –concluye Margaret–. Sí, creo que sí. –Sujeta el libro y comienza a pasar páginas.

–¡Dios mío! –exclamo–. ¿Y si existe un mapa con instrucciones para encontrar un millón de dólares o algo parecido?

–¡Sí! A lo mejor nos hacemos ricas de la noche a la mañana. ¡Me troncho de risa! –Rebecca se ríe como loca, y Leigh Ann retrocede, con buen criterio.

–Lo que haya en el sobre no os pertenece a vosotras, sino a vuestra querida señora Harriman o a su hija –puntualiza el señor Eliot.

–¿Y quién se va a enterar? –replica Rebecca–. No hay testigos, a menos que contemos el moho.

–¿Y yo qué? –pregunta el profesor–. ¿Cómo piensa impedirme que hable, señor Poe? ¿Encadenándome y encerrándome entre muros de ladrillos?

–¡Oh, señor Eliot, relájese! ¿Y quién es el señor Poe?

–Edgar Allan, boba –responde Margaret, volviendo a meter el sobre dentro del libro–. Escribió *El barril de amontillado*, el cuento al que se refiere el señor Eliot. Y no vamos a abrir ese sobre hasta que se lo llevemos a la señora Harriman.

–Mi primera y única oportunidad de ganar dinero sin esfuerzo cruelmente aplastada por una amiga honrada… y un profesor que me llama «señor».

–Me sorprende que el sobre siga ahí –interviene Leigh Ann, moviendo la cabeza, incrédula–. Después de tanto tiempo, nadie ha leído ese libro y ni siquiera lo han abierto.

–Sí, lo sé. Y eso que es un Clásico de Harvard. –Margaret examina la vieja tarjeta de préstamo, que se halla bajo la solapa del libro y que no se ha usado en un montón de años–. Este libro lleva en la biblioteca casi cincuenta años, y solo lo pidieron una vez.

–¿En serio creéis que no podemos echar un vistazo a esa misiva? –pregunta Leigh Ann–. ¿No os morís de curiosidad?

–Piensa en el diario de Ana Frank; es una… –me callo mientras busco las palabras exactas–… reliquia, un documento histórico. ¡Se lo debemos a las generaciones futuras! Deberíamos leerlo. ¡Mejor dicho, tenemos que leerlo!

El señor Eliot no opina lo mismo:

–Buen argumento el tuyo, Sophie, pero recuerda que fue Otto Frank, el padre de Ana, el que tomó la decisión de publicar el diario. No fueron unos desconocidos. –Cuando ya nos marchamos, carraspea y nos dice–. Señoritas, ¿no olvidan algo?

Miramos las desvencijadas cajas en busca de una mochila o de algo parecido que se nos haya despistado.

–Los libros, señoritas. Tenemos que dejarlos tal como los encontramos. –Contempla la caja que contenía los Clásicos de Harvard, apesadumbrado–. Es una lástima que estos magníficos libros estén aquí tirados, pudriéndose. Parece mentira que no haya sitio para ellos en la biblioteca.

–Usted tiene sitio en sus estanterías –apunta Leigh Ann.

–Hummm... Tal vez. Dejadlo todo así de momento, y salgamos antes de contraer la peste bubónica o alguna enfermedad similar por respirar tantas esporas de moho.

–La peste la propagan las pulgas –puntualiza Margaret *la Enciclopédica.*

–Intentaba hacer un chiste. Ya conozco la causa de la peste.

Profesores... Son muy suspicaces cuando se les da a entender que no siempre saben de qué hablan. ¡Y no siempre lo saben!

CAPÍTULO 7

En el que prometo no quejarme de la felicitación ni de los diez dólares que mi abuelo me envía el día de mi cumpleaños

–¡Lo encontramos! –exclamo en cuanto la señora Harriman abre la roja puerta de su casa; mi exuberante saludo la asusta un poco. Según mi padre, mi brusquedad procede de mi línea materna, puesto que su familia es mucho más refinada.

–¡Ay, Señor! ¡A eso lo llamo yo rapidez! –Nos invita a entrar en el vestíbulo, donde nos encontramos con un hombre muy elegante.

–Vaya, vaya –dice él al vernos a las cuatro–. He aquí una visión que no había presenciado en esta casa desde tiempo inmemorial: una verdadera pandilla de amiguitas con chaquetas rojas. En otra época, era algo muy habitual, ¿verdad, Elizabeth?

Margaret se detiene en seco, apretando el libro contra el pecho.

–Disculpe. No sabíamos que tenía compañía. Volveremos mañana.

–No, por Dios, nada de eso –dice el hombre, que parece uno de esos hidalgos rurales ingleses de las series de la televisión pública: uno ochenta de estatura, abundantes cabellos negros peinados hacia atrás, un poblado bigote que le cubre casi toda la boca y kilómetros de *tweed*; incluso lleva un bastón de madera tallada, como si acabase de llegar de un paseo por su finca de Gales. Sin embargo, hay algo en él que «disuena» y da miedo: su acento es el de alguien que quiere pasar por inglés, y huele raro, ni a colonia ni a jabón, sino a algo que no identifico.

El hombre insiste en que ya se marchaba y en que nos quedemos. La señora Harriman duda en presentarnos, pero sé que a las personas de su edad la buena educación siempre las impulsa a hacer lo más adecuado.

–Jovencitas –nos dice–, os presento al señor Chance. Perdón, al doctor Malcolm Chance. Estas son Margaret, Sophie, Rebecca y… Me temo que no conozco a vuestra amiga. –Le da la mano a Leigh Ann.

–Oh, lo siento, nuestra amiga Leigh Ann Jaimes. –Margaret, avergonzada por su fallo de etiqueta, se la presenta.

–Elizabeth Harriman. Encantada de conocerte. Malcolm, estas chicas están haciendo una pequeña investigación que les he encargado.

–¡Aaah! ¡Qué interesante! Y por lo visto han tenido éxito. –Me mira (sobre todo mi bocaza)–. Bueno, me despido y os dejo continuar con vuestro informe. Adiós, Elizabeth. Sin duda, seguiremos en contacto. Winifred, siempre es un placer verte.

Caramba, ni siquiera me he dado cuenta, pero la sirvienta está detrás de mí, mirando a Malcolm con cara de basilisco mientras él inclina la cabeza con gesto teatral y sale.

La señora Harriman cierra la puerta con llave y se aproxima a nosotras. De repente se detiene en seco, regresa a la puerta y suelta una anticuada «pedorreta», una especie de bufido acompañado por un gesto despectivo con la mano. Al ver nuestras expresiones de desconcierto, se disculpa:

–¡Oh, lo siento! Ha sido muy desconsiderado por mi parte, pero ese hombre me saca de quicio.

–Es...

–Mi exmarido que, por desgracia, vive muy cerca.

–¿Le ha hablado de la felicitación de cumpleaños? –pregunta Margaret.

–Pues claro que no; ni pienso hacerlo. Al menos de momento. No sé a qué ha venido. Dijo que «pasaba por aquí» y le pareció conveniente «controlarme». Creedme, Malcolm nunca me ha controlado, ni a mí ni a nadie. Está buscando algo. En fin, dejemos este tema. ¿Habéis encontrado alguna cosa? ¡Fantástico! Por favor, entrad y sentaos; quiero que me lo contéis todo.

Mientras vamos al salón, Leigh Ann me coge por el brazo y, llevándome un poco aparte, me comenta:

–No me dijisteis que estaba loca.

–¿De verdad crees que lo está?

–¿Me tomas el pelo? ¿De qué va vestida? ¿Eso que lleva puesto no es un traje de novia?

–¡Qué va! No es más que un vestido blanco largo con hebillas y flecos; y calza botas de vaquero. Una combinación extraña, lo reconozco, sobre todo en noviembre, pero no es un traje de novia. –Mi madre, que en lo demás es muy moderna, insiste en que no se puede vestir de blanco después del Día del Trabajo, que en EE.UU. se celebra a principios de septiembre.

Nos sentamos en el salón y, cuando Winifred nos trae té y galletas, Margaret le cuenta a la señora Harriman nuestra aventura en el sótano. Luego abre el libro con gesto triunfante y le enseña el sobre.

–¿Reconoce la caligrafía?

Elisabeth lo coge con cautela, como si temiese tocarlo.

–La letra de mi padre. ¡Dios mío! No sé qué decir, hijas mías. –Le tiemblan las manos y se le llenan los ojos de lágrimas mientras acaricia el sobre y desliza el dedo sobre las letras. Es imposible no compadecerla.

–No lo hemos leído –aseguro.

–Muy amable de vuestra parte, pero podríais haberlo hecho. Confío en vosotras. –Y nos sonríe.

Estupendo. Encantadora. Un detalle conmovedor. Pero si alguien no abre el estúpido sobre en los próximos diez segundos, creo que voy a explotar. La señora Harriman coge de encima de la mesa un abrecartas de mango de madreperla, y lo abre por fin. Saca una cuartilla doblada con las iniciales EHM en el membrete y lee:

Querida Caroline:
¡Muy bien! Estaba seguro de que no te inmutarías ante un sencillo anagrama.
Como te prometí, tu regalo de cumpleaños continúa con un rompecabezas que debes resolver:

(i)+(ii) = (iii)
(iv)-(v) = (vi)

Cada número romano de las ecuaciones se corresponde con una pista, y cada vez que resuelvas una de ellas, encontrarás otra nueva. La solución del rompecabezas te llevará al regalo.
Una advertencia: todas las pistas, excepto la última, se refieren a objetos o lugares de la iglesia.
Una breve información como punto de partida:

el objeto de tu caza del tesoro es realmente un «tesoro», uno de dos objetos. La pareja está en el Museo Metropolitano de Arte, y fue donada por mi amigo y mentor Zoltan Ressanyi.
Sé que tus conocimientos de religión, lenguas clásicas, matemáticas, literatura, filosofía y arte te capacitan para resolver el rompecabezas y encontrar el tesoro.
Que tengas una buena caza y recuerda: a veces los problemas más difíciles de la vida se solucionan tumbándose en la cama y contemplando a una mosca de insignificante apariencia en el techo.
Y, ahora, tu primera pista para la «i»:
Mira detrás de L2324
¡Suerte!

Con todo mi cariño,
tu abuelo Ev

CAPÍTULO 8

En el que decido que el rey Tut vive en la pirámide azul y fuma cigarrillos Camel sin filtro

Los brillantes engranajes del cerebro de Margaret giran a toda velocidad cuando la señora Harriman termina de leer la carta y pregunta:

–¿Entendéis algo?

La señora Harriman es el vivo retrato de la confusión mientras relee de nuevo la nota.

–Recuerdo muy bien al profesor Ressanyi: era un famoso arqueólogo –nos cuenta–. Creo que estaba con Howard Carter cuando descubrieron la tumba de Tutankamón en 1922, aunque su especialidad, como la de mi padre, era el mundo paleocristiano. Y ese rompecabezas, esas pistas... Tanto a mi padre como a Caroline les entusiasmaban los juegos de ingenio, los problemas de lógica, los crucigramas, los anagramas... los rompecabezas de cualquier clase. Pero lo del tesoro, no sé...

Elisabeth Harriman guarda silencio un momento que se prolonga en exceso y Margaret interviene:

–¿Hay algún detalle que deberíamos saber sobre este asunto?

–Me estaba acordando de algo que sucedió poco después de la muerte de mi padre. Veréis, su testamento original mencionaba un objeto de bastante valor que deseaba donar al Museo Metropolitano de Arte... creo que se trataba de un anillo de algún paraje de Francia, e indicaba que se hallaba en un estuche que guardaba en su despacho de la universidad. Sin embargo, cuando fuimos a buscarlo, encontramos en su lugar un codicilo de su testamento, un cambio que había hecho días antes de morir, en el que eliminaba esa donación en concreto. No había más cambios. En aquel momento no le dimos importancia al hecho y supusimos que le había dado otro destino al objeto; siempre estaba haciendo donaciones a museos, colecciones de universidades e instituciones de todo el país. Pero ahora que lo pienso, Malcolm conocía la existencia del anillo y sabía dónde lo guardaba mi padre; según él, no lo había regalado a nadie.

–Tal vez sabía que el señor Harriman deseaba dárselo a Caroline –sugiere Margaret.

–Una idea interesante, Margaret –admite Elisabeth.

–¡Dios mío! ¿Os fijasteis en cómo me miró cuando dije «lo encontramos»? –pregunto–. A lo mejor cree que es eso lo que hemos encontrado.

–Con Malcolm cualquier cosa es posible. Le encantaría poseerlo, sobre todo si es algo importante o algo que lo ayude a promover su carrera. Imbécil presuntuoso.

Leigh Ann, que está sentada a mi lado en el sofá, me da un codazo. Intento no hacerle caso porque estoy pendiente de lo que dice la señora Harriman, y temo que mi amiga me haga reír. Pero me da un codazo más fuerte.

–¿Qué pasa? –pregunto entre dientes.

–No te vuelvas –susurra–, pero esa especie de ama de llaves nos está espiando.

–¿Dónde? –Hago ademán de girar la cabeza.

–¡No mires! La veo en aquel espejo; está junto a la escalera. Fisgando con toda la cara.

Cambio un poquito de posición en el sofá para tener el mismo ángulo de visión que Ann y sí, no cabe duda, allí está Winifred, detrás de la columna de la entrada del salón, ladeando la cabeza en la clásica postura de escuchar a escondidas.

–¿La ves?

–Sí.

–¿Qué hacemos?

Como soy nueva en el mundo de los espías y los secretos, solo se me ocurre decir:

–Ni idea.

–Con respecto a la carta –continúa Margaret–. ¿Quiere que intentemos resolver el rompecabezas, por si el anillo sigue estando donde su padre lo dejó?

–La verdad es que tenéis más probabilidades de encontrarlo que yo, puesto que me superan los crucigramas más sencillos. No sabría por dónde empezar.

–Es como la primera vez que una lee un problema de álgebra: no tiene sentido –digo sin apartar la vista de Winifred–. Pero al poco rato se descubre... Ocurre igual con esos ridículos problemas de lógica; los que dicen que Aaron fuma Lucky Strike, Betty vive en una casa verde y Cameron vive al lado de Aaron; por lo tanto, ¿quién tiene un Ford rojo? Parece que no dispones de información suficiente, pero si te pones a pensar y la organizas, cuentas con bastantes datos para resolver la incógnita, y descubres que Doug ha dejado de fumar, que vive entre Betty y Cameron y que tiene un

Chevrolet de color morado. –Me tomo un respiro porque estoy sin aliento y señalo la carta–. Esto es lo mismo.

–Pues al ver la pista y las ecuaciones, o lo que sean, no me sugieren nada sobre el escondite –comenta Margaret.

Echo un vistazo al espejo y veo a Winifred en el mismo sitio, estirando el cuello para no perderse palabra. A continuación vuelvo la vista hacia la señora Harriman, y le digo lo siguiente:

–Evidentemente, su hija era muy inteligente y su padre fue catedrático en Columbia. Al parecer, él creía que Caroline lo descubriría todo basándose en lo que sabía. Ella tenía la misma edad que nosotras, más o menos, bueno un par de años más. No obstante, Margaret, ¿qué más sabría que no sepamos nosotras? ¿Y todos esos libros que lees no te sirven para nada? –(Estoy lanzada)–. Has encontrado el sobre rapidísimo; no has tardado más de cinco minutos en descubrirlo. En cambio, yo estaría todavía en la biblioteca, rebuscando en las estanterías. ¿Qué te parece?

La afortunada combinación de la insaciable curiosidad de Margaret y mi capacidad sin igual para ponerla a cien la desbordan.

–¿Cree de verdad que lo lograremos? –le pregunta a la señora Harriman.

–Pues claro que sí –replica Elisabeth, riéndose–. Lo único que os pido es que quede entre nosotras.

–Entre nosotras y el señor Eliot, nuestro profesor de inglés –observo–. Nos ha ayudado a encontrar el libro, así que ya sabe algo. Pero es muy buena persona; guardará el secreto si se lo pedimos.

–De acuerdo. Entonces ya tenéis otro rompecabezas que resolver.

Mientras estamos despidiéndonos en el vestíbulo, la señora Harriman señala el omnipresente bloc de dibujos de Rebecca y comenta:

–Me he fijado en que dibujabas mientras hablábamos.

–Sí, lo siento –se disculpa nuestra amiga–; no pretendía ser maleducada. A veces dibujo sin darme cuenta.

–¿Me dejas echar un vistazo?

Rebecca aprieta instintivamente el cuaderno contra el cuerpo, pero poco a poco relaja la presión cuando nos acercamos a ella.

–Humm, bueno.

Elisabeth coge el cuaderno con mucho cuidado, lo abre y pasa las páginas como si en cada una de ellas hubiese una obra de arte.

–Rebecca, cariño, son realmente notables.

–Ya le dije que era buena –comento.

–Pues dijiste la verdad. –Se detiene a contemplar un dibujo de la famosa fuente de Betesda de Central Park y acaricia las delicadas líneas a lápiz–. ¡Qué elegante! Pasa unas cuantas páginas más y se demora en una de ellas llena de pequeños dibujos, los que Rebecca ha estado haciendo poco antes.

–¡Oh, esos no...! –grita Rebecca, tratando de cerrar el cuaderno.

–¡Vaya, soy yo! –exclama Elisabeth–. Y también está Winifred. Y Margaret. ¡Tienes mucho talento, Rebecca! ¿Has recibido clases?

–Nooo. Bueno, solo las clases de dibujo del colegio.

–Querida, tengo que presentarte a una persona. ¿Qué haces el sábado por la tarde?

–Pues... de niñera, supongo. He de cuidar a mis hermanos.

–Mira, haremos una cosa –dice la señora Harriman, yendo hasta una mesita en la que hay papel y una estilográfica con el capuchón de oro. Escribe una dirección y se la da a Rebecca–. Es una galería de Chelsea, propiedad de una gran amiga mía. Me encantaría que viese tu trabajo y que hablases con ella; disfruta ayudando a los jóvenes artistas, y sin duda te dará buenos consejos. He quedado con ella allí a las dos y media; por favor, trata de ir. Lleva tu cuaderno y todo lo que hayas dibujado.

En ese momento todas rodeamos a Rebecca y la miramos sin pestañear, lo cual la pone tan nerviosa que retrocede.

–Yo... lo intentaré, pero...

–Venga, Becca, cuidaré yo a tus hermanos, si ese es el problema. Pero tienes que ir.

–Iré, iré.

–¡Bravo! –Elisabeth sonríe–. Entonces, hasta el sábado.

En cuanto la puerta de color rojo de la señora Harriman se cierra detrás de nosotras, Leigh Ann y yo interpelamos a Margaret.

–¿La has visto? –pregunta Leigh Ann.

–¿A quién? ¿De qué habláis?

–A Winifred –respondo yo–. El ama de llaves...

–¡Nos estaba espiando! –exclama Leigh Ann.

–¿Nos espiaba? ¿Estás segura?

–Ya lo creo, segura del todo –digo–. Se notaba mucho. Estaba escondida detrás de una columna, pero la vimos en el espejo.

Margaret se muestra escéptica y pregunta:

–Rebecca, ¿has visto algo?

–Rebecca no podía verla desde su asiento.

–¿Estáis convencidas de que estaba escuchando? A lo mejor esperaba a que la señora Harriman pidiese más té o algo por el estilo.

Leigh Ann y yo nos miramos, y negamos con la cabeza con gran energía.

–Estaba fisgoneando descaradamente –afirmo.

–Bien, pues así tenemos dos interesantes... detalles que atañen a Winifred –comenta Margaret–. Será preciso mantener los ojos y los oídos bien abiertos.

Huummm. Una variante de la antigua teoría «culpable el mayordomo». ¿Culpable el ama de llaves? (¿Culpable de qué?)

CAPÍTULO 9

En el que «el chico» hace su aparición, y yo doy un paso audaz

He llegado hasta aquí sin hablar del «chico», lo cual es todo un récord para una alumna que empieza secundaria. Supongo que tarde o temprano tendré que presentároslo. De momento, me limitaré a decir que «el chico» se llama Rafael Arocho, y está como un queso. Raf (rima con «paf») empezó a estudiar en el colegio de San Andrés, el colegio masculino que está al lado de Santa Verónica, pero cuando su familia se mudó al otro lado de la ciudad a final de sexto curso de primaria, lo cambiaron a Santo Tomás de Aquino, un colegio también masculino, en el Upper West Side. Rebecca y yo lo conocemos desde que íbamos a la guardería, y Margaret lo conoció en tercero de primaria cuando ella vino a vivir a la ciudad con su familia. Los alumnos de los dos colegios celebrábamos juntos las reuniones de principio de curso, las funciones navideñas y otros acontecimientos importantes, y por eso conocíamos muy bien a Raf y a los otros alumnos de San Andrés. Hasta quinto curso lo odiábamos; era repelente, como todos los chicos.

Pero las cosas cambiaron en sexto; dejó de comportarse como un idiota integral, y comenzamos a valorar sus otras cualidades, y ya sabéis a cuáles me refiero, ¿verdad?

He aquí cómo entra en escena: cuando Margaret acaba de llamarme para decirme que va a venir, el teléfono suena de nuevo. Es él. Tras las quejas habituales por la gran cantidad de deberes que los profesores nos ponen, hablamos del próximo baile que se celebrará en su colegio. Parece ser que los bailes del colegio Santo Tomás de Aquino son muy divertidos.

–Yo iré, pero Margaret no podrá... Sus padres aún no la dejan ir a bailes. Además, asiste a clases de polaco los sábados por la mañana y ha de estudiar los viernes por la noche. Pero me acompañarán otras dos amigas.

–¡Ah, la señorita Sophie Santa Popularidad nunca está sola! Arrastra multitudes.

–¿Te veré allí o eres demasiado guay para ese tipo de cosas?

–Pues claro que soy muy guay. Sin embargo, iré.

Tras confirmar ese tentador y valioso dato, cambio de tema otra vez:

–¿Qué tal se te dan los rompecabezas?

–¿Te refieres a las adivinanzas?

–Más bien problemas, pero no crucigramas. ¿Recuerdas los problemas de lógica con los que Margaret nos atormentaba?

–Sí, claro, ese rollo como lo de Larry tiene tres hermanos: Shemp es más alto que Moe, pero Moe es más alto que Curly, ¿quién es el más alto? ¿Cosas así?

–Eso mismo.

–Sí, se me dan muy bien. ¿Por qué?

–Quedemos en el Perkatory. ¿Puedes mañana sobre las cuatro y media?

–Espera, espera. ¿Cuál es el gran secreto?
–Tú ven, y te enterarás de todo. –Cuelgo.
¡Eh, un momento! ¿Le he pedido a un chico para salir?

CAPÍTULO 10

En el que Margaret descubre su lado humano

Como el desorden de mi habitación distrae demasiado a Margaret, normalmente voy a su casa a estudiar con ella (lo cual es mucho más fácil que limpiar). Por eso me sorprende bastante que esa tarde diga que va a venir a mi casa para preparar el examen de historia. Todavía tengo el teléfono en la mano cuando mi amiga se deja caer en la cama, a mi lado.

—¿Con quién hablabas?

—Con Raf.

—¡Oooooh!

—¿A qué viene tanto «oooooh»?

—A nada.

—¿A nada? ¿Solo «oooooh»?

—Sí. —Sonríe—. Solo «oooooh».

—Vale. ¿Y a ti qué te pasa? No te gusta en absoluto estudiar aquí.

—Nada de eso. —Echa un vistazo a mis libros, algunos bien ordenados, otros no—. Verás, el... desorden desencadena mi trastorno obsesivo-compulsivo, pero tengo una solución. –Se sienta en la cama con las piernas cruzadas, cierra los ojos y extiende las manos con las palmas hacia arriba, como si meditase–. Oooommmm… El revoltijo de Sophie no me distraerá… Su eeemmmmmbrollo no me molesta… eeemmmbrollo…

–Podemos ir a tu casa –sugiero.

–Ooooooommmmmmm… ¡No!

–Margaret Wrobel. –Me enfrento a ella, inmovilizándole los hombros contra la cama, y le espeto–: ¿Qué te traes entre manos?

Se libra de mí (a pesar de lo delgada que está, tiene muchísima fuerza), y me explica:

–Aquello es una locura de gente: mi abuela, mi hermano y mis padres; no hay intimidad. Esto resulta más tranquilo.

–Claro, me había olvidado de tu abuela. No has contado nada sobre ella desde que está en tu casa. ¿Duerme en tu habitación?

La abuela de Margaret, de ochenta y cuatro, ochenta y cinco u ochenta y seis años (nadie lo sabe con exactitud), acaba de llegar de Polonia y se quedará unas semanas con su familia.

–Sí, claro.

–Tenía entendido que la querías mucho. ¿Cómo la llamabas?

–Mi *babcia*, y la quería mucho. Bueno, la sigo queriendo. Pero es que… –Margaret salta de la cama y abre su mochila–. Nada; olvídalo. Tenemos que estudiar. ¿Dónde está tu libro?

–A ver, a ver, durante cinco años no he oído más que *babcia* por aquí y *babcia* por allí; lo maravillosa y alucinante que era, la cantidad de cosas que hacíais cuando vivías en Polonia y cuánto la echabas de menos. Y ahora que está aquí, ni siquiera nos la has presentado.

–Lo sé y lo lamento. –Margaret está triste–. Cuando mis padres me dijeron que iba a venir, me encantó la idea. Cuando yo era pequeña, *babcia* y yo siempre estábamos juntas. Me regaló mi primer violín, pagó mis primeras clases de música, me sentaba en su regazo y yo me dormía mientras ella me leía cosas. Recuerdo que, cuando me acompañaba en autobús a Varsovia, cantábamos nuestra canción favorita, y a veces se unían a nosotras los demás viajeros. Casi todos mis mejores recuerdos de Polonia tienen que ver con ella. –Suspira y hunde la cabeza entre las manos–. Pero ahora no la soporto.

–¿Por qué? ¿Qué hace?

–Por un lado, habla sin parar. Desde que mi abuelo murió, vive sola en Polonia, y supongo que le encanta tener gente con la que charlar. Se acuesta a las siete y media, así que no puedo encender la luz ni utilizar el ordenador. ¡Y, además, se empeña en reorganizar mis cosas! Dice que mi falda es demasiado corta y que mis zapatos parecen los de las prostitutas de Varsovia, cosa que no es cierta. Y no falta día que no les diga a mis padres que me echaré a perder porque tengo un teléfono móvil.

Hummm. No me parece tan horrible, pero quiero animar a Margaret.

–Tal vez le cueste acostumbrarse –insinúo–; a lo mejor aún arrastra el *jet lag*, y cuando quede agotada de hablar con la gente que tiene alrededor, será fabuloso. Es cuestión de tiempo. Mientras, podemos estudiar aquí.

–De acuerdo, pero ¿qué te parece si ordenamos esos libros?

–¡No me digas que ahora eres tú la que quiere reorganizar mis cosas!

Me tira una almohada a la cabeza.

–¡El doble!

CAPÍTULO 11

En el que aparece cierto personaje de ojos verdes

Mientras repasamos los puntos más delicados de la guerra franco-india, dejo caer que tengo la intención de incluir a Raf en nuestro proyecto de resolver el rompecabezas. Al fin y al cabo, si confiamos en Leigh Ann, a quien conocimos ayer como quien dice, también deberíamos fiarnos de un viejo amigo como Raf, ¿no? Me cuesta un poco convencer a Margaret, pero acaba por admitir que no estaremos traicionando a la señora Harriman. Además, nunca viene mal tener otro buen cerebro en el proyecto. Ni por un momento confieso que en mi decisión influye el hecho de que cada vez que lo veo me parece más guapo, o que (en cierto modo) lo echo de menos.

Al día siguiente vamos al Perkatory poco antes de las cuatro y media, y allí está Raf, con los pies sobre una mesita asquerosa.

–Hola, fracasadas. Llegáis tarde. –Nos enseña sus deslumbrantes dientes.

Lo abrazamos pese a ello y nos apretujamos junto a él en el sofá.

–¿Dónde está Becca? Creí que ibais juntas a todos los lados, como Los Tres Chiflados.

–Ha tenido que quedarse en casa, pero está al tanto de todo –afirmo.

Leigh Ann entra poco después y coge un refresco *light* en el refrigerador. Nos ve cuando paga a la cajera.

–Hola, colegas. ¿Qué tal? –Sonríe a Rafael.

Deberías ver cómo se miran el uno al otro. Para más inri, ella es el equivalente femenino de nuestro amigo. Reconozcámoslo: es guapísima... Posee todas las gracias: como nació en República Dominicana, tiene la piel preciosa y unos grandes ojos castaños. Los chicos babean cuando la ven; tanto Raf como ella parecen salidos de un catálogo.

Margaret, cuya fascinación por Rafael es más teórica y cuya educación siempre supera la mía, los presenta:

–Leigh Ann, te presento a nuestro amigo Raf; estudió en San Andrés, pero ahora va al Aquino. Ella es nueva este curso, pero ya forma parte de la banda.

–Como Shemp (uno de Los Tres Chiflados, por si no lo sabías) –aclaro.

–Hola –saluda Leigh Ann.

–Hola –responde Raf.

¿Genéticamente afortunados? Sí. ¿De conversación deslumbrante? No tanto.

¡Qué pena! ¡Leigh Ann no se puede quedar! Mira por dónde, tiene clase de baile y debe ir al centro. Una verdadera lástima. En cuanto se marcha, doy una palmada –muy fuerte– a Raf en el hombro.

–¿A qué ha venido todo eso? –cuestiono, e imito la postura y la sonrisa que él le ha dedicado a nuestra compañera–. ¡Eh!

–¿Qué? –pregunta Raf, fingiendo no saber de qué hablo.

–¿Se puede ser más descarado?

–Tiene razón, Raf –asiente Margaret–. Has sido bastante descarado. –Se inclina y abre la mochila, preparándose para trabajar–. Pero basta ya de distracciones hormonales.

Margaret y yo le contamos toda la historia. Cuando una de nosotras omite algo, interviene la otra.

–¿Puedo ver la carta? –pregunta Raf.

Margaret le da la copia, y él la lee en silencio.

–¡Caramba! ¿Quién era esta chica?

–¡Vamos, se supone que eres listo! –bromeo.

–Margaret es la lista. Yo soy el guapo.

–¿Y qué me dejáis a mí?

–Tú... tú eres... en fin...

¿Se ha puesto colorado? Ocurre algo raro. ¿Otro misterio?

–¡Centrémonos! –exige Margaret–. ¿Entiendes el rompecabezas? Eso es lo que yo no capto: hay dos ecuaciones simples con seis espacios en blanco y una única pista. Si se encuentra la respuesta, consigues otra pista. Supongamos que las descubrimos, pero ¿de qué nos sirven para resolver el rompecabezas?

–Sí, claro; oye, ¿no debería haber un mapa o algo así? –pregunto.

–Tal vez una de las pistas te lleve al mapa –contesta Raf, encogiéndose de hombros–. ¿Y qué ganáis vosotras si lo encontráis?

–En realidad, nada –responde Margaret–, si te refieres a compensación económica.

–¿Os habéis metido en esto porque os lo dicta vuestro buen corazón?

–Pues sí, lo hacemos porque nos lo dicta nuestro buen corazón –ratifico–. Y tú nos vas a ayudar.

–Vale, de acuerdo, haré lo que esté en mi mano.

Pero no puedo venir todos los días a esta zona de la ciudad. Los autobuses que la recorren de cabo a rabo son una pesadilla.

–Deja de quejarte –le suelta Margaret–. No hace falta que vengas. Se trata de un problema lógico, y lo abordaremos lógicamente: paso a paso, pista a pista. Por muy inteligente que fuese la tal Caroline, entre nosotros tres, Rebecca y Leigh Ann, tendríamos que resolverlo… a menos que…

¿Acaso hay una fisura en su sólida confianza?

–¿A menos que qué?

–¿Y si una de las pistas se refiere a algo personal, algo que solo sabían Caroline y su abuelo?

–Entonces tendremos que preguntárselo a Caroline –digo–. Tenemos datos suficientes sobre ella para localizarla. Pero, aparte de eso, vosotros creéis que somos capaces de resolverlo, ¿verdad?

–¿Por qué no? –contesta Raf, confiado.

Margaret le arrebata la carta, y plantea:

–¿Te has fijado en que dice que se trata de un objeto que formaba parte de un par y que el otro está en el Met? ¡Tenemos que ir al museo y buscar el segundo objeto! –Se está emocionando otra vez, con la confianza firmemente asentada.

–¡Ay, chicas…! –dice Raf–. ¿Habéis estado en el Met? Tardaríamos una semana en hallarlo. Tal vez lo guarden en un almacén o lo hayan vendido a otro museo.

–*Au contraire* –replico–. Sabemos dónde buscar. Según la señora Harriman, este señor, el abuelo de Caroline, era experto en reliquias paleocristianas. Investigaremos por ahí.

–¿El sábado? –Comprendemos que no es una pregunta, sino una orden, así que Raf y yo quedamos en la escalera del museo al mediodía.

–Y ahora, echemos un rápido vistazo a la pista número uno.

Margaret *la Gestora del Tiempo.* Estamos juntos y tenemos un trabajo que hacer, ¿para qué andarnos por las ramas?

CAPÍTULO 12

En el que resuelvo la primera parte del rompecabezas (y tal vez se me atribuye más mérito del que merezco, pero ¿a quién le importa?)

Los tres ponemos el cerebro en marcha y descubrimos la primera pista ahí mismo, en el Perkatory. ¡Así de fácil! Me llama la atención un detalle de la carta del abuelo de Caroline que parece una extraña coincidencia.

Se trata de lo siguiente: sin duda, lo que Caroline sabía de religión, lenguas clásicas, matemáticas, literatura, filosofía y arte le habría servido para resolver el rompecabezas. Seis asignaturas, seis pistas. ¿Coincidencia, pues? No lo creo. ¿Estaban enumeradas en orden? ¿Cómo diablos voy a saberlo? Pero sería lógico.

Partimos de la base de que la primera pista se refiere a algo relativo a la religión, lo cual nos infunde confianza. A fin de cuentas, los tres hemos estudiado siempre en colegios católicos. Con un rotulador fosforescente, Margaret anota la pista en la página de un cuaderno y la pone sobre la mesa:

MIRA DETRÁS DE L2324

–Podría ser una secuencia del estilo: «¿Qué viene a continuación?» –sugiere Raf.

–O una fecha –observo yo–. ¿La ELE no es un número romano?

–Sí, ELE equivale a cincuenta –responde Margaret–. Pero ¿por qué mezcla distintos tipos de números? Tendríamos 502324; carece de sentido. ¿ELE de «lado izquierdo»? ¿El lado izquierdo de la iglesia? ¿Los bancos están numerados?

–No me convence –replico arrugando el entrecejo–. Parece más bien el número de la matrícula de un coche o de un taxi. –Lo deletreo mentalmente, pero no me dice nada.

Raf se incorpora de pronto exclamando:

–¡Dios mío! Necesitamos una Biblia. Se trata de una pista de religión, ¿recordáis? Es facilísimo.

Margaret rebusca en su mochila.

–¿Llevas una Biblia encima? –Raf se asombra–. ¿Qué te han hecho en el colegio?

–He de preparar un trabajo de religión, bobo. ¿Pretendes convencerme de que nunca la has llevado en la cartera? Calla, no me lo digas. No quiero enterarme de los pocos deberes que te ponen en comparación con nosotras. –Margaret le entrega una Biblia en rústica muy usada.

–ELE de Lucas; L2324 es Lc. 23,24 –afirma nuestro amigo, pasando páginas–. Y antes de seguir adelante, he de aclarar que se me ha ocurrido porque el otro día en clase estudiamos precisamente a san Lucas. Aquí está: Lucas, capítulo veintitrés, versículo veinticuatro: «Pilato sentenció que se cumpliera lo que pedían».

–Se trata de cuando Poncio Pilato condena a Jesús a ser crucificado. ¡Qué interesante! –reflexiona Margaret.

–¿Esa es la respuesta? –pregunto.

–No, ¡qué va!, recuerda la carta. Las pistas nos conducen a lugares de la iglesia. ¡Esto nos indica dónde tenemos que buscar! –Margaret consulta el reloj–. Venga, recoged vuestras cosas; vamos allá, tenemos que darnos prisa porque se celebra una misa dentro de veinte minutos.

Llegamos con la lengua fuera a la monumental entrada de la iglesia de Santa Verónica. El cielo del atardecer, de un gris pizarroso, apenas ilumina el interior, y da la impresión de que el padre Danahey, el párroco, quiere ahorrar electricidad, pues las únicas luces encendidas son las de detrás del altar. El resto del recinto, casi vacío, queda sumido en una fantasmal oscuridad. Hay unas cuantas personas arrodilladas en los bancos, pero nadie se vuelve a mirarnos mientras caminamos por el pasillo de la derecha y nos detenemos para enseñarle a Raf la puerta de la vidriera del cáliz pintado: el umbral que conduce al pasado de la señora Harriman.

–¿Y ahora qué estamos buscando? –pregunto.

–Algo relacionado con ese versículo sobre Pilato, algo sobre la crucifixión.

–Hay cientos de crucifijos en este lugar –comenta Raf, dando un vistazo alrededor.

–¡Chissst! Dejadme pensar. –Margaret se tapa las orejas con las manos para evitar distracciones y observa las paredes de piedra a izquierda y derecha–. El versículo es muy concreto. Si se tratase del que hace referencia a la muerte de Jesús en la cruz, tendríamos que buscar un crucifijo. Pero nuestro texto habla de la sentencia, de modo que se refiere a algo totalmente distinto. Debemos buscar a Poncio Pilato.

–Los cuadros... –sugiero sin darme cuenta de que acabo de dar en el clavo–. Las dichosas estaciones.

¡Dios mío! Me parece increíble. ¿Te acuerdas del otro día cuando fingimos que mirábamos una de ellas junto a la puerta, y... cómo se llamaba aquel tipo? Sí, el diácono. Señor... Winter no se qué...

—Winterbottom.

—¡Eso! ¿Recuerdas que se acercó y nos contó una historia? ¿Recuerdas el nombre del pintor, el que estaba detrás del cuadro? Era Harriman, estoy segura. El señor Winterbottom dijo que la nieta del pintor vivía al lado, lo cual significa que Everett Harriman, que fue quien escribió la carta, era su hijo. Seguidme. Os lo enseñaré.

Cojo a Raf por el brazo, lo arrastro, y Margaret nos sigue hasta la primera estación, donde señalo la placa de bronce pegada en la parte inferior del marco.

—Mirad el título. Me fijé el otro día mientras intentabais abrir la cerradura.

Margaret se agacha y lee en la penumbra:

—«Jesús condenado a muerte». ¡Sophie, eres un genio!

Me siento orgullosísima, aunque no sé muy bien de qué.

—Miremos la parte de atrás del cuadro o la pared que está detrás. —Margaret comprueba que no haya moros en la costa. Acaricia el borde del chabacano marco dorado, separa un extremo del cuadro de la pared y mira el dorso del marco y el lienzo—. Está demasiado oscuro. Por casualidad, no tendréis una linterna, ¿verdad?

Raf busca algo en el bolsillo, y ofrece:

—¿Te sirve un encendedor?

—Eso valdrá —acepta Margaret—. Acércalo aquí.

—¿Estás loca? —De pronto imagino el cuadro en llamas. Tiene que haber un sitio especial en el infierno para los que queman cuadros religiosos, por mediocres que sean—. Oye, ¿y cómo es que tienes un encendedor?

–increpo a Raf–. ¿Has vuelto a fumar? –Cuando estábamos en primaria, nuestro amigo le robó un paquete de cigarrillos a su tío y pasó por la típica fase: «Soy fenomenal y, por lo tanto, fumo». Su madre se enteró y le dijo que si notaba olor a tabaco, lo mataría de una muerte más dolorosa que el cáncer.

Margaret ha metido la cabeza detrás del cuadro y lo examina con minuciosidad.

–¡Eh, creo que he encontrado algo! Raf, ¿tienes un cuchillo?

–¡Qué! ¿Un cuchillo? ¡Dios mío! –Me da la impresión de que voy a estallar.

–Tranquila, Soph. Solo quiero sacar algo. Hay una chincheta clavada en el dorso del marco y creo que tiene algo prendido.

–¿Qué me dices de una bonita e inofensiva lima de uñas? –sugiero.

–Me sirve.

Se la doy y Margaret desaparece de nuevo detrás del cuadro.

–¡Ya lo tengo! –Reaparece con un trozo de papel amarillento de unos 3 x 2 centímetros, con una chincheta roja clavada en medio.

–Vamos adonde haya más luz. Hay algo escrito, pero la letra es muy pequeña.

En ese preciso instante se encienden más luces en la iglesia para preparar la misa de las cinco y media. Nos colocamos muy juntos bajo unas lámparas, y Margaret extiende la mano para que todos podamos leer el papel que ha desdoblado.

¡Enhorabuena! Has encontrado la primera respuesta.
(i) = X
La pista de (ii) *está al dorso. ¡Buena suerte!*

Al dorso las letras están al revés. Aparece lo siguiente:

S
IE
AR
IS
OV
OL
RM
MA
DE
JO
BA
RA
MI

¡Vaya! ¿La primera pista es una X? ¿Quién, que no sea profesor de matemáticas, entendería semejante respuesta? No me malinterpretéis, pero es que, después del inglés, las matemáticas son mi asignatura favorita. Odio a muerte a esos chicos tan inteligentes que siempre están diciendo que no se les dan bien las mates si el motivo es que se duermen en clase y no hacen los deberes, pero... ¡oh, sorpresa!, no se lo explican. Y a mí me gustaría saber por qué les resulta tan difícil. Sí, ya sé que esto no viene a cuento, pero intento defender un punto de vista.

–Pensándolo bien, la equis juega un papel importante en la historia de la búsqueda de tesoros –opina Raf–. Y siempre marca el lugar, ¿no? –Comprueba qué hora es–. ¡Vaya, ha sido estupendo, pero tengo que irme! Nos vemos el sábado, ¿verdad, fracasadas?

–Sí, el sábado, cabeza de chorlito –responde Margaret–. Al mediodía en la escalera del Met.

Cuando nos encaminamos hacia el fondo de la iglesia, veo de refilón a un hombre que sale por las macizas puertas de madera tallada. Poco antes había echado un vistazo al templo y juraría que no estaba. Se me ponen los pelos de punta: una señal que no anuncia nada bueno.

CAPÍTULO 13

En el que queda en evidencia la asombrosa frivolidad de mi carácter

Rebecca me llama por la noche a casa para que le informe de la reunión de cerebros en el Perkatory, y para compartir dudas sobre el caso.

–No se trata solo de que el anillo haya desaparecido. Sería un milagro que las seis pistas siguiesen en su sitio.

–Cierto. Pero la chincheta demuestra que nadie sabía nada del «tesoro enterrado».

–¿Tienes idea de qué ocurre con las dos ecuaciones? No creo que solucionar los huecos en blanco de esos dos problemas os conduzca al tesoro.

–No lo sé. Margaret y Raf piensan que lo averiguaremos cuando sea el momento. Hasta entonces…

–Y hablando de tu gran amigo Rafael, ¿cómo está?

–¿A qué te refieres? –pregunto a la defensiva–. No es más que un amigo.

–Sí, claro, claro. Pero si eso es cierto… dime, ¿por qué es así? ¡Ay, Sophie, cada vez que lo veo está más guapo!

Et tu, Rebecca?

–Ya..., al parecer no eres la única que piensa eso. Tendrías que haber visto a Leigh Ann flirteando con él.

–¿Leigh Ann? ¡Dios mío! ¿Cuándo lo ha conocido?

–Lo pregunta de una forma que me desquicia incluso más de lo que ya estoy.

–Cuando estábamos en el Perkatory. Entró y se puso a agitar la melena y a exhibirse... bueno, ya sabes cómo es. Y Raf lo mismo. Me dieron ganas de matarlo; no quiero ni pensarlo. Oye, y sobre el baile del viernes en el Aquino... Vas a ir, ¿verdad?

–Esto...

–Oh, por favor, Rebecca. A Margaret no la dejan ir, así que si tú no vas, solo estaremos Bridget y yo. No me hagas eso; tienes que ir.

Bridget O'Malley se vuelve loca por todos los chicos. Éramos muy amigas en primaria, pero desde hace dos años ha dejado de conceder su prioridad esencial al colegio y la ha aplicado a los chicos; francamente, me asusta un poco estar con ella.

–No me digas. Irá mucha gente que conoces.

–Nadie que me interese de verdad. ¿No te deja ir tu madre?

–Dijo que sí, pero sé que no le hace gracia.

–Sí, claro, y mi padre sigue pensando que tengo diez años. ¡Imagínate que me preguntó si iba a ir de uniforme... al baile!

–Sophie, creo que debería quedarme a cuidar a mis hermanos para que mi madre pueda salir al cine o adonde sea. Su amiga Alice la ha telefoneado hace un rato y le comentó algo al respecto, pero conozco a mi madre, y sé que dirá que no para que yo vaya a la dichosa fiesta.

–¿Entonces? Vete al baile –digo, ignorando por completo la generosidad de mi amiga.

–Pero no es justo. A ella le encanta el cine, y precisa estar con su amiga mucho más de lo que yo necesito ir a un estúpido baile.

Poco a poco –a la velocidad de la tortuga más lenta– empiezo a entender y a valorar el sacrificio que mi amiga está dispuesta a hacer.

–¡Ooooh, qué buena eres! Eres un encanto. Lamento mucho haberte presionado. Oye, ¿qué te parece si me acerco a tu casa y me quedo contigo?

–Sophie Saint Pierre, debes asistir a esa tontería de baile. ¡Alguien tendrá que contarme lo que ocurre en esas estúpidas fiestas! Y además, ¿qué me dices del estúpido de Rafael? ¿Acaso no va a ir?

¡Maldición! Sí, irá y le parecerá fatal que no estemos ninguna de las tres, pero mi voz se impone y dice:

–¿Y qué? Lo superará. Estoy segura de que Leigh Ann ocupará mi lugar a las mil maravillas.

¡Caramba! Eso duele.

–Pero aquí están mis hermanos y querrán ver *Balto* por millonésima vez. Y ni siquiera tengo una conexión decente a Internet; hemos vuelto a la de acceso telefónico.

–No me importa. Mis padres iban a darme dinero para el baile, así que nos llegará para pizza. Mañana pasaré por el restaurante de mi padre después del colegio y cogeré algunos postres. Son impresionantes, de verdad.

–¿Hablas en serio?

–Claro que sí; voy a llamar muy en serio a Margaret y le pediré que se una a nosotras. Haremos una pequeña fiesta. Que lleve sus libros si quiere, y tal vez podríamos preparar la parodia para el banquete de Dickens. ¿Te parece bien? En realidad me acabo de invitar yo solita.

–Es genial –dice Rebecca–. Trae el postre. Y… oye, Soph.

–¿Qué?

–Gracias.

–De nada. Tú harías lo mismo por mí.

–Eh… Sí, quizá.

–¿Quizá?

–Bueno, rotundamente no, si Raf me estaba esperando.

–Mema.

–Fracasada.

–Ahora sí que no te vas a librar de lo de Dickens.

–Buenas noches, Soph.

CAPÍTULO 14

En el que el Coyote y Balto luchan a muerte. Bueno, no tanto, pero ¿a que sería fantástico?

El viernes por la noche, mientras todas las que se precian (al menos en Santa V.), van al West Side a bailar y sabe Dios qué más (¿lo sabré yo algún día?), Margaret y yo cogemos el metro hasta Canal Street y compramos algunas cosas antes de ir a casa de Rebecca. En esa calle encuentra una casi todo lo que necesita y montones de cosas que nadie en su sano juicio querría; es una sorprendente experiencia de compras baratas. ¿Bolsos de diseño falsos? Ahí los tienes. ¿Zapatillas de ballet chinas monísimas? Las encuentras, ¡y de cualquier color que se te ocurra por un dólar! ¿Pendientes larguísimos y tintineantes? Tome, señorita, dos por cinco dólares. Reprimimos la tentación de comprar películas ilegales que aún están de estreno, pero elijo un disco bastante viejo con un montón de dibujos animados para los hermanitos de Rebecca y... Bueno, también un cinturón muy guay y unas enormes gafas de sol a las que no me puedo resistir.

Margaret aceptó acompañarme a casa de Rebecca con la condición de que la dejase tranquila al salir del colegio, de cuatro a siete, para repasar sus lecciones. Como su abuela y sus padres se habían ido a Queens a visitar a unos parientes, disfrutó de tres horas de «tranquilidad», pero me prohibió que la llamase o la molestase bajo ningún concepto. Aparte de mi exilio temporal de Margaretlandia, Rafael está enfadado conmigo por escaquearme del baile. Aunque lo primero que hizo cuando le dije que no pensábamos asistir fue preguntar si iría mi amiga Leigh Ann. ¡AAAAAAAAH! ¿Es el precio que hay que pagar por hacer «lo correcto»? Tal vez no sea lo mío.

Mi padre apareció con una caja llena de tartitas de chocolate, milhojas, petisús y trufas. Quizá habré perdido al chico (temporalmente), pero tengo los dulces más ricos.

En casa de Becca pedimos pizza; cuando la traen, y como ella había augurado, sus hermanitos se empeñan en ver de nuevo *Balto*.

–¡No! Me niego a ver esa condenada cosa una vez más –exclama Rebecca.

–Has dicho una palabrota. Me voy a chivar –dice su hermano Jonathan.

–Tienes toda la condenada razón, enano. Nada de *Balto*. Veréis unos dibujos animados que mi encantadora amiga os ha comprado: *Bugs Bunny* y *Correcaminos*. Son verdaderos clásicos; os chiflarán.

Jonathan y su hermana gemela, Jennifer, se quejan, pero tras treinta segundos oyendo los «bip-bips» de Correcaminos, están encandilados. (Acabo de leer «Enriquezca su vocabulario» en un viejo ejemplar del *Reader's Digest* en la consulta de ortodoncia; me encandila la palabra «encandilar»). La elección del disco es una verdadera serendipia (más lecciones de «Enriquezca su vocabulario»). ¿Cómo iba yo a suponer que Correcaminos y su archienemigo el Coyote nos ayudarían con la pista número dos?

–Aquí está –dice Margaret, escribiendo las letras en una página del cuaderno de dibujo de Rebecca:

S
IE
AR
IS
OV
OL
RM
MA
DE
JO
BA
RA
MI

Nos quedamos mirando las letras un buen rato sin decir nada.

–¿Es la típica pista lingüística? –pregunto–. Porque debo confesar que no me dice nada.

Margaret y Rebecca están como hipnotizadas, hasta tal punto llega su concentración.

–¿Se trata de un código? –sugiere Rebecca.

–Tal vez. Pero de momento busquemos soluciones más fáciles –indica Margaret–. ¿No será una lista de palabras, y solo nos dan un par de cada una?

–En ese caso, tendríamos miles de palabras –responde Rebecca.

–Sí, tienes razón. Podría ser también una famosa cita. ¿Y otro versículo de la Biblia? Eso reduce las probabilidades.

–No lo sé. –Rebecca se muestra escéptica–. Lo encuentro demasiado retorcido. Quizá si hubiese espacios en blanco para las letras que no están, al menos sabríamos cuántas faltan. Hazme el favor de escribir las letras de corrido en la página.

SIEARISOVOLRMMADEJOBARAMI

–Creo que aún es peor –digo.

–¿Hay alguna palabra reconocible? –pregunta Margaret–. ¿Alguna con más de dos letras? ¿Y alternándolas: S,E,R,S,V,L...? No, así no vale. ¡Maldita sea! ¿O alternándolas empezando por el final: I,A,A,O,E? Nada.

–¡Eh, eh! –dice Rebecca–. Déjame ver la carta. ¿Cuál era la primera pista? ¿Cuáles eran las palabras exactas?

–«Mira detrás de L2324». ¿Por qué?

Rebecca arquea las cejas y se rasca la cabeza, tratando de pensar, mientras examina el papel una y otra vez; por fin, una sonrisa de satisfacción le ilumina el rostro, y exclama:

–«Mira detrás», ¡exacto! Tengo algo. Fijaos. Coged los dos últimos pares de letras.

RA
MI

–RA y MI, ¿verdad? Cambiad MI y ponedlo delante de RA. ¿Qué tenéis? MIRA, ¿no? Haced lo mismo con las letras siguientes.

Margaret escribe:

BAJO

MI RA

–Seguid haciendo lo mismo hasta el final, poniendo la segunda letra delante de la primera. –Continúa sobre el papel:

BA JO DE
BAJO DE

Por último,

MIRA BAJO DE

–¡Diantre, Rebecca! –exclamo, asombrada.

–Digo lo mismo que Sophie –afirma Margaret.

Ahora que tenemos (¡como si yo hubiese contribuido en algo!) la pauta, el resto es pan comido. El resultado es:

MIRA BAJO DE MÁRMOL OVISARIES

Pero OVISARIES no significa nada para nosotras.

–Suena como «ovarios» –comento.

–No creo que el abuelo de Caroline le indicara que mirase ahí debajo, precisamente –dice Margaret, soltando una risita–. Lo cual nos reduce a dos posibilidades: Una, OVISARIES es un anagrama…

–¿Y la otra? –pregunta Rebecca.

–O se trata de una pista de lenguas clásicas, y OVISARIES es griego o latín. Por casualidad, no tendrás un diccionario de latín por ahí, ¿verdad?

–Sí, tengo uno en la cocina –responde Rebecca–. Creo que está en el frigorífico.

–Margaret cree que todo el mundo tiene una biblioteca de consulta en sus casas –comento en voz baja.

–En «su» casa –corrige Margaret–. «Todo el mundo» es singular.

–Es el momento ideal para matarla –digo–. Nadie se enterará, pero aunque se enteren, lo considerarán justificado.

–Bueno, ¿y un diccionario normal?

–Eso sí que lo tengo. –Rebecca va a su habitación y regresa con un respetable diccionario en rústica, normal y corriente. El diccionario que tiene Margaret mide quince centímetros de grosor y pesa como mínimo diez kilos.

Mientras los engranajes del cerebro de Margaret chirrían y resuenan como en los dibujos animados, voy a la otra habitación para ver la película con los niños. Los hermanos de Rebecca ni siquiera se mueven cuando entro; están absortos. Me siento en el suelo junto a ellos.

De repente Margaret grita que, al intentar buscar «ovisaries» en el diccionario, ha topado con la palabra «ovino», que significa «relativo a las ovejas, o que tiene el carácter de estas», del latín *ovis*, «oveja».

Después de escucharla un rato, digo medio en broma:

–Oh, será algo así como *Correcaminus digestus* o *Carnivorous vulgaris*.

–Sophie, ¿qué estás murmurando? Ven aquí –ordena Margaret.

–Murmuraba que tal vez sea el nombre científico de un animal, como *Correcaminus digestus* o *Carnivorous vulgaris*. En casi todos los episodios de Correcaminos se repite la historia del estúpido coyote que persigue al pájaro bobo; entonces paralizan la imagen y parece una ilustración de un libro de texto de biología. Y al final de la página ponen unos absurdos nombres falsos en latín; bueno, supongo que son falsos; por ejemplo, el Coyote es *Correcaminus digestus*.

–El género y la especie... –afirma Margaret–. ¡Pues claro! ¡*Ovis aries* es el nombre latino de un tipo de oveja!

–No me digas que tengo razón, ¿otra vez?

Margaret sonríe, encantada, y echa a correr hacia el ordenador de Rebecca; al cabo de unos interminables diez minutos, utilizando la conexión telefónica de nuestra amiga, nos enteramos de que *Ovis aries* es, en efecto, el nombre latino de la oveja doméstica común. Esperamos que en algún lugar de la iglesia haya una oveja de mármol, para buscar algo debajo (pero no en sus ovarios).

Una idea más sobre Correcaminos: si ese estúpido Coyote se puede permitir el lujo de comprar tantas cosas a la empresa Acme, ¿por qué no compra algo para comer? ¿Tengo razón? Sabéis que sí.

CAPÍTULO 15

En el que Margaret descubre mi vergonzoso secretillo

Si no supiésemos que la iglesia está cerrada, seguramente cogeríamos a los niños e iríamos en el metro hasta la calle Sesenta y ocho para averiguar qué se esconde debajo de la oveja. Pero como no podemos hacer tal cosa, y puesto que debo contárselo a alguien, tengo una razón de lo más convincente para telefonear a Raf. Al fin y al cabo, es mi amigo. ¿Qué me está pasando?

La vida durante los cursos de primaria había sido muy simple; Santa V. me parecía mi universo femenino, mientras que San Andrés, el colegio de al lado, representaba el universo masculino. Ambos eran pequeños universos tan relacionados, que yo conocía a todos los de mi curso de los dos colegios. Tal vez los chicos de San Andrés no fuesen nada del otro mundo, pero eran «nuestros chicos». Y ahora que estamos en secundaria, se han convertido de repente en los chicos de «todo el mundo». Gente como Leigh Ann, que no aprecia a Raf tanto como yo, tiene una oportunidad. En realidad tiene más de una porque, para Raf, ella es una novedad, diferente y estimulante, en lugar de ser únicamente su antigua colega a la que saluda con una palmada en la espalda.

Por eso decido llamarlo. Y Leigh Ann está allí, con él… Bueno, cerca de él. Raf incluso le pasa el teléfono para que hable conmigo. ¡Uuuufff! ¡Qué falta de tacto!

De regreso a casa, tras dejar a Rebecca, Margaret me pregunta por la llamada.

–¿Qué ha ocurrido? Estabas tan contenta, llamas a Raf y, de pronto, ¡pum!, pareces más deprimida que un perro apaleado. ¿Le has contado cómo descubrimos la segunda pista?

–Lo intenté, pero costaba trabajo que te oyera con la música y todo lo demás.

–¿Y qué problema había?

–Adivínalo.

–¿Qué? No tengo ni idea. ¿Qué sucede?

–Nada –miento–. Solo que… estaba con Leigh Ann. Y creo que me estoy volviendo loca.

–¡Oh!

–Eso mismo.

–Sophie, ¿te gusta Raf?

Como diría mi abuela, me voy por las ramas.

–No. Es decir, no lo sé. Me da mucha vergüenza. No puede gustarme. Dios mío, ¿por qué soy así?

–¿Cómo eres exactamente?

–Una idiota que se pone histérica porque la ha incitado a ella para que hablara conmigo por teléfono.

–¿Ha hecho eso? ¡Qué maldad!

–Y que lo digas. Y va ella y dice: «¿Por qué no habéis venido? Se os echa de menos. Esto no es lo mismo sin vosotras, bla, bla, bla». La típica cosa que me saca de quicio. Una parte de mí la odia, pero no creo que me estuviese dando en las narices. En realidad parecía como si quisiese que estuviéramos allí.

–Quieres odiarla, pero no tienes motivos porque es tan encantadora como la ves. ¿Estoy en lo cierto?

–Totalmente –reconozco.

–Soph, se acaban de conocer. Ni siquiera sabes si hay algo…

–Por favor. Ya viste cómo se miraban en la cafetería. No les faltaba más que liarse.

Margaret me abraza y me consuela:

–Lo siento. Estoy un poco sorprendida, pero lo siento. Podrías haberlo comentado antes. Soy Margaret, ¿recuerdas? Y no creo que estés loca. Pero no saques conclusiones precipitadas… todavía. Dales tiempo, ¿vale?

–Sí. Ya me siento mejor por haberlo explicado. Así me doy cuenta de que parezco una chiflada.

–No estás chiflada. Tan solo es amor…

–O algo parecido.

CAPÍTULO 16

En el que me entero de qué materia están hechos los sueños un sábado por la mañana, en el Museo Metropolitano de Arte

No cabe duda de que a Margaret le doy pena y le parezco patética, y por eso acepta demorar la visita a la iglesia para mirar debajo de la oveja hasta que hayamos ido al museo. (Este párrafo le parecerá demencial a quien abra el libro por esta página para ver de qué trata el relato. ¡Ciérralo y empieza por el principio!) Rebecca me llama por la mañana para decirme que nos acompañará.

Me comporto con extraordinaria normalidad cuando veo a Raf, me meto con él y con su pelo despeinado e incluso le pregunto si su camisa es de la misma tela que los pantalones (cosa inconcebible). Sin embargo, lo que más nos llama la atención cuando aparece en la escalera del museo es que, por segunda vez en una semana, llega a tiempo; siempre se retrasaba cuando estaba en el colegio San Andrés.

–¿Entramos? Ah, ¿no habíais quedado en traer café?

–Cuando encontremos lo que estamos buscando, tomaremos café –responde Margaret–. Pero sin entretenernos demasiado, porque tenemos que ir a la iglesia para descubrir a nuestra *Ovis aries*.

–Eso me recuerda algo que iba a decir anoche –comento–. No creo que nos dejen merodear por la iglesia rebuscando bajo las estatuas y cuadros cuando nos apetezca. Aunque los curas, las monjas y los guardias de seguridad sean cegatos y medio sordos, como nuestro amigo Robert, son muy quisquillosos con esas cosas.

–Sí, creerán que planeamos un atraco o algo así –añade Raf.

–¡Oh, no atormentes tu preciosa cabecita con esas ideas! –se burla Margaret, despeinándolo un poco más–. Tengo un plan.

Igual que Juana de Arco guiando a sus soldados a la batalla, Margaret de Manhattan nos conduce por el recibidor principal del museo (el «gran vestíbulo»), y nos guía hasta la zona de arte medieval, donde montañas de tesoros de las iglesias de Europa se exhiben en las paredes y en urnas de cristal repartidas por las distintas salas.

–Debería estar por aquí –comenta Margaret y, cogiéndome por el brazo, me lleva hasta un fragmento de una vidriera de la catedral francesa de St. Pierre. ¿Un buen presagio? Desdobla el papel con toda la información que tenemos hasta el momento, y añade–: Recuerda que estamos buscando algo donado por ese tal Zoltan, un objeto que pudiese formar parte de un conjunto de dos.

Zoltan. Me suena a nombre de dios o de alguien con poderes especiales. Hum… Zoltan St. Pierre.

–¿Unos pendientes, por ejemplo? –pregunta Rebecca.

–Tal vez –responde Margaret–. Pero no creo que el señor Harriman quisiese regalarle a su nieta un pendiente; podría ser más bien un anillo que tuviera algún símbolo cristiano.

Cuando apenas hemos iniciado nuestra búsqueda, ¡tachán!, Margaret tropieza con un precioso anillo de oro colocado en el centro de una urna, en un lugar de honor sobre piezas de menor valor; se trata de una sortija con una cruz de minúsculos rubíes. La placa informativa que está junto a la urna explica que el anillo apareció entre las ruinas de una capilla del siglo XII cerca de Rocamadour, en Francia, y que fue donado al museo en testamento por Zoltan Ressanyi, arqueólogo y explorador húngaro-norteamericano. En concreto es «la sortija del novio, que forma parte de un par de alianzas de boda conocidos como los anillos de Rocamadour». Según la leyenda local, los anillos habían sido regalados a una joven pareja por santa Verónica, quien los tocó con el famoso velo que secó el rostro ensangrentado de Cristo. Esas alianzas pasaron de mano en mano a través de los siglos y, al parecer, aquellos que las usan reciben en sueños la visita de la santa, la cual responde a sus plegarias.

–¡La madre del cordero! –exclamo–. ¿Eso es lo que estábamos buscando? ¡Qué preciosidad, Dios mío! ¿Cuánto valdrá algo así?

–En realidad no tiene precio –responde una voz masculina.

Todos nos giramos en redondo, asombrados. Y allí está: el señor Malcolm Chance, envuelto en infinitas capas de *tweed*, sosteniendo en la mano el ridículo bastón de paseo.

¡Ajá! Ya lo creo que vi a alguien fisgoneando en la iglesia. El muy pelmazo estaba espiando y se enteró de nuestros planes. Se me ponen los pelos de punta al percibir el tufo de su extraño olor. ¿A qué huele?

–Naturalmente, valdría mucho más si también estuviera el anillo complementario. El museo pagaría lo que fuese por tener los dos anillos de Rocamadour.

Margaret no se inmuta, y le pregunta:

–Es usted el doctor Chance, ¿no? Lo conocimos el otro día en casa de la señora Harriman.

Pero el bueno de Malcolm tampoco se inmuta, como si nuestro encuentro en el museo fuese pura coincidencia.

–¡Ah sí, claro! ¿Qué tal estáis? ¿Os interesan los objetos paleocristianos, o solo este en concreto?

–Estamos haciendo un pequeño trabajo de investigación para el colegio –comento–. Es una especie de caza del tesoro en la que los profesores nos dan una lista de cosas que debemos encontrar–. Miro con rapidez a los demás para instigarlos a que sigan mi argumento.

–¡Vaya, vaya, qué interesante! Me temo que mi educación fue un poco menos… ¿cómo lo diría?, creativa. Mucho memorizar y repetir. Todavía me acuerdo. ¿Puedo ayudaros en algún detalle de vuestro pequeño «trabajo de investigación»? Sé bastante de este tema –dice haciendo un gesto que abarca toda la sala.

Siento ganas de darle una patada en la espinilla.

Margaret, muy sensata, opta por una reacción más madura, y responde:

–No, gracias. Creo que nos arreglaremos; solo tomaremos nota de algunas cosas.

–Este anillo que os interesa tanto –murmura Malcolm, inclinándose sobre el expositor–, el anillo de Rocamadour, es de una extraordinaria belleza, ¿verdad?

–De la materia de la que están hechos los sueños –dice Raf, citando su frase favorita, que pronuncia Sam Spade en *El halcón maltés*. (Cada vez que la cita, Margaret puntualiza que la frase original es de Shakespeare). El abuelo de Raf fue proyeccionista en un cine de Times Square en los años cuarenta y cincuenta, y Raf y él se pasan horas viendo películas antiguas (sí, ya lo sé, muchas películas muy buenas están en blanco y negro, y debería darles una oportunidad en lugar de ver *Grease* por enésima vez). En aquella época hubo grandes estrenos en Times Square, y el abuelo de Rafael cuenta montones de historias sobre las estrellas que desfilaron por lo que él consideraba «su cine».

–Bien, bien, un joven admirador de Dashiell Hammett. ¿O tal vez de Shakespeare? Sea como sea, una gran frase, ¿no? –Malcolm nos observa con detenimiento y respira hondo–. Me parece que vosotros cuatro sois muy inteligentes, así que no hace falta que me ande con rodeos: sé por qué estáis aquí y qué buscáis. Aún no tengo claro cómo os habéis metido en esto, pero tampoco importa ahora; lo que importa es que el objeto que buscáis aparezca, y pronto. Seguramente, no sabéis que van a limpiar y a reformar la iglesia desde las baldosas del suelo hasta los bloques de granito del espectacular techo abovedado.

»Y no olvidéis que conocí muy bien a Everett Harriman. En muchos aspectos fui, al margen de lo que mi exmujer os haya contado, su discípulo predilecto. Yo también estaba al tanto de su intención de darle a mi hija el rompecabezas que habéis encontrado vosotros, y sé cómo le funcionaba el cerebro, tal vez mejor que nadie. A juzgar por lo que he visto y oído hasta el momento, parte de lo que necesitáis corre el peligro de desaparecer en breve. Así que, ¿por qué no unimos nuestras fuerzas para evitar que eso ocurra?

Me pongo muy tiesa y, mirándolo directamente a los ojos, le digo:

–Oiga, señor Chance, estamos haciendo un trabajo para la clase de religión, y ya hemos encontrado lo que buscábamos. No somos ninguna fuerza, o sea que no nos uniremos a usted.

Sus ojos me traspasan y esboza una sonrisa entre amable y perversa. ¿Perversa?

–Es extraño que un profesor os mande arrancar algo de detrás de un cuadro para realizar un «trabajo escolar», corriendo el riesgo de estropear uno de los tesoros de la iglesia, ¿no os parece?

–No estropeamos nada.

–Probablemente, no.

–¿Nos ha estado espiando? –estallo–. No es coincidencia que nos hayamos encontrado aquí.

–Tranquila, Soph. –Margaret me obliga a retroceder–. Doctor Chance, aunque todo lo que usted ha dicho fuese cierto, ¿cómo sabríamos que podemos fiarnos de usted?

–Una pregunta justa. Te responderé con otra: ¿por qué no ibais a fiaros de mí? –Señala la sala con la mano–. Esto constituye mi vocación, mi vida. No soy el monstruo que Elizabeth pinta al hablar de mí. En fin, no hace falta que me respondáis ahora. Pensadlo, pero no demasiado.

Dicho eso, sonríe, se lleva la mano a la gorra, y su grimosa persona, envuelta en *tweed* y extraños olores, se aleja. *Puaj, puaj y requetepuaj.*

CAPÍTULO 17

En el que nuestro «trabajo escolar» adquiere vida propia

Nos quedamos mirándolo mientras recorre la galería y sale por la puerta; por fin habla Rebecca:

–Caramba, ese tipo me pone los pelos de punta. Hay que ver qué forma de aparecer de repente... Por poco me meo de miedo. ¿Para qué lleva el bastón si no lo necesita? ¿Y os habéis fijado en cómo huele?

–¡Sí y mil veces sí! –exclamo–. No imagino qué será, pero es algo que me ronda por la cabeza...

–Tinte de pelo –afirma Margaret–. Esa cosa que utilizan los hombres cuando les salen canas; mi padre lo usa. Pero vamos a ver, ¿de verdad os parece tan horrible? Yo le encuentro cierto... encanto.

Simulo como si me diesen arcadas, y digo:

–¡Por favor, Margaret! ¿Acaso no lo ves? Ese hombre es puro veneno.

–Sophie, no es más que un señor mayor –replica Margaret, muerta de risa.

–Sí, ya veremos –murmuro, un poquito fastidiada.

–¿Cuántas cosas creéis que sabe? –pregunta Raf

cuando atravesamos la Quinta Avenida de camino a la iglesia. Andamos aprisa, sin dejar de mirar hacia atrás por si aparece «el viejo figurín del bastón», como lo llama Raf.

–Creo que anda a ver qué pesca –opino–. Oyó parte de lo que hablamos en la iglesia y lo que dije cuando se me ocurrió abrir la bocaza en casa de la señora Harriman.

–Sabe lo del anillo –observa Margaret–, y que está escondido en alguna parte, seguramente en la iglesia. Claro que, sin la carta, eso no importa. Pero me preocupa lo que dijo sobre las reformas del templo; podría ser un inconveniente. Así que, ¡vamos allá!

Tras un corto trayecto en metro, llegamos a Santa Verónica y vemos cómo una atolondrada pareja de novios bajan la escalinata y se meten en una limusina. Los extasiados familiares y los amigos los bombardean con alpiste mientras una bandada de palomas merodea por los alrededores, esperando su oportunidad de celebrar el bendito acontecimiento.

–Pobre chico –dice Raf cuando el alegre novio cierra la puerta de la limusina.

–Un día te tocará a ti, Raf –comenta Margaret, sonriendo con timidez–. ¿Y quién sabe? Tal vez sea con alguien que conocemos. –Me hunde un dedo en las costillas.

Rebecca se da cuenta y cuestiona:

–¿Hay algo que yo no sepa?

–¡No! –digo metiendo prisa a todo el mundo.

–Eh, ¿no podemos comer o algo? Me muero de hambre –sugiere Raf que, como es natural, no se entera de nada.

–No te morirás por esperar un poco –replica Margaret–. No tardaremos demasiado.

Cuando ya estamos al pie de la escalera, Rebecca nos notifica:

–Me tengo que ir. He quedado con la señora Harriman en una galería de Chelsea. Llamadme después y me contáis lo que hayáis encontrado.

Margaret y yo la abrazamos como si se fuese al otro extremo del planeta.

–¡Suerte!

–¡Llámanos! ¿Llevas tu cuaderno de dibujo?

–¡Dale recuerdos a Elizabeth!

–¡Te harás famosa!

Rebecca nos hace callar:

–Vale, solo voy a hablar con esa mujer. No es para tanto. Prometo llamaros después.

Cuando se marcha, Margaret, Raf y yo subimos a la carrera la escalera de la iglesia (¡gano yo!), y nos damos de narices con nuestro querido amigo Robert, que nos mira por encima de su ejemplar de la revista *Glamour*, y suspira.

–¡Hola! ¿Se acuerda de mí? Margaret Wrobel, de Santa Verónica. Aquí tiene mi carnet. ¿Podemos hacer fotografías de la vidriera que está detrás del altar?

Robert nos mira con una mezcla de confusión, suspicacia y fastidio. Por lo visto, sin nuestras chaquetas no parecemos tan inocentes.

–PROMETEMOS NO TOCAR NADA. ES PARA UN TRABAJO ESCOLAR MUY ESPECIAL.

–¿POR QUÉ GRITAS? –grita también él, graduándose el audífono–. Deberíais hablar con el señor Winterbottom. Anda por ahí. Hay otra boda a las cuatro y media, y está supervisando la colocación de las flores y esas cosas.

–¡Oh, estupendo! Ya lo conocemos; nos echó una mano el otro día. ¡Gracias! –Así es Margaret: toda sinceridad y alegría. ¿Quién no confiaría en ella? Hemos utilizado tres veces la pobre excusa del «trabajo escolar», y como dice mi padre: «Si no se rompe, no lo arregles».

El señor Winterbottom, arrastrando el dobladillo de los pantalones y con los hombros caídos, está en medio de la iglesia murmurando algo. Cuando nos ve, parpadea y esboza una sonrisa forzada.

–Buenas tardes, chicas… y chico. ¿Cómo venís un sábado? Tengo la impresión de que no soportáis alejaros de este lugar.

Todos sonreímos con cara de buenos.

–Señor Winterbottom, nos gustaría hacer unas fotos –dice Margaret–. ¿Nos permite fotografiar las vidrieras de detrás del altar? Son preciosas y muy bajas, con lo cual me resulta fácil acercarme mucho.

–Claro, pero procurad no tirar nada. –Su sonrisa deja al descubierto una dentadura que pide a gritos una buena limpieza–. ¿Puedo ayudaros en algo?

Margaret le asegura que no es necesario y nos guía, haciendo una genuflexión antes de pisar el suelo de mármol del altar. Raf y yo, como buenos católicos que somos, la imitamos y nos ponemos a buscar nuestra *Ovis aries*. Detrás del altar hay montones de ovejas: ovejas pintadas, ovejas en las vidrieras, ovejas bordadas, pero ninguna de mármol. Cuando estoy examinando un ventanal, tropiezo con el señor Winterbottom. Se supone que se fía de nosotros, pero no nos quita ojo de encima. Recorremos toda la iglesia y rebuscamos en las capillitas y hornacinas excavadas en los muros de piedra, que contienen una o dos esculturas. San Francisco, por ejemplo, está rodeado de animales, como de costumbre, pero no hay ninguna oveja. Continuamos recorriendo el recinto, con el diácono a un tiro de piedra… y las piedras que yo tiro no llegan muy lejos.

Margaret no parece preocupada, ni por la ausencia de ovejas de mármol ni por la agobiante proximidad del señor Winterbottom, de modo que nos advierte:

–Recordad que la iglesia no solo comprende esta zona, sino que abarca también los pasillos que llevan a casa de la señora Harriman. Por otro lado, está el exterior del edificio, pues la nota dice «en» la iglesia, no «dentro de» la iglesia.

En ese momento juraría que se enciende una bombilla de verdad encima de la cabeza de Margaret, como mínimo de cien vatios.

–Soph, ¿tienes la copia de la nota? Déjamela ver, por favor.

–Aquí está, señorita Marple. –Sacándola del bolso, se la tiendo.

(Yo también la leo, por supuesto).

Margaret le echa un vistazo y sonríe.

–Me da miedo tu mirada –opina Raf.

–¿Dónde está el señor Winterbottom? ¡Nos hace falta!

Raf y yo la observamos boquiabiertos, mientras ella se dirige a toda prisa hacia el diácono, que finge estar llenando las pilas de agua bendita al fondo del templo.

–Verá, señor Winterbottom... Siento molestarlo de nuevo, pero tengo que hacerle una preguntita, una pregunta un poco rara en realidad: ¿cuándo coloca usted todo ese rollo típico de Navidad, ya sabe, el nacimiento y esas cosas?

–¿El rollo típico de Navidad? –Sonríe con ganas–. Exactamente, después del día de Acción de Gracias, a principios de Adviento. Aún faltan unas semanas. ¿Puedo saber por qué?

De momento Margaret se queda muda, pero luego explica:

–Es una historia muy larga, y viene a cuento del trabajo del que le hablamos. Bueno, más o menos. Quiero ver las figuras por debajo para saber dónde las hicieron. ¿Por casualidad, sabe dónde se guardan?

–Naturalmente. Sé muy bien dónde está todo en esta iglesia.

–Nos iría muy bien poder verlas… solo un momentito. Si no es demasiada molestia, por supuesto.

–Para ese trabajo escolar tan interesante y extraño, ¿verdad? –Suena escéptico, pero no pierde la sonrisa, como si no le importara que lo engañen.

–Tardaré unos segundos, se lo prometo –asegura Margaret–. Yo… A nosotros nos basta con ver una figura para tomar nota de la procedencia.

–Bueno, sí. Dispongo de unos minutos antes de que vengan los invitados a la boda; creo que tengo tiempo de enseñaros el almacén.

Poco después nos conduce hasta la puerta del cáliz en la vidriera. Mi amiga y yo nos dedicamos sendas sonrisas cómplices, mientras él busca en sus bolsillos la llave maestra para abrirla. (Rebecca la abrió más rápido con una horquilla del pelo.)

–Aquí es –anuncia, guiándonos–. Hay un trastero al fondo del vestíbulo. Precisamente estuve aquí el otro día, buscando… algo que… se me había extraviado.

Raf me susurra al oído:

–¿Caramelos de menta, o un traje de su talla?

Sé que es una maldad, pero tengo que morderme un dedo para no reírme.

El señor Winterbottom abre la puerta del trastero y busca a tientas el interruptor; cuando por fin lo encuentra, se excusa:

–Nunca recuerdo dónde está el maldito interruptor.

Nos hallamos ante una escena de lo más desconcertante: el belén está entero, pero todas las figuras están apelotonadas de cara a la puerta. Da la impresión de que tanto José y María como los pastores, los ángeles y los Reyes Magos están impacientes por salir de los estrechos límites de su prisión antes de tiempo.

–¿Puedo tocarlas? –pregunta Margaret.

–Sí, claro. Pero ten cuidado, sobre todo con el Niño Jesús. Se le han roto los brazos muchas veces, según parece. Son figuras antiguas; valen más de lo que pensáis.

Cuando me acerco, veo que ambos brazos del Niño Jesús están pegados al cuerpo con pegamento. Margaret me lanza una mirada fulminante, y yo le hago preguntas al señor Winterbottom acerca del pasillo que acabamos de recorrer: adónde daba, quién lo utilizaba, cosas así. Por suerte, al diácono le encanta hablar de aquel lugar, y sin darme tiempo a reaccionar, me dice que lo siga y subimos la escalera que va hasta la puerta de la señora Harriman. El hombre comenta cada uno de los detalles arquitectónicos y de las estatuas de santos que hay en las hornacinas de las paredes, y yo finjo entusiasmo por todo lo que me explica, e incluso le pregunto por una pequeñísima figurita de san Andrés. Cuando regresamos al trastero, Margaret y Raf nos esperan, sonriendo como idiotas, encantados con mi fenomenal intervención para distraer al pobre e ingenuo señor Winterbottom.

Le damos las gracias efusivamente y salimos a toda prisa por la puerta lateral de la iglesia. En cuanto llegamos a la calle, Raf y yo acosamos a Margaret, vigilando al mismo tiempo por si alguien nos sigue o nos oye.

–¿Dónde estaba? ¿Lo has leído? ¿Qué dice?

–Estaba debajo de un corderito, a la derecha del pesebre –responde Margaret–. Tenía las patas dobladas bajo el cuerpo, y había una hendidura donde encontré esto. –Me da un minúsculo rollo de papel, atado con una hebra de hilo negro–. Te corresponde el honor.

Desenrollo el papel.

¡Enhorabuena de nuevo! ¡Vas muy bien!
(ii)= 3Y
Las pistas para (iii) *y* (iv) *están al dorso.*

Le doy la vuelta al papel y leo.

(iii)= *612 ÷ D*
D = la distancia (redondeada en pies —1 pie equivale a 30 cm) entre el centro del rosetón sur y el del oeste.
La respuesta a esta pista tan solo es un número; por lo tanto, también te doy la pista para (iv)*:*
Uno de los personajes siguientes no pertenece a esta lista:
Drummle, Guppy, Heep, Steerforth, Traddles, Pirrip, Summerson, Squeers, Copperfield, Scrooge.
El nombre propio de ese personaje es el mismo que el apellido de alguien que donó un banco a la iglesia.
Busca detrás la placa de bronce con el nombre.

–Entonces 3Y va en el segundo espacio en blanco –dice Margaret–. Así que tenemos X + 3Y = algo. Y dos pistas más.

Raf se rasca la cabeza.

–Tal vez sea como un videojuego, en el que hay muchos niveles, y aún estamos en el primero.

Sugiero que pidamos ayuda, pero Margaret no quiere ni pensarlo:

–De ningún modo. ¡Por Dios, acabamos de empezar y ya hemos descubierto dos pistas! Ahora ya tenemos idea de cómo funciona la mente del señor Harriman, mejor dicho, cómo funcionaba.

–No sé de qué manera hemos llegado hasta aquí. ¿Por qué se te ocurrió preguntar por los adornos navideños?

–Cuestión de observación, doctor Watson –responde Margaret–. En realidad fue muy fácil. Mira la fecha de la carta dirigida a Caroline: nueve de diciembre. En cuanto me fijé, me di cuenta de que cuando su abuelo escribió la carta, el belén estaba colocado en el altar. Era evidente.

–Lo será para ti.

–Vamos a tomar una pizza evidente –sugiere Raf–. Evidentemente, me muero de hambre.

Margaret me da dinero, recomendándonos:

–Comprad unas porciones en Ray y llevadlas al Perkatory. Me reuniré allí con vosotros dentro de unos minutos. –Se cubre las orejas con las manos, señal inequívoca de que está pensando a toda máquina.

–¿Qué vas hacer?

–Quiero echar un vistazo a otra cosa ahí dentro; os lo contaré después. Prometo tardar unos minutos nada más.

Se da la vuelta y sube la escalera corriendo, mientras Raf me arrastra hasta la Famosa Pizzería de Ray. (¿O es la Verdadera Pizzería de Ray? ¿O la Famosa y Verdadera Pizzería de Ray? Nunca me acuerdo).

CAPÍTULO 18

Este es para los que dicen que nunca han utilizado la geometría en la vida real

Tal vez suene raro, pero darse un garbeo por el Museo Metropolitano de Arte y por la iglesia de Santa Verónica, y dedicarse luego a resolver un rompecabezas con Raf en la cafetería no es un mal plan para un sábado. Y con Margaret, por supuesto. Hay dos antiguos reservados al fondo del Perkatory, y cuando Raf y yo aparecemos con la pizza, Margaret me obliga a sentarme al lado de él; a mi amiga le brillan los ojos maliciosamente mientras intenta (fracasando por completo) reprimir una sonrisa de suficiencia. El reservado es pequeño, por lo que resulta imposible no tocarse. ¡Qué bien! ¡Y con este chico!

Como mi porción de pizza, bebo gaseosa con sabor a vainilla y escucho las historias que cuenta Raf del baile de la noche anterior. (A ella ni la menciona, ¿acaso oculta algo?) Parece ser que las cosas se desmadraron un poco en la pista de baile. Y conste que no soy una mojigata; al fin y al cabo mi padre es francés, ¿no? A veces, durante la cena, hablamos de ciertos temas sin el menor rubor. Margaret estuvo a punto de morirse de vergüenza una vez que cenó con nosotros, porque mis padres se pusieron a hablar de su «primera vez».

–Sí, os quedaríais de piedra si vierais hasta dónde llegaron algunos chicos –asegura Raf–. Os lo enseñaré. –Me saca del reservado y me hace girar hasta que pego la espalda a su parte delantera, mientras apoya las manos en mis caderas–. Muy bien, ahora…

–¡Basta! –grito apartándome de él. Siento cosquilleos en los dedos, y toda la sangre se me agolpa en la cara.

–¡Vaya, Sophie, cielo! Te has puesto colorada –observa Margaret–. *Pourquoi?*

–*Ferme-la,* Marguerite. –Regreso al reservado y miro con odio a Raf–. ¿Tú también bailaste así?

–No bailé más que un par de veces –contesta él riendo–. La música era un rollo, así que mis amigos y yo nos dedicamos a dar vueltas por allí. Pero algunas de vuestras amigas, ¡qué alucine! Se volvieron locas.

–¿Quiénes, por ejemplo? –pregunta Margaret–. No, espera. No me lo digas. Prefiero no saberlo. Bueno sí, dímelo. ¿Tal vez Leigh Ann? –Sabía que Margaret encontraría la forma de sacarla a colación.

–No, no; ella se portó muy bien. Pero la otra chica… una rubia de pelo largo, bastante alta… perdió el control por completo.

–¡Ay, Dios mío! Es Bridget. Tenía que ser ella –digo.

–Parecía como si acabase de salir de una cárcel de mujeres después de una condena larguíiiiisima.

–¡Eh, ya basta! –exclamo–. Cambiemos de tema mientras aún me queda una pizca de respeto por mi amiga menos querida.

–Número tres, señorita Sophie, todo suyo –ofrece Margaret, poniendo la copia de la carta sobre la mesa.

–¿Mío? ¿Por qué mío?

–Porque tú, cariño, eres la niña prodigio de las matemáticas. Hemos resuelto la pista de religión y la de lenguas clásicas.

–De acuerdo. A ver: 612 dividido por D, que es la distancia entre el centro del rosetón sur y el del oeste. ¿Qué me falta?

–¿Qué es un rosetón? –interrumpe Raf.

–¡Por favor, Raf! –replica Margaret–. ¿No sabes cómo se llaman los grandes ventanales redondos de los extremos de una iglesia? Parecen flores, y por eso se llaman rosetones. En Santa Verónica hay tres. –Abre su cuaderno por una página en blanco y (utilizando una regla, naturalmente) dibuja un esquema de la iglesia:

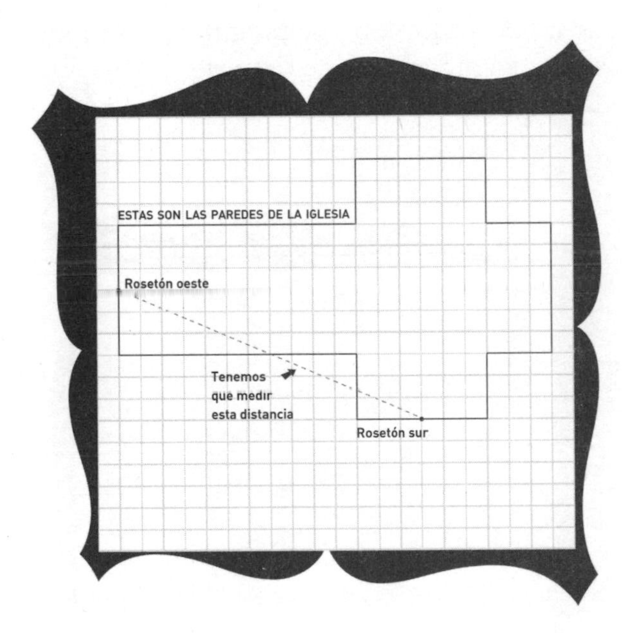

–Mirad, la iglesia tiene forma de cruz grande, ¿no? Los dos rosetones que nos interesan están aquí y allí. –Marca con sendas equis las paredes del sur y el oeste–. ¿Vale, Raf?

–Esto… sí.

–Bueno, pues para hallar la distancia que el señor Harriman denomina D, tenemos que medir desde aquí hasta allí.

–Pero esas ventanas deben de estar a treinta metros del suelo, y hay dos muros entre medio. –Cojo un bolígrafo y dibujo una línea recta (más o menos) desde el centro de la fachada sur hasta el centro de la fachada oeste, con intención de demostrarle a mi amiga que es totalmente imposible. Pero entonces caigo en la cuenta: ¡Pitágoras!–. ¡Qué fácil! –exclamo–. Mira que soy idiota.

–Pitágoras, ¿verdad? –me pregunta ella, mirándome con orgullo.

–Exacto. ¿No lo ves? –le pregunto a Raf, que contempla la página con cara de despiste.

Añado dos rectas al dibujo.

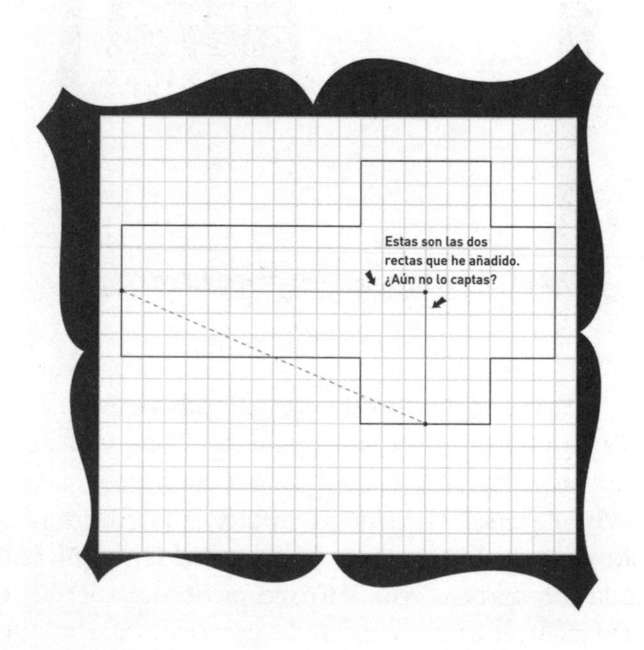

–Se trata de un triángulo, Raf; un triángulo rectángulo.

–Ni idea de lo que estás diciendo –contesta él, negando con la cabeza.

–Sophie, ten la bondad de explicar el teorema de Pitágoras a nuestro amigo corto de luces.

¡Pero qué lista soy!

–Pitágoras fue un matemático griego que descubrió... Mira, este es un triángulo rectángulo; llamaremos a los lados A, B y C.

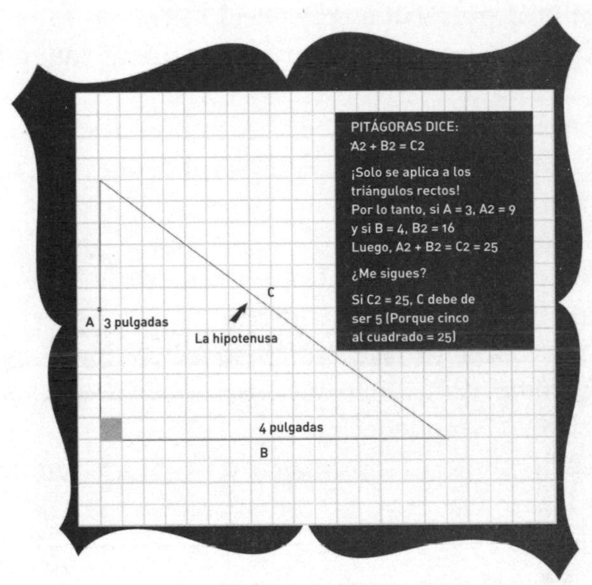

–El ángulo que tenemos entre A y B es nuestro ángulo rectángulo, ¿lo ves? El lado más largo, el C, se llama hipotenusa. Siempre se opone o queda frente al ángulo rectángulo. En otras palabras, el lado que constituye la hipotenusa nunca forma parte del ángulo rectángulo. ¿Me entiendes? Bien. Nuestro amigo Pitágoras descubrió que esta regla siempre se cumple en los triángulos rectánguloss; en cualquiera de ellos. No importa lo grande que sea el triángulo ni cómo sean los otros dos ángulos, siempre que uno de los ángulos del triángulo tenga noventa grados. Imaginemos que el lado A mide tres metros, y el B cuatro, ¿de acuerdo?, y queremos saber cuánto mide el lado C, nuestra hipotenusa. No hace falta que la midamos porque según el teorema de Pitágoras A al cuadrado más B al cuadrado es igual a C al cuadrado. Es muy fácil.

Raf no parece nada convencido.

–¿Cuánto es A al cuadrado? –quiere saber Margaret.

–¿A al cuadrado? Pues si A es tres, será… nueve.

–Cierto. A al cuadrado es igual a nueve. ¿Y B al cuadrado?

–Dieciséis.

–Muy bien –animo a Raf–. Recuerda la fórmula de A al cuadrado más B al cuadrado…

–Nueve más dieciséis son veinticinco. Entonces, ¿el lado C mide veinticinco metros? –Raf mira el dibujo con recelo–. No puede ser.

–Claro que no. C al cuadrado es igual a veinticinco –digo.

–¿Y qué? –se extraña.

Me río.

–No se trata de una pregunta. Te estoy diciendo que C al cuadrado es igual a veinticinco. Si quieres saber cuánto mide C, tienes que hallar la raíz cuadrada de veinticinco. Que es… –Espero. Y sigo esperando.

–¿Cinco?

–¡Sí!

–Puedes medirlo si quieres –añade Margaret–, pero créeme, está bien. Lleva miles de años calculándose así.

El triángulo rectángulo tres-cuatro-cinco es el más fácil, pero puedes utilizar el mismo principio para cualquier otro triángulo rectángulo. Si uno de los ángulos tiene noventa grados y conoces la longitud de los lados menores, puedes hallar la longitud del tercero: la hipotenusa.

–Vale, y ahora vuelve a mirar el dibujo de la iglesia.

–Se lo pongo delante de las narices.

Raf lo examina con todo detalle, y opina:

–Me estáis diciendo que si medimos desde aquí hasta aquí, y desde aquí hasta aquí, podemos saber, usando ese Pita... esa fórmula vuestra, la distancia que hay desde aquí hasta aquí, aunque haya muros entre medio.

–Exactamente. Muy espabilado, tú. –Margaret le da un empujoncito.

–¿Y qué me decís de la altura de las ventanas: doce metros? –pregunta con petulancia, como si hubiera descubierto un fallo en nuestro razonamiento.

–No importa; es muy sencillo –digo–. La distancia es la misma tanto si medimos desde la parte inferior de la pared como desde la superior. Cabe suponer que las paredes son verticales y que las ventanas están a la misma altura. ¿Me crees ahora?

–¿Que si te creo? –pregunta a su vez Raf–. ¿En qué?

–En que podemos resolver esta pista recurriendo a Pitágoras.

–Ah, claro, ¿por qué no?

–Muy bien, porque ahora es cosa tuya. Mientras ibais a comprar la pizza, he estado tomando medidas en la iglesia. –Margaret pasa otra página de su cuaderno y escribe algo. Plantea el problema y se lo pone delante a Raf–. Aquí están las dimensiones de tu lado A y tu lado B. Para ti, amigo.

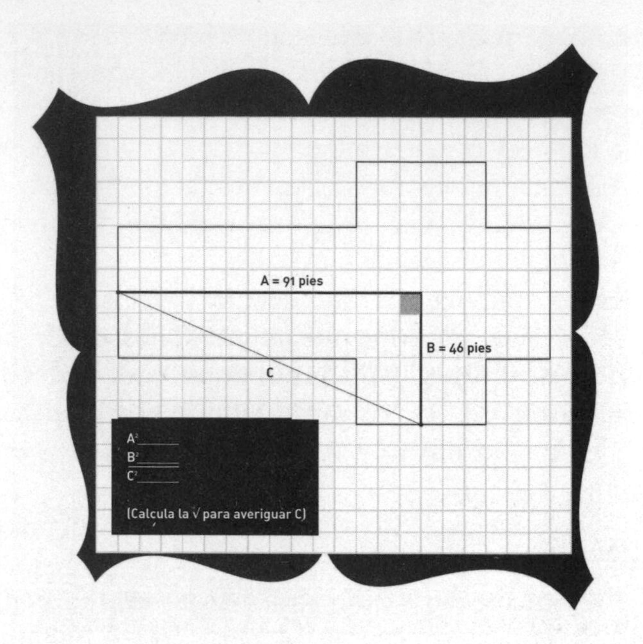
A = 91 pies
B = 46 pies
C
A²
B²
C²
(Calcula la √ para averiguar C)

CAPÍTULO 19

No leas este capítulo hasta que hayas resuelto el problema del capítulo anterior. En serio. Piensa en lo bien que te sentirás cuando lo consigas

Resulta que el suelo de la iglesia es de baldosas que miden exactamente un pie por un pie, o sea treinta centímetros por lado, sin espacio entre ellas; Margaret las midió con el sistema imperial utilizado por el abuelo de Caroline. ¿Quién lo iba a saber aparte de Margaret, claro? Luego me contó que se había fijado en las baldosas al salir de la iglesia y que, mientras Raf y yo íbamos a Ray, las había medido y contado. Desde la pared del fondo de la iglesia, debajo del rosetón, hasta la línea central del transepto hay una distancia de noventa y un pies, casi treinta metros, y desde el centro del transepto hasta la pared sur cuarenta y seis pies, es decir, unos catorce metros.

Margaret y yo observamos atentamente a Raf, sin decir absolutamente nada, mientras está realizando los cálculos.

–Tenemos un lado del triángulo que mide noventa y un pies; noventa y uno por noventa y uno es igual a ocho mil doscientos ochenta y uno. El otro lado mide cuarenta y seis pies; cuarenta y seis al cuadrado es dos mil ciento dieciséis –dice Raf, marcando los números en el teléfono móvil de Margaret.

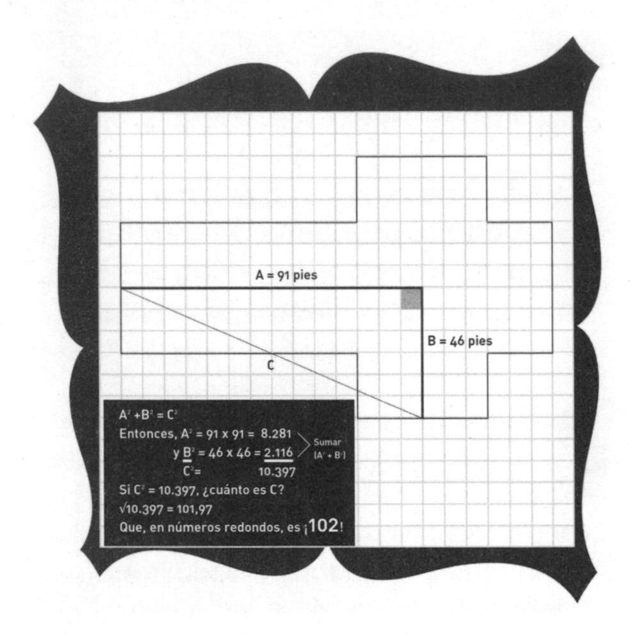

–Eso es A al cuadrado y B al cuadrado, ¿no? –dice Raf, que después de todo entiende a Pitágoras–. ¿Y ahora qué? Espera, ¡no me lo digas! Ya lo recuerdo. Se suman, ¿verdad? A al cuadrado más B al cuadrado.

–De momento, muy bien –reconoce Margaret–. Estás inspirado, monada.

Raf ríe de oreja a oreja y continúa:

–Ocho mil doscientos ochenta y uno más dos mil ciento dieciséis son diez mil trescientos noventa y siete. –Nos mira con gesto triunfante–. ¡Ajá!

–Aún no has acabado –observo.

–¿Falta la raíz cuadrada de algo? –sugiere Raf, frunciendo el entrecejo.

–Pues sí.

Raf teclea mientras va diciendo:

–La raíz cuadrada de diez mil trescientos noventa y siete es ciento uno con nueve, seis, cinco, seis, ocho.

–Lo cual, redondeando, nos da 102 –afirma Margaret, observando la pantalla.

–¿Y qué es eso? Hay ciento dos pies desde esta ventana a esta otra. –Raf señala el esquema–. ¿Estás segura? Parece demasiado fácil.

–Es fácil si conoces la fórmula secreta –replica Margaret–. Pero todavía no has terminado.

–Tiene razón –digo–. Debes hallar la solución a D, que es la distancia entre las ventanas, pero aún falta otro paso para descubrir la pista.

Mientras Raf examina la página, la confusión le nubla el rostro, y dice:

–¿De qué hablas? ¡Oh, sí, ya lo entiendo! La solución se halla dividiendo seiscientos doce entre ciento dos. Dame el móvil. –Teclea los números y sostiene el teléfono para que veamos la respuesta.

–Seis. Es sorprendente que salga un número redondo, ¿no os parece?

–Me reafirma en mi idea de que vamos bien –opina Margaret–. Evidentemente, el abuelo de Caroline planteó el problema así a propósito: facilitando las cosas al utilizar las baldosas del suelo y resolviéndolo por adelantado para acabar con un bonito número redondo como seis. Esto significa que ya hemos hecho la primera parte del problema. ¿Veis qué fácil era una vez mentalizados? La primera ecuación es $X + 3Y = 6$. ¿De acuerdo?

Y entonces veo de nuevo la expresión de Margaret, y en esa ocasión excede con mucho la de la bombilla de cien vatios sobre la cabeza. Ha encontrado algo inmenso y, francamente, me pone los pelos de punta. El profesor Eliot nos habló del señor Krook, personaje de la novela de Charles Dickens *Casa desolada*, que ardía de repente y dejaba tras de sí tan solo una mancha maloliente y grasienta en el suelo. Eso mismo le ocurrirá a Margaret Wrobel algún día: se sumirá en sus pensamientos, cubriéndose las orejas con las manos, y de pronto, ¡paf!, arderá ante mis ojos.

Estoy empezando a creer en la teoría del señor Eliot de que Dickens tiene una respuesta para todas las cuestiones de la vida.

CAPÍTULO 20

En el que toco la guitarra con pasión y disfruto de un recorrido en autobús por la ciudad

¡Maldición! Por poco me olvido de mi clase de guitarra, que es todos los sábados a las cinco. Son casi las cuatro cuando salimos de la iglesia y aún tengo que ir a casa, coger la guitarra y tomar el autobús hasta el West Side. No he practicado mucho durante la semana; tengo que ponerme las pilas.

Margaret es muy seria con su música y comprende perfectamente mi afición a la guitarra y mis sueños de triunfo. Como Raf ha tenido demasiada intriga para un solo día, cogemos el metro en la calle Sesenta y ocho y nos dirigimos a la Noventa y seis; está dispuesto a esperarme, así que tomamos juntos el autobús que va al otro lado de la ciudad. ¿A que es raro? Cuando llegamos a mi casa, se tumba en el sofá mientras voy a la habitación y le pongo la funda a la guitarra.

Al regresar a la sala con el instrumento colgado a la espalda, dispara una serie de preguntas:

–Oye, ¿dónde están todos? Hace mucho que no veo a tus padres. ¿Qué tal le va a tu padre? Es un tipo fantástico.

¿Mi padre, fantástico? ¿En qué mundo?

–No lo sé. Supongo que mi padre está trabajando y mi madre, seguramente, dando clases. Están bien, igual que la última vez que los viste. Son como todos los padres, no cambian así como así.

–¿Y te dejan estar aquí sola?

–Pues sí, claro. No es que no aparezcan nunca por casa. En realidad casi siempre está uno de ellos. Bien, ¿listo? ¿Qué hora es?

–Las cinco menos veinticinco. Nos sobra tiempo.

–Vamos, muévete. No quiero llegar tarde.

Raf abandona de mala gana el sofá y nos ponemos en camino. Tengo la extraña sensación de que no quiere marcharse, de que prefiere quedarse ¿y tontear... conmigo? Cuando más tarde se lo comento a Margaret, no trata de disuadirme ni nada parecido, pero dice que tal vez fuese porque es vaguísimo.

Nos sentamos juntos en el autobús, y como todos los chicos tienden a despatarrarse en el autobús y en el metro, mi pierna roza la suya todo el trayecto. En mi vida me había sentido tan ansiosa y reacia a la vez por bajar de un autobús.

No sé cómo, pero la clase va de maravilla. Incluso Gerry (¡Te enseño a tocar la guitarra en doce sencillas lecciones!) nota la diferencia, y me hace un comentario:

–Hoy tocas con mucha pasión, Sophie. ¿Qué ocurre? ¿Estás enamorada o algo parecido?

Me ruborizo por segunda vez en el día. ¡Dios mío!

–¡Qué va! No estoy enamorada.

–Oye, no pasa nada aunque lo estés. El amor es bueno para los músicos; junto con la práctica, es lo más importante.

* * *

Cuando llego a casa después de la clase, a mi madre no le apetece cocinar, así que me lleva a un chino, El Pollo del General Tso. Mi galleta de la suerte me augura «amor de procedencia inesperada». ¡Ay!

Mientras no me meta en líos y saque buenas notas, y además practique con la guitarra, mi madre se da por satisfecha. Al preguntarme qué he estado haciendo durante el día, no puedo contárselo todo, pero intento no mentir en exceso. ¿Omitir parte de la verdad es lo mismo que mentir? Supongo que si le hubiese dicho que habíamos estado en un club nocturno, en un salón de tatuajes o en una reunión neopagana de la Wicca, habría hecho más preguntas. Pero ¿un museo, un café y una iglesia? ¿Se puede ser más formalita?

De regreso a casa, entramos en Blockbuster y alquilamos una chispeante comedia romántica. Me apetece una velada tranquila y sin obligaciones, acurrucada en el sofá junto a mi madre, comiendo palomitas y viendo la película. De repente suena el teléfono.

CAPÍTULO 21

¡Dios mío! Un sábado por la noche descubrimos nuevos conceptos matemáticos

—¿Dónde has estado? —me riñe Margaret—. Llevo horas llamándote.

—¿De verdad? —Miro mi móvil, y claro, no tiene batería—. ¡Uy!

—Tienes que venir.

—¿Ahora? —Van pasando los titulares de la película, y el sofá me atrae.

—Sí, ahora. Mis padres han llevado a mi abuela a cenar fuera, y luego, a un concierto, así que tengo mi habitación para mí sola. Becca y Leigh Ann están conmigo.

—¿Ah, sí? Caramba.

—Bueno, ¿vienes o no?

—Huuummm... —La película está en sus inicios, y mi madre me mira.

—Vete —dice—. No me ofenderé si te marchas.

—¿Segura? —Ante la menor duda por su parte, tendré una razón perfectamente válida para quedarme vegetando unas horas.

—Claro que sí.

—No tardo más que diez minutos. —Y suspiro.

• • •

Margaret tiene en su habitación una enorme pizarra, de esas en las que se puede escribir con rotuladores de distintos colores. Anota en ella sus deberes y responsabilidades domésticas, y sus padres le dejan mensajes. Lo ha borrado todo y ha dibujado el siguiente diagrama:

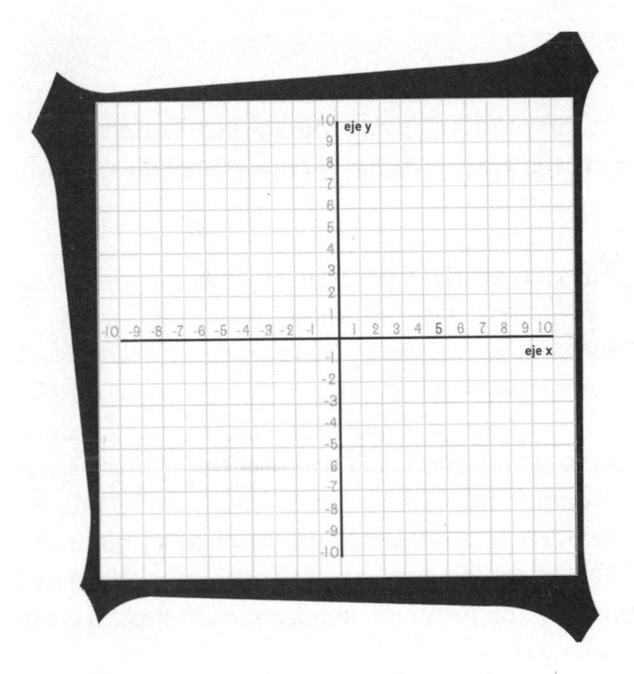

–Antes de que nadie se me eche encima: no se trata de deberes –aclara–. He descubierto algo importante sobre el rompecabezas; me costó un poco organizarlo todo, pero ya lo tengo.

Rebecca, Leigh Ann y yo nos sentamos al borde de su cama, mientras ella nos suelta la lección. (Perder el tiempo es pecado en la clase de la hermana Margaret).

–Tendríais que saber esto del curso pasado. ¿Os acordáis de que al final hicimos problemas en un gráfico como este? Algunas cosas son nuevas, pero sois espabiladas, así que no creo que os resulte difícil. –Señala su diagrama, perfectamente dibujado–. ¿Recordáis esto?

–Me acuerdo de ese rollo de la X y la Y que tienes ahí –respondo.

–Es geometría, ¿no? –pregunta Leigh Ann.

–Se llama geometría plana de coordenadas, y necesitaréis un repaso urgente. Este rollo de la pizarra, Sophie, en el que aparece el eje X y el Y, se llama plano de coordenadas. ¿Recuerdas que, si localizamos un punto aquí, en cualquiera de estas cuatro secciones, podemos darle un nombre?

Sugiero que a uno lo llamemos Zoltan.

–No se trata de ese tipo de nombre.

–¿Y qué os parece Ofelia? –insinúa Leigh Ann–. A lo mejor son chicas.

–Al mío lo voy a llamar... Frodo –dice Rebecca, que es fanática de *El Señor de los Anillos*. Con el rotulador rojo hace un puntito minúsculo en la pizarra y lo señala con el dedo–. Yo te bautizo como... punto sir Frodo.

Margaret traza dos paréntesis vacíos junto a Frodo.

–En realidad vamos a utilizar dos números para identificar cada punto. El primero es la distancia que recorremos del eje X desde el «punto cero» en dirección perpendicular, tanto a la derecha como a la izquierda. El segundo es la distancia que recorremos del eje Y desde cero. De ese modo, utilizando a Frodo como ejemplo, empezáis en el punto cero... y contáis: uno, dos, tres, cuatro en el eje X. Por consiguiente, la primera parte del «nombre» de este punto es cuatro. –Escribe el número cuatro dentro del paréntesis.

–Esto se llama coordenada X. A continuación tenemos que subir, fijaos que nos movemos en la dirección del eje Y, arriba y abajo, uno, dos, tres, y estamos aquí. O sea que el segundo número del nombre corresponde a la coordenada Y. –Escribe un 3 junto al 4, dentro del paréntesis, de modo que aparece (4,3) al lado del punto originariamente denominado Frodo.

Empiezo a recordar.

–Y también se pueden obtener números negativos, ¿verdad? –cuestiono.

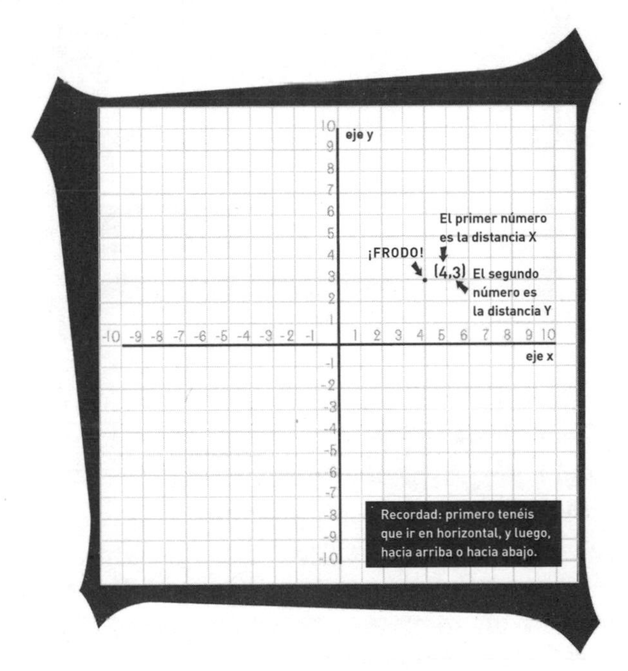

Margaret asiente, entusiasmada.

–Por supuesto. –Y escribe (-4,2) en la parte superior de la pizarra–. ¿Dónde está este punto? Recordad que tenéis que ir primero en dirección X. Vais hacia la izquierda si es negativo, y hacia la derecha si es positivo.

Me levanto y cuento cuatro espacios hacia la izquierda, subo dos y marco un punto rojo.

–Aquí.

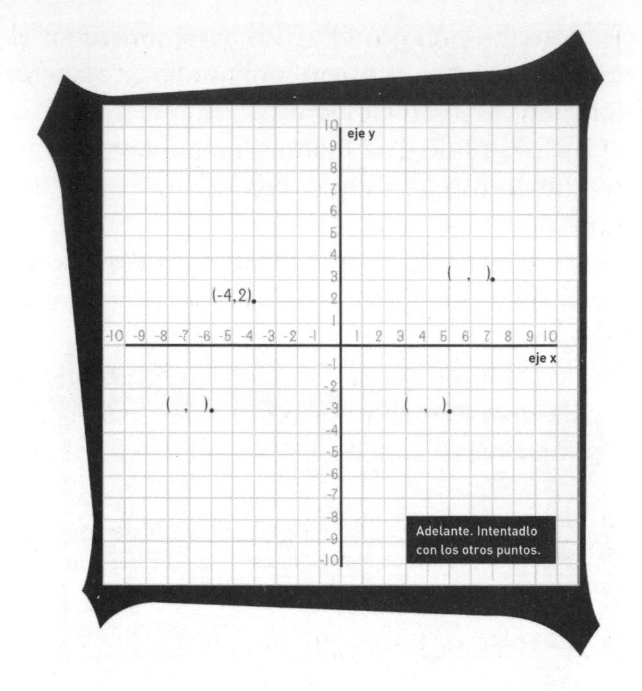

—¡Perfecto! También has ido en la dirección correcta en el eje Y. En este eje los números positivos están arriba y los negativos abajo. De acuerdo, hasta el momento vamos bien. ¿Alguna pregunta?

Levanto la mano e indago:

—Señorita Wrobel, no se enfade, lo estoy pasando de rechupete en su clase, y se explica usted de maaaaravilla, pero ¿qué tiene que ver todo eso con el rompecabezas?

—Una pregunta adecuada —afirma Rebecca, asintiendo muy seria.

—Todo se relaciona con la mosca —afirma Margaret sin inmutarse.

—¿Qué mosca? —se extraña Leigh Ann.

—La mosca del techo.

Las tres alzamos la vista.

–En este momento no hay ninguna mosca en el techo, imbéciles. A la que me refiero estaba en el techo de la habitación de René Descartes.

–¿Quién? ¿Quién? ¿Quién? –preguntamos.

Moscas, lechuzas... ¿qué más criaturas nos acompañarán?

–Por favor, Sophie, eres francesa; deberías saber quién es Descartes. *Cogito ergo sum*, ¿no se os enciende una lucecita?

–El nombre me suena familiar –reconozco–, pero no sé nada de ninguna mosca. Y eso que acabas de decir... explícanoslo, ¿quieres? Y en nuestro idioma, por favor.

–Sí, porfa –se suma Rebecca–. Yo solo hablo inglés, cantonés, un poco de español y el lenguaje de los mensajes de texto.

–Es una frase latina que significa «Pienso, luego existo». Descartes fue filósofo y matemático, e inventó el plano de coordenadas. Todo empezó un día que estaba acostado en la cama contemplando una mosca en el techo, y se obsesionó con la idea de describir el movimiento del insecto.

¡Vaya! Cuando miro el techo, trato de recordar la letra de una canción o de decidir si debo depilarme las cejas y cuánto me dolerá; nunca se me ocurre nada de matemáticas superiores ni de filosofía.

Rebecca levanta la mano para hacer una pregunta:

–Escucha, Margaret, ¿y si nos centramos en la pregunta de Zoltan? ¿Qué diablos tiene esto que ver con ese anillo mágico que queremos encontrar?

Margaret se ríe y responde:

–Recordad la carta. El abuelo de Caroline le indicó, a su manera, que para resolver el rompecabezas debía utilizar el plano de coordenadas. Fijaos en lo que le dice al final: «A veces los problemas más difíciles de la vida se solucionan tumbándose en la cama y contemplando a una mosca de insignificante apariencia en el techo».

Frenéticamente, mis ojos van de Margaret a la pizarra y al fin exclamo:

–¡Es como el mapa de un tesoro!

–En esencia. Las pistas nos conducen a puntos en el pavimento de la iglesia. Las líneas entre las baldosas del suelo componen un plano de coordenadas perfecto. Os lo demostraré. –Se vuelve hacia la pizarra y coge un rotulador–. Esta parte resulta más difícil de explicar, pero creedme, no es imposible de entender, y cuando veáis lo que estoy haciendo, comprenderéis que todo este rompecabezas no es tan intrincado como pensábamos. En cuanto me di cuenta de que el rompecabezas tenía algo que ver con el plano de coordenadas, supe que tendría que pedir ayuda al señor Kessel. Me acordé de que en el campamento de matemáticas del pasado verano estudiamos algo de ecuaciones y gráficos, pero no conseguí recordar cómo se hacían. Así que, mientras tú ibas a clase de guitarra, le escribí un correo electrónico. Me pregunté qué estaría haciendo un sábado por la tarde, porque no es de esos a los que les mola el fútbol. Y me dije que, seguramente, estaría conectado a Internet, ¿no?

–¿Qué debe de hacer el señor Kessel los fines de semana? –pregunta Rebecca–. ¿Acaso queda con otros obsesos de las mates para resolver ecuaciones y cosas de esas?

Le doy un codazo.

–Rebecca, chisssst. Mira alrededor. ¿Qué estás haciendo?

–Bueno, pues acerté al suponer que estaba navegando por Internet porque me respondió al cabo de diez minutos y me envió un vínculo a una página que lo explicaba todo. Podría limitarme a enseñaros la página, pero así tiene más gracia, y creo que yo lo explico mejor.

–¿Te preguntó por qué querías saberlo? –A Rebecca le parece raro que un profesor esté dispuesto a ayudar sin que haya motivos inconfesables.

–Sí, fue superamable. Le expliqué que estaba haciendo un rompecabezas matemático. Dijo que le pusiese un correo si tenía dificultades y que me ayudaría. No es tan malo como creéis. ¡Es divertidísimo!

Leigh Ann coincide con Margaret al afirmar:

–Me contaron que hacía monólogos cómicos.

–¿El señor Kessel? –pregunta Rebecca–. Siempre me mira como si se sintiese decepcionado o algo por el estilo. Como soy asiática, todo el mundo piensa que tengo que ser buenísima en mates.

–Todo el mundo no piensa semejante cosa, Becca –replico.

–¿Los asiáticos son buenos matemáticos? –tercia Leigh Ann.

Cuestión zanjada.

–En un plano de coordenadas –Margaret continúa con su clase–, no solo se pueden dibujar puntos aislados, como estos, sino también rectas y ecuaciones. Por ejemplo, vamos a hacer una ecuación muy sencilla. –Escribe $X + Y = 4$ en la pizarra; luego dibuja dos columnas, una correspondiente a X y otra a Y–. Sophie, escoge un número para X. Cualquiera.

–Dos.

–Muy bien. Rebecca, si X es dos, ¿qué tiene que ser Y para que esta ecuación sea cierta? En otras palabras, ¿dos más qué número es igual a cuatro?

–Dos.

–¡Exacto! Tenemos así un punto resuelto. Si X es dos e Y es dos, nuestro par es… –Escribe un dos en la columna X y otro dos en la columna Y–. Decidme un par de números más para X.

–Tres y seis –me adelanto.

–De acuerdo. Si X es tres, Y será uno, ¿no? –Añade esos números a las columnas–. La ecuación ha de ser cierta, de modo que X más Y siempre sea igual a cuatro. ¿Y qué pasa con el seis? ¿Qué añadís a seis para obtener cuatro?

–Nada –responde Rebecca–. Hay que restar. No, espera, eso no es posible. Se puede añadir un número negativo. Es lo mismo. Si a seis sumamos menos dos, nos da cuatro.

–¡Exacto! Ahora tenemos tres pares de números. La pizarra queda así:

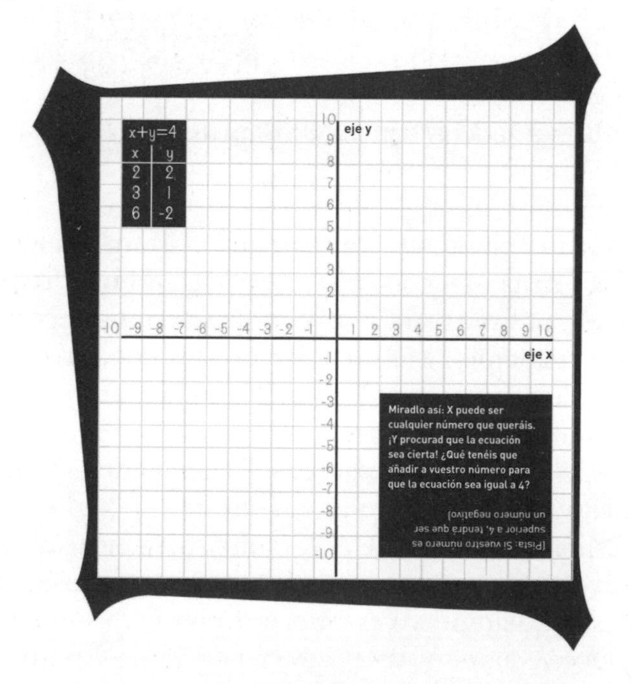

—Ahora veamos qué ocurre cuando colocamos estos puntos en nuestro plano de coordenadas. —Marca nuestros tres puntos en rojo, pone una regla sobre la pizarra, que une los tres puntos, y traza una recta.

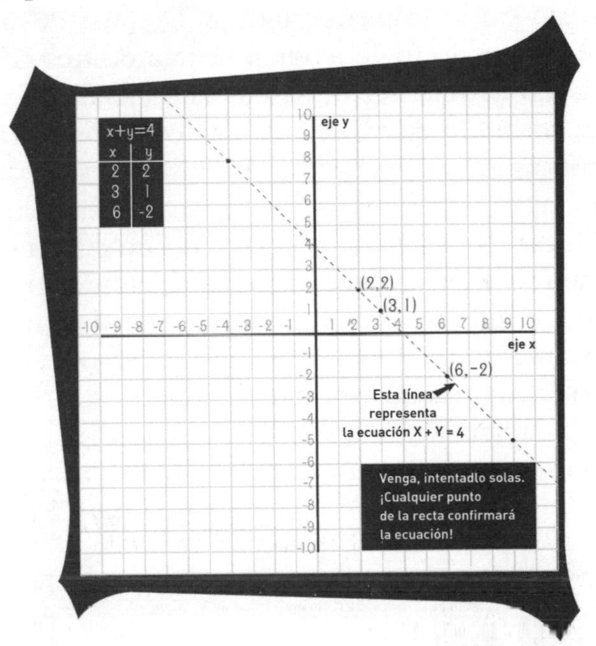

—Esta recta representa la ecuación X más Y igual a cuatro. Genial, ¿verdad? Y como veis, no importa qué números utilicéis para X e Y, pues siempre que confirmen el resultado de la ecuación, los puntos coincidirán invariablemente con esta línea.

—Ya veo —dice Rebecca—. Es guay.

—Lo sé —admite Margaret—. Pero esperad, queda lo mejor: el paso siguiente es cuando tenemos dos ecuaciones, que casualmente es lo que ocurre en esta carta. Resolveremos nuestra ecuación; la primera, enseguida, pero antes vamos a ver otro ejemplo para demostrar qué sucede cuando tenéis dos ecuaciones. —En un lado de la pizarra escribe otra ecuación, X - Y = 0, y las dos columnas que de nuevo denomina X e Y.

–Cuando hay dos ecuaciones, se denomina «sistema de ecuaciones», y se resuelve de la misma forma que hemos visto con la primera ecuación. Después de dibujar los dos rectas, siempre tendremos una de tres posibilidades. En primer lugar, ambas ecuaciones tienen la misma solución; dicho de otro modo: las dos rectas se superponen. Pero esa opción no nos preocupa. En segundo lugar, obtendremos dos rectas perfectamente paralelas; esa opción tampoco nos preocupa. En cambio, nos interesa la tercera opción: cuando las dos rectas se cortan. Os lo enseñaré utilizando esta ecuación.

En la columna X escribe 2, 0 y 4, y luego escribe los mismos números en la columna Y.

–¿Me seguís? Si X menos Y es igual a 0, entonces X e Y siempre serán lo mismo, ¿no? Vamos, pues, a colocar los puntos y a trazar la línea de esta ecuación.

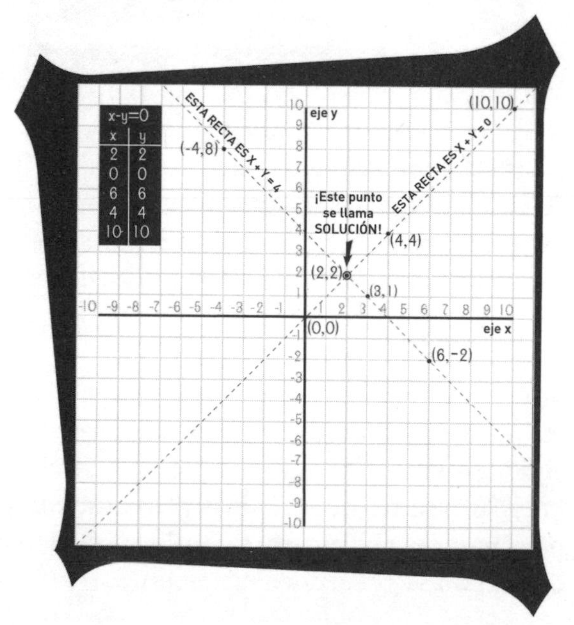

–Fijaos en que la recta de esta ecuación corta la recta de nuestra primera ecuación en este punto de aquí. El punto (2,2) es la solución de este sistema de ecuaciones. Es el único punto en que se tocan las dos rectas. –Para subrayar su explicación, las dibuja varias veces, haciendo una X bien visible–. ¿Recordáis lo que dijo Raf?

–La X marca el lugar –respondo–. Creo que lo he visto en una película.

–Entiendo todo este rollo –dice Leigh Ann–, pero sigo sin ver ninguna relación con el descubrimiento de algo.

–Porque no estuviste en la iglesia con nosotras –explica Margaret–. Soph, ¿recuerdas que te dije que me resultaba muy fácil calcular las distancias en la iglesia gracias a las bonitas baldosas de treinta centímetros de lado? Pues resulta que el suelo de la iglesia es un plano de coordenadas. ¿Lo entiendes? Tal como yo lo veo, la nave y el coro son el eje Y, y el transepto es el eje X. Supongo que podrían alinearse de cualquier manera, pero en una iglesia lo lógico es mirar hacia el altar. Y acuérdate de que hay una fina tira de metal que recorre el centro del pasillo, y otra que atraviesa la iglesia delante del altar propiamente dicho, donde el suelo está más elevado. El punto en el que se cruzan las tiras de metal es nuestro punto cero, y el anillo está en algún lugar debajo del suelo. Estoy segurísima.

Margaret borra todo lo que ha escrito en la pizarra, salvo los ejes X e Y; escribe la ecuación $X + 3Y = 6$ a un lado y, retrocediendo, me dice:

–Sophie, ahora te toca a ti. Esto es lo que tenemos hasta el momento: las respuestas de las tres primeras pistas. Traza la recta de esa ecuación.

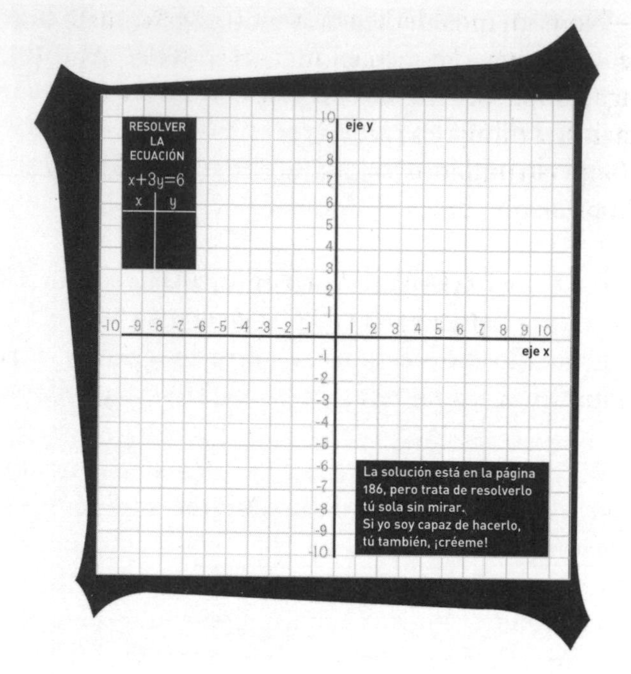

–¿Quieres decir que está ahí? –comento, y de repente me pongo muy nerviosa–. ¿Lo único que tengo que hacer es dibujar la recta que corresponde a esa ecuación para saber dónde se encuentra el anillo?

–No es tan fácil, Soph. Sí, el escondite está en algún punto de la recta, pero no sabemos en cuál, y estamos hablando de treinta metros. Aunque haya algunas baldosas sueltas, la mayoría de ellas estarán fijas, y no creo que el padre Danahey nos permita levantar todo el suelo de la iglesia.

–¡Oooooh, ahora lo entiendo! –exclama Rebecca–. Tenemos que llenar los espacios en blanco de la otra ecuación, y luego averiguar dónde se cruza la recta de esa ecuación con la que ahora hemos escrito en la pizarra. Es asombrosamente guay. Me encanta. A ver, ¿cuál es la próxima pista?

–No podemos dedicarnos a otra pista hasta que Sophie resuelva la ecuación –responde Margaret–. Venga, Soph, busca las X y las Y que confirman la ecuación y dibuja la recta.

Cojo el rotulador rojo y escribo en la parte superior de la pizarra:

¿HABRÁ ALGUIEN MÁS CHIFLADO QUE NOSOTRAS?

Huuumm, ya veremos.

CAPÍTULO 22

En el que, por increíble que parezca, alcanzamos nuevas cotas (¿simas?) de chifladura

Por desgracia, la respuesta a mi pregunta es un rotundo sí. Ya sé que los chicos de los colegios de Nueva York no tienen una vida social alucinante (al menos, los que yo conozco), pero lo nuestro ya es... Estamos delante de una pizarra en casa de Margaret, estudiando matemáticas, ¡un sábado por la noche!

Pido tiempo muerto para descansar de las X y las Y porque quiero que Rebecca nos cuente qué tal le fue con la señora Harriman en Chelsea. (También me muero por conocer la versión del baile de labios de Leigh Ann, pero no me apetece dar el primer paso.)

–¿Qué llevaba puesto? ¿Otro vestido de boda de vaquera? –pregunta Leigh Ann.

–En esta ocasión optó por un conjunto más bien gótico: un vestido largo de encaje negro con una telaraña en la espalda. Casi no la reconocí porque se había recogido el pelo bajo un sombrero. ¡Y llevaba guantes negros... hasta los codos!

–¿Y el calzado?

–Zapatillas deportivas negras Chuck Taylor. No os estoy tomando el pelo.

–¡Pues claro! Chuck es lo máximo. –Da la casualidad de que yo llevo unas rojas.

–Bueno pues, voy a la galería y me encuentro con miles de personas porque se inaugura la exposición de un pintor cuyos cuadros no entiendo en absoluto, y juraría que Elizabeth conoce a todo el mundo. Está el alcalde, cantantes de rap que no sé quiénes son, y un par de jugadores de los Yankees. Me presenta a todos como si yo fuera su añorada hija, y me siento una mema llevando mi absurdo cuaderno de dibujos que rezo para que no me obligue a enseñárselo a aquella gente.

–¿Lo hizo? –pregunto, muerta de curiosidad.

–No, gracias a Dios. Al cabo de una hora, el lugar se quedó vacío, literalmente, y fuimos al despacho de su amiga Alessandra, que es la dueña de la galería y distinta en absoluto de ella; llevaba un elegante vestidito negro, de lo más normal. La señora Harriman le contó cómo nos conoció, lo mucho que le gustaron mis dibujos y bla, bla, bla, y la señora Alessandra les echó un vistazo y, y... ¡también le gustaron! Quiere incluirme en un curso especial para jóvenes artistas con talento, ¡gratis!

–¡Oooooh, eso es fenomenal, Becca! –exclama Margaret–. ¿Cuándo empiezas?

–Dentro de un par de semanas. Me enseñó el estudio del piso de arriba de la galería. Es una maravilla. Todos los años reúne a unos diez chicos y lleva a amigos suyos, artistas, para que les enseñen. Vi algunas cosas que están haciendo y, ¡buff!, me muero de ganas de comenzar.

–¿Qué ha dicho tu madre? –inquiero.

–Aún no se lo he contado. –De súbito la alegría desaparece del rostro de Rebecca, que se tumba de espaldas en la cama–. ¡Oh, no! El trabajo de mi madre. No podré aceptar.

–¡Qué! –grita Leigh Ann.

–¿Qué ocurre con el trabajo de tu madre? ¿Ha cambiado de turno? –indaga Margaret, preocupada.

–No es solo eso, sino que... –respondo yo antes de recordar que había prometido no contar nada.

–¿Qué? –Margaret me agarra por el brazo.

–Lo siento, pero debo decírselo, Becca.

Lo suelto todo, incluso la posibilidad de que ella tenga que marcharse de Santa Verónica.

–Eso es impensable –afirma Margaret–. ¿Se lo has dicho a Elizabeth?

–Claro que no –responde Rebecca–. ¿Y por qué iba a decírselo?

–Porque las personas como Elizabeth Harriman pueden arreglar las cosas. Fíjate en ti: tienes doce años y un futuro en el mundo artístico de Nueva York.

–Mi madre me mataría si le contase nuestros asuntos familiares a una completa desconocida.

–No es una completa desconocida –preciso.

–Un poco desconocida sí es –afirma Leigh Ann.

–¡Que se calle todo el mundo! –exclama Rebecca, agitando los brazos–. No quiero darle más vueltas a eso. Hablemos de los problemas de otra. Venga, Sophie, tú tienes algún problema, ¿no?

–Pues no. Ninguno. Todo va perfecto. –¿Le habrá contado Margaret mi secreto sobre ya sabéis quién?

Antes de que nadie tenga ocasión de meter las narices en mi vida, Leigh Ann se levanta y toma las riendas.

–Tengo una idea mejor. ¿Por qué no ensayamos nuestra parodia para el banquete de Dickens? Estamos todas; si discurrimos, podemos escribir el guion esta noche y dispondremos de una semana para ensayar. Quiero ganar la cosa esa.

–¿Ganar? –me extraño–. ¿Es una competición?

–Naturalmente. La mejor actuación individual y la mejor parodia ganan premios.

–Libros, Sophie –explica Margaret–. Para tu colección: libros de Dickens y en ediciones buenas.

¡Vaya! Me froto las manos.

–Ya he pensado en una escena buenísima –anuncia Leigh Ann–. Pertenece al capítulo veintisiete: cuando Joe va a visitar a Pip en Londres.

–Yo todavía estoy en el capítulo veinte –confieso.

–Pues yo he leído unas veinte páginas –aporta Rebecca–. Y no me incluyáis. Mi madre quiere que vaya a casa al salir del colegio para cuidar a mis hermanos, así no tiene que pagar a nadie; por otro lado, no creo que me sea posible ir al banquete del viernes.

Leigh Ann no es de las que ceden a la primera, y le replica:

–Tú puedes ser Biddy. Es un papel corto, y no hace falta que te lo aprendas de memoria. Basta con que lo leas, porque es una carta que ella le escribe a Pip. Es perfecto. ¡Vamos!

–¡Aaaayyyy! –Rebecca se da una palmada en la frente.

–¿Cuándo te enterarás, Rebecca? Nosotras nunca nos rendimos –afirma Margaret–. Somos imborrables; eso, como un tatuaje. Nos adherimos como las sanguijuelas.

–¿De qué trata la escena? –quiero saber–. Dame la versión resumida de la guía del estudiante.

–Pip recibe una carta de Biddy –explica Leigh Ann–, comunicándole que Joe va a ir a visitarlo, y Pip está fastidiado porque teme que Joe lo avergüence. Este aparece y cena con Pip y con Herbert y... oh, ya lo verás. Es muy gracioso, pero también un poco triste.

—Ya sabes, lo típico de Dickens —añade Margaret. Y ahora el meollo de la cuestión.

—¿Y yo quién soy? —cuestiono.

—Estaba pensando que podías ser el compañero de habitación de Pip, Herbert —expone Leigh Ann—. Margaret puede ser Pip, y yo seré Joe. Es decir, si os parece bien. No quiero que penséis que quiero controlarlo todo. Ya sé que soy la nueva.

—Está bien que asumas responsabilidades —asegura Margaret, dándole una palmadita en la espalda—. Yo he estado muy ocupada con el rompecabezas y... con otras cosas que han ocurrido. Ni siquiera habíamos pensado en la parodia.

—A propósito, ¿qué tal va todo con tu abuela? ¿Mejor? —pregunto.

—Más o menos igual —suspira Margaret—. Solo que... Os pondré un ejemplo de lo que ha ocurrido hoy por la mañana. Mi madre me había mandado a comprar leche a Gristedes, y le pregunté a *babcia* —mi abuela— si quería acompañarme. Nada más pisar la calle, se dedicó a mirar en todos los cubos de basura de la manzana, buscando latas y botellas vacías. Se ha enterado de que pagan cinco centavos por cada envase, y no deja de decirme que en Polonia podría vivir con lo que tiran los vecinos de mi casa.

—Seguramente tiene razón —afirma Rebecca.

—Sí, pero nos vieron unos vecinos, y me dieron ganas de meterme debajo de un coche aparcado.

—Viene de un mundo muy distinto, Margaret —reflexiona Leigh Ann.

–Sí, ya lo sé. Cuando pienso en todo lo que ha sufrido –la Gran Depresión, la guerra, el Holocausto, el comunismo–, me digo que probablemente yo sería igual. Pero sigue dándome vergüenza.

–Volviendo al tema anterior, ¿de verdad te parece bien, Margaret, la idea de representar a Pip en la parodia? –inquiere Leigh Ann–, porque ya sabes que él… –Se calla y esboza una leve sonrisa.

Margaret se acerca a su ordenador, y responde:

–Por supuesto. Habla y yo copiaré. Y mientras me preparo, cuéntanos cómo fue el baile.

Mis orejas y todo lo demás se ponen alerta.

–Oh, no me quedé mucho. Apenas había gente de Santa V, pero esa tal Bridget… –Los enormes y bonitos ojos se le desorbitan–. Es una pasada.

Margaret, sin apartar la vista del teclado, replica:

–Raf nos contó esa parte.

Leigh Ann sonríe automáticamente ante la mención del nombre del chico.

–¡Ah, sí! Acabé hablando con él y sus amigos un rato… Es muy gracioso…

Grrrr. ¿Es gracioso?

–… y encantador. Además, es una monada.

Quiero morirme. Ahora mismo. Acabar de una vez.

–A todo esto, ¿qué se trae entre manos? ¿Está…? Bueno, ya sabes.

–¿Libre? –pregunta Margaret sin apartar la mirada del ordenador.

–Bueno, sí, algo así. –Leigh Ann se encoge tímidamente de hombros.

–No lo sé. –Margaret me mira–. ¿Tú qué crees, Soph? ¿Raf está libre?

Dudo unos instantes, y poco después una voz procedente de mi cerebro, tamaño ameba, dice:

–Que yo sepa, sí.

Los hoyuelos de Leigh Ann se acentúan.

–Me alegro de saberlo –dice.

¡Pero qué estúpida soy, qué grandísima estúpida!

CAPÍTULO 23

En el que nos enteramos de que los profesores también son seres humanos. ¿Quién lo diría?

Los domingos por la mañana, mi padre me prepara mi desayuno favorito que consiste en crepes con Nutella y plátanos, acompañadas de un delicioso mejunje del que se declara inventor a base de café, chocolate y nata montada. Es lo que necesito tras una noche de dar vueltas en la cama y de sobresaltos, imaginando las diversiones de Leigh Ann y Raf en el baile. Resulta que a la niña el chico le parece gracioso. Grrrrr.

Mi padre coloca una crepe perfectamente doblada en mi plato, mientras en mi mente surge el recuerdo del museo y la leyenda del anillo.

–Papá, ¿cómo se llama el pueblo en el que te criaste?

–Sainte Croix du Mont. *Pourquoi, mon petit chou-chou?*

Me río, porque me encanta que me llame su «repollito».

–Por curiosidad. Margaret y yo estamos haciendo un trabajo escolar. ¿Has oído hablar de un lugar llamado Rocamadour?

–*Oui.* Está a unos cien kilómetros al este de ese pueblo; es un sitio muy famoso.

–¿Y sabes algo sobre unos anillos de ese lugar que, al parecer, tenían poderes especiales?

–Naturalmente. Debes de referirte a *les bagues de Rocamadour*, ¿verdad? Santa Verónica, como tu colegio, *n'est-ce pas?*

–¡Sí! Entonces, ¿es cierta? Me refiero a la leyenda, claro.

Mi madre detiene la lectura de la sección de Arte del *New York Times* dominical. Mostrando una expresión interrogante, pregunta:

–¿Qué leyenda?

–Los anillos fueron un regalo de santa Verónica –explico–. Ya sabes, la de la Biblia. Son alianzas de boda y…

–Según la leyenda, si una persona lleva puesto el anillo y reza a la santa, esta se le aparecerá en sueños y responderá a sus plegarias –concluye mi padre.

–¡Qué bonito! ¿Y dónde están los anillos?

–Uno de ellos, en el Met; es el del hombre –respondo–. El otro está… Bueno, eso es lo que intentamos averiguar.

–Desapareció hace mucho tiempo –explica mi padre–. Existen muchas teorías, pero nadie sabe a ciencia cierta dónde se halla. A lo mejor en el dedo de algún muerto.

O en una iglesia del Upper East Side.

–Mamá, si ese anillo existiera y lo tuvieses, ¿qué le pedirías?

–Sophie, no es un pozo de los deseos. –Mi padre se toma muy en serio la leyenda.

–De acuerdo, entonces, ¿por qué rezarías? –Me burlo de mi padre enseñándole la lengua.

–Por nada. Tengo todo lo que quiero aquí mismo, en esta mesa.

¡Caramba! ¡Esa sí que es una respuesta magnífica de mi madre!

Es una perfecta tarde neoyorquina de septiembre. Después de almorzar, voy a conocer a la *babcia* de Margaret; el portero me deja subir sin avisar a los Wrobel. Desde la puerta del apartamento, oigo a Margaret tocando el violín, así que espero a que termine la pieza. Tras los aplausos y los gritos pidiendo más, me apresuro a llamar al timbre.

Abre la puerta el señor Wrobel.

–¡Sophie! ¡Qué alegría verte! Entra, por favor. Margaret nos está deleitando con Chopin; era polaco, como sabes.

–Sí, creo que lo había oído decir. Sonaba de maravilla, Margaret.

–Uno de estos días, ¡al Carnegie Hall! –grita el señor Wrobel.

–¡Papá! Falta mucho para eso. Además, Sophie no quiere oír cómo me pones por las nubes, ¿verdad, Soph?

–No, no; todo lo contrario. Tu padre tiene razón, acabarás tocando en el Carnegie Hall, y yo en un antro lleno de humo del East Village.

El señor Wrobel me hace entrar en la sala, donde están la madre y la abuela de Margaret sentadas en dos mecedoras idénticas.

–Esta es mi madre –le dice algo a la anciana en polaco; capto mi nombre y el de mi amiga.

–Sophie –dice dulcemente la anciana, dedicándome una amable sonrisa.

Le devuelvo la sonrisa y saludo:

–¿Qué tal?

Se produce un silencio incómodo.

Que alguien diga algo, por amor de Dios. En inglés, polaco, swahili o klingon, me da igual.

Por fin la madre de Margaret me pregunta cómo me va en el colegio y qué tal están mis padres, típicas preguntas de padres a las que doy las típicas respuestas de niña:

–Me va estupendamente. Están muy bien, gracias.

Margaret me rescata y me lleva a su habitación.

–Salgamos –sugiero–. Hace un día precioso.

–Sí, ya lo sé. Fuimos a misa temprano –dice–. ¿Qué te apetece hacer?

–No sé. Estaba pensando en una película, pero el día es demasiado bueno para encerrarse. Podemos dar una vuelta por el parque; coge un libro si quieres. No me apetecía quedarme en casa, porque mi madre me habría mandado ordenar mi habitación o algo así.

–Esto..., no estaría mal.

–Ni hablar. Así que esa es tu abuela, ¿eh? Pues no me parece tan horrible.

–Yo no dije que fuese horrible, sino que me estaba volviendo loca.

–Bueno, a mí me cae bien.

–Sophie, la has visto un momento. Sal a dar una vuelta con ella, y luego me cuentas qué te parece; o acompáñala en el metro. Ayer se puso a cantar... en polaco en el vagón.

–Recuerdo que dijiste que te gustaba cantar con ella.

–Eso pertenece al pasado: cuando tenía seis años.

–¡Vámonos! Llamaremos a Rebecca después; tal vez pueda escabullirse un rato.

Margaret busca en su cartera del cole y saca su ejemplar de *Grandes esperanzas*.

–¿Y qué me dices de Leigh Ann? ¿La llamamos?

Recurro a la típica respuesta de los padres:

–Quizá más tarde.

Entramos en Central Park por la calle Noventa y siete y encontramos un agradable lugar para leer y tomar el sol junto a los campos de béisbol del North Meadow. Rebecca aparece tres cuartos de hora después, con el cuaderno de dibujo bajo el brazo, vestida toda de negro. Nos metemos con ella por tomarse el arte demasiado en serio, lo cual nos lleva a hablar de la señora Harriman y, a continuación, de la cuarta pista. ¿Y sabéis una cosa? Casualmente, Margaret tiene una hoja de papel en la que ha anotado la pista en mayúsculas. Dice así:

UNO DE LOS PERSONAJES
SIGUIENTES NO PERTENECE
A ESTA LISTA:

DRUMMLE, GUPPY, HEEP,
STEERFORTH, TRADDLES,
PIRRIP, SUMMERSON, SQUEERS,
COPPERFIELD, SCROOGE.

EL NOMBRE PROPIO DE ESE
PERSONAJE ES EL MISMO QUE
EL APELLIDO DE ALGUIEN QUE
DONÓ UN BANCO A LA IGLESIA.
BUSCA DETRÁS LA PLACA
DE BRONCE CON EL NOMBRE.

–Conozco a David Copperfield y me suena Scrooge –comenta Rebecca–, pero ¿quiénes son los demás?

–Creo que todos son personajes de libros de Dickens, pero no estoy segura al cien por cien –reconoce Margaret–. Solo he leído *David Copperfield* (Clásicos de Harvard, ficción, tomos siete y ocho), y actualmente, parte de *Grandes esperanzas* (que, para consternación del señor Eliot, no está incluido en los Clásicos de Harvard). A propósito, también conocéis a Pirrip.

–¡No me digas!

–Es Pip. Su nombre completo es Philip Pirrip, ¿recordáis?

–Y yo conozco a Drummle –afirmo–. Es el tipo al que Pip odia; Jaggers lo llama «la araña», y su nombre propio es Bentley.

–Uriah Heep, Thomas Traddles, James Steerforth y, como es evidente, David Copperfield son personajes de *David Copperfield* –explica Margaret–. Lo cual nos deja frente a... Guppy, Summerson y Squeers, de los que no sabemos nada.

–Podemos enterarnos en cinco minutos si miramos en Internet –sugiero.

–¿Todos los nombres de la lista tienen una consonante o una vocal dobles? –pregunta Rebecca.

–Pues sí. Seis de ellos tienen consonantes dobles, y los otros cuatro, vocales dobles –responde Margaret–. Dos son trisílabos, cinco bisílabos y tres monosílabos.

–¿Podría tratarse de algo relacionado con los propios personajes? –apunto–. Por ejemplo, si son buenos o malos, o referente a su trabajo, tal vez.

–Es posible. Pero eso es muy vago –responde Margaret–. Por ejemplo, ¿Scrooge es bueno o malo? Depende de cuándo, ¿al principio o al final?

–¿Por qué no nos centramos en los nombres propios y miramos detrás de todos los bancos? –sugiere Rebecca.

–Podríamos hacerlo, pero no creo que sea tan fácil como piensas. En primer lugar, hay cientos de bancos, y en segundo lugar… –Margaret me arrebata el papel de las manos–. ¡Es Copperfield!

Miro la lista para ver si también me destaca el nombre como por arte de magia. Pero no tengo esa suerte.

–¿Y por qué Copperfield? –quiere saber Rebecca.

–Porque es el único personaje-título de la lista: *David Copperfield.* Tenemos que buscar a alguien apellidado David.

–Ha sido fácil –digo.

–Demasiado fácil –corrobora Margaret.

Tal vez Everett Harriman no fuese para tanto, después de todo.

Media hora después nos hallamos de nuevo en la iglesia, forzando la vista en la penumbra para leer las gastadas placas de bronce de la parte trasera de los bancos. Hay muchas más de las que creíamos; cada banco fue donado en fragmentos de tres metros, y cada fragmento tiene su placa. Empezamos por atrás y avanzamos hacia el altar, yendo sin parar de atrás hacia delante y de delante hacia atrás. Cuando llevamos un tercio de los bancos revisados, Rebecca y yo gritamos al mismo tiempo:

–¡Lo tenemos! –El problema es que nos separan treinta metros.

–«Donación de Anthony David, en memoria de Althea David» –leo.

–El mío dice: «Donación de Anthony David, en memoria de Annabelle David» –lee Rebecca.

–Vaya, vaya –tercia Margaret–. El mío dice: «Donación de Anthony David, en memoria de Anne Marie David». Según la pista, tenía que ser un solo banco. Lo siento, chicas. Creo que me he equivocado.

Está abatida.

–No pasa nada, Margaret –la consuelo–. No es para tanto. Lo encontraremos, ya verás.

–Pero estaba convencida... y me he equivocado. Siempre está convencida. Bienvenida a mi mundo, pequeña.

Cuando salimos de la iglesia, se me ocurre una solución:

–Es una pista literaria, ¿no? Pues preguntémosle al señor Eliot. Es el más indicado para resolver esta parte del rompecabezas.

–Entonces tendremos que esperar hasta el lunes por la mañana –argumenta Margaret–. Además, quiero resolverlo sin ayuda de nadie.

–¿Cuál es la diferencia entre recurrir al señor Eliot o a Internet? –pregunta Rebecca.

Tiene toda la razón.

–Supongo que podemos enviarle un correo –admite Margaret. Nos dio su dirección de correo electrónico, que podemos utilizar para comunicaciones relacionadas con el colegio. («No quiero que llenéis mi cuenta de correo con chistes absurdos... o cosas peores», nos advirtió.)

–Podemos hacer algo mejor –propongo–. Casualmente, sé dónde vive.

Diez minutos después, nos plantamos en el portal de la casa del señor Eliot. El portero llama al piso y le explica que tres jovencitas desean hablar con él, insistiendo en que se trata de algo muy importante. El portero, Freddy, como indica su placa, lo escucha asintiendo y cuelga el teléfono sin decir palabra.

–Dice que bajará enseguida. Esperad en el portal. ¿Sois alumnas de Geor... del señor Eliot?

Las tres afirmamos con la cabeza.

–Es un buen tipo, siempre me presta libros para leer en el turno de noche.

–Mucho Charles Dickens, ¿no? –apunto.

Freddy sonríe y aclara:

–No, nada de eso, sino libros de misterio, sobre todo. Le encantan las novelas policíacas antiguas: Nero Wolfe y cosas de esas, pero últimamente me ha traído novelas gráficas; las que parecen cómics, aunque más gruesos y con mucha más sangre.

–¡Ooooh, me chiflan! –exclama Rebecca–. Cuanto más sangrientas, mejor.

–Sí, claro –intervengo–. Y también te deben de gustar esas terroríficas películas de adolescentes, porquerías como *Pesadilla en Elm Street*, *Halloween* y *Sé lo que hicisteis el último verano*.

–¡Porquerías! ¡Son clásicos!

–Excelentes ejemplos del mejor cine –dice Margaret.

Antes de que la conversación profundice en quién es más malo, Jason o Freddy (Krueger, no el portero), el señor Eliot sale del ascensor.

–Hola, chicas. ¿Estáis molestando a Freddy?

–Nada de eso, George –responde el aludido–. Son muy simpáticas. Hablábamos de literatura.

–Ya me lo parecía. Bueno, ¿qué tremenda crisis justifica que hayáis profanado mi sagrado domicilio?

–Veamos, ¿dónde está su esposa? –pregunta Rebecca–. Esperaba que ella también bajase. Queremos conocerla.

–Está arriba, seguramente muerta de miedo porque mis alumnas saben dónde vivo, y sin duda preguntándose, como yo, por qué se presentan en mi casa una preciosa tarde de domingo.

–Se trata del rompecabezas –aclara Margaret.

–¡Oh, para rasgarse las vestiduras! ¿Esa es la gran emergencia?

Margaret señala una zona de estar, decorada con muy buen gusto, en el vestíbulo, sugiriendo:

–Será mejor que nos sentemos, señor E. Tardaremos un rato.

Nos distribuimos entre un sofá y unos sillones de piel, realmente cómodos. El señor Eliot nos escucha y se muestra impresionado por nuestra decisión y tenacidad.

–Y ahora habéis llegado a la cuarta pista, que tiene que ver con la literatura, y creéis que puedo ayudaros.

–*Exact... e... ment* –digo exagerando bastante mi acento francés.

–Antes de que acepte echaros una mano, contadme más cosas de ese tal Malcolm. Quiero cerciorarme de que no habéis dado con un loco.

–Oh, no creo que sea peligroso ni nada por el estilo. –Como si yo fuese experta en conductas humanas–. Solamente resulta un poco asqueroso.

–No es asqueroso, Soph –me corrige Margaret, negando con la cabeza–; lo que pasa es que no te cae bien porque crees que nos estuvo espiando.

–¡Pues claro que nos estuvo espiando! Y cualquiera se daría cuenta de que creía que no encontraríamos el anillo jamás. Actuaba en plan de: «Vosotras, estúpidas niñitas de Santa Verónica, no lo hallaréis en la vida sin mi valiosísima ayuda».

–¿Dijo eso?

–No, no; pero se notaba que lo pensaba.

–Y ahora queréis demostrarle lo equivocado que está. ¿Y no os parece que estáis un poquitín obsesionadas con esa historia y el anillo?

–¿Cómo era la frase que nos dijo usted la primera semana de clase? –pregunta Margaret–. ¿Una cita de un entrenador, tal vez? «Tenéis que obsesionaros y mantener la obsesión.»

–Margaret, es inaudito que te acuerdes –reconoce el señor Eliot–. Me refería a un entrenador, no a uno de verdad, sino al entrenador Bob, un personaje de *El Hotel New Hampshire*, uno de mis libros favoritos.

–Entonces, un poco de obsesión es bueno, ¿no? –Margaret sería una abogada de primera.

–De acuerdo, pero un par de cosas antes de que acepte ayudaros. Una, tened cuidado. Si ese Malcolm dice algo que suene remotamente amenazante, llamadme, llamad a vuestros padres, o mejor, llamad a la policía. Y dos, cuando creáis que habéis resuelto este misterio, no empecéis a levantar las baldosas de la iglesia. El padre Danahey se enfadaría muchísimo con vosotras… y conmigo si se entera de que tengo algo que ver con el asunto. ¿Prometido?

–Lo prometemos.

–Perfecto. Todos estamos de acuerdo. Y ahora, habladme de la cuarta pista.

Margaret desdobla la página y la pone sobre la mesita para que él la vea.

–¿Qué nombre no encaja?

El señor Eliot coge el papel y estudia la lista de nombres. Las arrugas de la frente se le acentúan. Durante un par de minutos no dice nada, pero después esboza una sonrisita y afirma:

–Muy bien, ya lo tengo.

Tiene lugar un prolongado silencio.

–¿Y qué? –pregunta Rebecca–. ¡Díganoslo!

–¿De verdad queréis que os dé la respuesta? ¿No preferís tratar de descubrirla solas?

–Dénosla, por favor –imploro–. Prometemos ser buenas el resto del curso.

–¿Cómo de buenas? Deberíais descubrirla vosotras. No es tan difícil. En realidad, dado que habéis averiguado las otras pistas, me sorprende que no hayáis descifrado esta.

–Yo no he dicho que no pudiéramos descubrirla –se defiende Margaret, que se siente ofendida–. Pero... me preocupa el tiempo.

–Vale, vale. No pretendía poner en duda vuestra capacidad. Os tomáis muy a pecho el trabajo detectivesco. Es...

–¡Un momento! –Margaret levanta una mano–. Antes de que lo diga, explíquenos una cosa: ¿quiénes son Guppy, Summerson y Squeers?

–Guppy y Summerson son personajes de *Casa desolada;* William Guppy, creo recordar, y Esther Summerson. Y Wackford Squeers, por supuesto, es el cruel maestro de escuela de *Nicholas Nickleby*. En cierto modo... mi héroe particular.

–¿Ha dicho Esther Summerson? –Los ojos de Margaret devoran la página–. La única mujer. ¡Aaaaaaah! Debería haberlo sabido.

–Tranquila, Margaret –dice el profesor–. Tienes doce años; no puedes saberlo todo aún.

–Está en camino, créame –comento–. ¿Pretende decirnos que Esther es el apellido de alguien?

–¡Eh, yo lo he visto! –exclama Rebecca–. Y creo que recuerdo dónde.

–No se os ocurra entrar en la iglesia para investigar

esta noche. –El señor Eliot nos mira detenidamente a los ojos–. Prometédmelo, chicas.

–No vamos a entrar en la iglesia de noche –asegura Margaret–. Como si fuésemos unas delincuentes o algo así.

–Nosotras, que en realidad somos tres inocentes colegialas. –Parpadeo para resultar más convincente.

–Sí, bueno. En serio, niñas, no os metáis en dificultades por culpa de este asunto. ¿Prometido?

–Prometido.

–Pero... cuando lo encontréis, vendréis a decírmelo, ¿de acuerdo?

Sí, claro. Está enganchado. Más tarde, gracias a mi infalible y usada lima de uñas, sacamos los tornillos y encontramos un trocito de papel perfectamente doblado debajo de la placa de bronce con las letras: «Donación del doctor Ricardo Esther, en memoria de Gloria Esther».

¡Muy bien! (iv) = X
¡Te faltan las dos últimas pistas!
Para encontrar la respuesta de (v) *utiliza tu oreja izquierda*
y escucha con atención las palabras del buey mudo.

No tengo nada contra los animales de granja, pero ¿lo del «buey mudo» no es una redundancia? ¿Acaso existen bueyes habladores?

CAPÍTULO 24

En el que descubro que los helados salvan vidas

El lunes por la mañana me devuelve a la realidad: mis profesores están en medio de una especie de inhumano frenesí examinador. He de presentar una redacción en clase del señor Eliot, el banquete de Dickens es el viernes por la noche, y hasta el momento únicamente tenemos el guion. ¿De dónde voy a sacar el tiempo para resolver la quinta pista?

Y por otra parte está Leigh Ann, que encuentra monísimo a Raf. Y muy simpático... Y gracioso... Y libre.

Respiro hondo.

Quedamos después de clase en un aula vacía para ensayar nuestra parodia, que Leigh Ann ha terminado el domingo, añadiéndole varias páginas, de manera que nuestra sencilla representación de cinco minutos se ha convertido en una obra de teatro breve de diez minutos.

–Me pareció que necesitaba más estilo, cierto toque artístico –nos dice ella mientras reparte las copias.

Hojeo las páginas y observo:

–Leigh Ann, sabes que esto es el viernes, ¿verdad?

Aquí hay demasiado estilo y arte para absorberlos en cuatro días... y tanto arte harta.

–Yo solo puedo quedarme hasta las tres –dice Rebecca–. Y nada de memorizar. Me lo prometiste.

–No tienes que memorizar, Rebecca; lo único que has de hacer es leer una carta –asegura Leigh Ann–. Chicas, he hecho esto miles de veces. Lo conseguiremos, y os enseñaré cómo.

Leigh Ann es una compañía teatral unipersonal: hace de directora, productora, actriz, guionista, modista y maquilladora. Seguramente también venderá entradas durante la comida. Nos cuenta que ha participado en varias obras teatrales fuera del colegio, y amenaza con hacernos trabajar como desesperadas para que todo salga perfecto. Empeñada en convertirnos en actrices de verdad, ni siquiera le gusta cómo caminamos (yo me río y Margaret se pavonea); ni nuestro modo de hablar (¡demasiado rápido!, ¡demasiado neoyorquino!) ¡Más rápido! ¡Más lento! ¡Con un poco más de sentimiento! ¡Sin tanto sentimiento! Es enloquecedor y aterroriza bastante, pero llega un momento en que pierdo la vergüenza y me divierto encarnando al señor Herbert Pocket.

Entonces suena el móvil de Leigh Ann.

Son casi las cinco y estamos recogiendo nuestras cosas para marcharnos. Soy la que está más cerca del teléfono, y ella me pide que se lo dé. Lo cojo, y en la pantalla, con letras –mayúsculas– que me queman la retina, aparece el nombre de RAF.

Asombrada, sintiendo que la sangre se me congela en las venas, quiero librarme del aparato a cualquier precio, por lo que se lo lanzo y le doy la espalda para dedicarme a guardar mis cosas.

Su parte de la conversación suena así:

–¡Hola!... [risas]… [más risas]… En el colegio… ensayando una parodia para el banquete… Sí, están… [una risa escandalosa]… ¡Ya lo sé!... Sí, me acuerdo… ¿En serio? ¡Ah, de acuerdo…! ¿El sábado? ¿A qué hora? No, yo también lo pasé genial…

Y eso es todo lo que capto. Salgo del aula en pleno ataque de hiperventilación, gritándole a una sorprendida y confusa Margaret:

–¡Tengo que irme!

Corro por el pasillo, bajo cinco tramos de escalera y salgo por la puerta principal, donde me detengo a tomar aliento antes de seguir corriendo por la acera. Voy camino de casa cuando por fin Margaret me alcanza y me empuja contra el escaparate de un restaurante japonés entre la calle Setenta y cinco y la Tercera.

–¡Sophie! ¿Qué te ocurre? –Agarra con firmeza mi chaqueta mientras yo intento desasirme–. ¿No me has oído llamarte? ¿Por qué has salido corriendo del colegio? –Se fija en mi cara y se calla–. ¡Por Dios! ¿Estás llorando?

–El teléfono de Leigh Ann… –murmuro.

–¿Su teléfono? ¿Qué le pasa?

–La ha llamado… Raf.

–¿Cómo lo sabes? –me pregunta soltándome.

–Vi… su nombre cuando se lo di a ella.

–¿Estás segura? ¿Por qué iba a llamarla Raf…?

–Están saliendo. ¡Lo sabía! ¡Qué idiota soy!

–Venga, Soph, no lo sabes. A lo mejor era algo de lo más inocente. ¿Y a qué viene entonces lo que me contaste? Raf quería quedar contigo para salir el sábado.

–Me equivoqué. ¡Por favor, la has oído! Todas esas risitas y el rollo de quedar el sábado por la noche –farfullo.

–Lo siento, Soph. –Margaret me abraza–. No presté atención. Sí, la oí reír, pero sigo pensando que te precipitas. Dale tiempo. ¡Vamos, te invito a un helado!

–No tengo hambre. Quiero irme a casa.

–Querida amiga, no se toma un helado para matar el hambre; es una terapia que se vende en una tarrina, llena de chocolate y nata montada. En cambio, el yogur frío no es suficiente para curar. Te hace falta un helado de verdad. –Para un taxi, y subimos–. Vamos al Serendipity.

El taxista se fija en mis ojos hinchados mientras la previsora Margaret me da un pañuelo de papel, y susurra:

–A veces hay que tomar un helado.

–¿Lo ves? –comenta Margaret–. Lo sabe todo el mundo.

Voy a necesitar más de dos bolas de pistacho doble para salir del pozo. Me siento con la barbilla apoyada en las manos y reprimo las lágrimas mientras Margaret hace lo imposible por animarme. No es justo.

–¿Qué ha hecho Leigh Ann para merecer a Raf? Yo soy amiga suya desde hace años, lo he ayudado a hacer los deberes, he salido con él después del colegio, nos hemos enviado correos electrónicos, cartas, de todo. ¿Y qué tengo a cambio?

–¿Un gran amigo, quizá?

–No soporto esa frase.

A todo esto, suena el móvil de Margaret, lo cual me recuerda que debo comprobar si hay mensajes en el mío y que tengo que llamar a mi madre para avisarla de que no me ha atropellado un autobús ni nada de eso.

De pronto, Margaret se pone a gesticular como una loca, reclamando mi atención, y con los labios dice: «Es Raf»; el estómago me da vueltas entre retortijones.

–No estoy –susurro. Miro mi teléfono… sin batería. Me he vuelto a olvidar de recargarlo.

–¡Oh, estoy en casa! –miente Margaret–. ¿Sophie? No sé. Vaya, ¿o sea que me llamas para saber dónde está Sophie? Muchas gracias, Raf.

–¿Qué dice? –pregunto en voz baja.

–Tal vez haya ido al cine con su madre. Se habrá olvidado de recargar el teléfono. Llámala a casa.

¿Qué? Agito las manos salvajemente. No, no y no.

–¿Qué hay de nuevo? –pregunta. Muy lista–. ¿Nada? Vaya, ¿no eres tú el que siempre andas presumiendo de lo emocionante que resulta la vida en el West Side? –Me susurra «lo he intentado»–. ¿Vas a ir al banquete de Dickens el viernes? ¡Será divertidísimo! Estamos preparando una parodia. Sophie, Rebecca y yo. Y Leigh Ann, ¿te acuerdas de ella? Sí, esa. El viernes a las siete.

Me cubro las orejas con las manos.

Cuando Margaret cierra el teléfono, no le quito el ojo de encima.

–Lleva todo el día intentando telefonearte –dice–. ¿Qué te pasa con el móvil? Tendré que llamarte todas las noches para recordarte que lo recargues.

–¿Nada sobre… ella? –Soy incapaz de pronunciar su nombre.

–Nada. Tal vez se haga el indiferente, pero si está saliendo con Leigh Ann, ¿por qué no iba a decírnoslo? Acabaríamos por enterarnos. Soph, si él supiera lo que sientes…

–¡Basta! Ya lo sé, sí, lo sé.

El teléfono de Margaret suena otra vez.

–Hola, Kate. Sí, está conmigo. Se ha vuelto a olvidar de cargar el móvil. ¿Quieres hablar con ella? Vamos hacia casa. Adiós. –Se levanta para marcharse–. Tu madre quiere que vayas a casa.

–¿Llamas Kate a mi madre?

–Tu madre es fantástica y quiere que la llame por su nombre y la tutee. ¿Te encuentras bien?

Me siento un poco mejor, aunque algo avergonzada.

–Sí, gracias, Marg. No sé qué haría sin ti.

Y sin un helado de pistacho doble.

CAPÍTULO 25

En el que tengo una cita de ensueño

Cuando llego a casa, lo primero que hago es enchufar el móvil en el cargador y decirle a mi madre que si alguien llama al teléfono fijo, diga que no estoy. Tengo que redactar mi trabajo sobre la primera parte de la vida de Pip en *Grandes esperanzas*. Margaret me enseñó su segundo borrador durante la comida, y al leerlo, me di cuenta de lo malo que era el mío, y le dije:

–Esto es asqueroso, Margaret, demasiado bueno. Conseguirás que las demás quedemos mal en comparación contigo. –Incluso me ofrecí para hacer algunos pequeños cambios en la redacción, de forma que resultara solo deslumbrante–. Colemos unos cuantos errores gramaticales, alguna falta de ortografía, un adverbio mal puesto o un posesivo erróneo. Al señor Eliot le encantan esos detalles, como las abreviaturas mal escritas; eso le ataca los nervios.

A mí no me preocupan especialmente las notas. Hasta el momento he sacado sobresalientes y notables en todo (excepto en «una prueba horrible»). Mis padres confían en que todos sean sobresalientes, pero estoy segura de que por un notable no me castigarán ni me quitarán el móvil. ¿Y si me ponen un aprobado? Las consecuencias serían nefastas.

Margaret nunca ha tenido un notable como nota final. En su familia, incluso un nueve se considera censurable, y le agobia su nota de inglés. Ha quedado de primera en todos los exámenes y pruebas, pero el señor Eliot le puso (y creedme cuando os digo que ella se llevó un gran disgusto) un notable pelado en un examen sobre la mayoría de edad de Francie Nolan en *Un árbol crece en Brooklyn*, libro que a mi amiga le entusiasma. Fue la nota más alta de la clase, pero a ella no le sirvió de consuelo, así que echará la casa por la ventana, trabajará sin cuartel y no dejará piedra sin remover para conseguir una matrícula de honor en su examen sobre *Grandes esperanzas* (ahí tenéis un buen puñado de frases hechas).

–Los notables no son para mí –dijo Margaret, rechinando los dientes.

Cuando estoy llegando al punto en el que puedo, con tranquilidad, marcar la opción de «imprimir» y dedicarme a otro trabajo del colegio, él llama. Dejo que mi móvil suene. Medio minuto después, suena el teléfono de casa.

Mi madre asoma la cabeza en mi habitación, tapando el auricular.

–¿Estás en casa para Rafael?

Niego con la cabeza y le indico:

–Dile que estoy trabajando en un asunto que debo terminar.

–¿Por qué no se lo dices tú? –Me ofrece el teléfono.

Me aparto como si el auricular fuese radioactivo.

–Por favor, mamá.

Habla con Raf un minuto y, regresando hacia la puerta, cuestiona:

–¿Va todo bien, Sophie?

Me hago la tonta.

–Pues claro. ¿Por qué?

–Pareces un poco... ¿Estás enfadada con Rafael?

Poniéndome pálida como una sábana, replico:

–Estoy muy ocupada. Tengo muchos deberes.

–¿No pasa nada que quieras comentar conmigo?

–Me encuentro bien. –Abro el libro de matemáticas y finjo que estudio.

–Si cambias de idea, estoy aquí.

Diez minutos después, el teléfono vuelve a sonar.

–¿Estás para Margaret?

–¡Sí!

Mi madre murmura algo sobre que aún no soy una adolescente y «ya está empezando».

Margaret acaba de hablar con Raf, y me explica:

–Dijo que te había llamado y que no quisiste ponerte. Parecía un poco triste, por si eso te anima.

–Le pedí a mi madre que le dijese que estaba haciendo los deberes. No le has contado nada, ¿verdad?

–No; pero Sophie, estoy segura de que le gustas. Lo he estado pensando: las llamadas telefónicas, el museo, el Perkatory, tu casa... no tenía por qué tomarse tantas molestias.

–Tal vez. Y ahora explícame por qué llamó a Leigh Ann.

–No sé.

–¿Y qué debo hacer?

–No soy especialista en estos temas. Si estuviésemos, por ejemplo, a principios del siglo XIX, y tú fueras la altiva hija de un caballero al que ha arrebatado la herencia su hermano menor, y Raf fuese un apuesto coronel del ejército recién llegado de la India, entonces sí podría decirte exactamente lo que deberías hacer.

–¡Vaya, no me sueltes el rollo de Jane Austen! Has visto tantas películas malas de romances adolescentes como yo –replico.

Mi comentario le hace reír; sabe que es verdad. No es un secreto que Margaret ve *Dawson's Creek* siempre que repiten los episodios.

–Oficialmente, no tengo ni idea de qué hablas. Es evidente que me has confundido con una de tus amigas menos sofisticadas.

–Sí, debe de ser eso.

–Todo saldrá bien, Soph.

–¡No hables así! Es lo que siempre dicen los padres, y nunca aciertan.

Quedamos para vernos en el Perkatory a primera hora e ir a dar una vuelta. Cinco segundos después el teléfono vuelve a sonar. Tomo aliento y respondo.

–¡Carga el móvil! –grita Margaret. ¡*Clic*!

Anoche tuve un extraño sueño: Raf y yo teníamos una cita, pero era como en los años cincuenta. (Creo que he visto *Grease* demasiadas veces.) Él me lleva a casa en un impresionante Chevy descapotable; apoya un brazo sobre mis hombros, y el viento le despeina el cabello. Yo no puedo apartar los ojos de él. Vamos por una carretera rural en medio de la nada y, de pronto, aparecemos ante el toldo de la entrada del edificio donde vivo. Abre la puerta del coche, me da la mano y permanecemos así unos segundos. Cuando está a punto de besarme, miro hacia el asiento de atrás y veo a Leigh Ann, que me mira y sonríe. ¡*Bum*! Me despierto.

CAPÍTULO 26

En el que el señor Eliot nos echa una mano de nuevo, Margaret se vuelve invisible, yo establezco una relación, y todos hacemos un nuevo amigo

Por la mañana vamos al colegio bajo un chaparrón de proporciones bíblicas, y llegamos al Perkatory a las siete, completamente empapadas. El señor Eliot está allí, en su lugar habitual, tomando su café habitual, su *pain au chocolat*, y leyendo un ejemplar del *Times*. Finge sufrir un infarto cuando me ve. Es comiquísimo... no hay más que verlo.

–Le alegrará saber que hemos resuelto la pista de los nombres –le informa Margaret–. Había un tal doctor Richard Esther.

–La quinta pista habla de un buey mudo –añado hincándole el diente con ganas a una magdalena con trocitos de chocolate.

–¿Un buey mudo o el buey mudo?

–*Glupnosé*... –farfullo–. Mmmm, ¡qué magdalena tan rica!

Margaret examina el fragmento de papel y comenta:

–Aquí dice: «Utiliza tu oreja izquierda y escucha con atención las palabras del buey mudo».

–«Buey mudo» es el apodo de una persona, de alguien importante; creo que se trata de un santo. ¿Tal vez san Ignacio de Loyola? No, ese no. ¿O quizá Becket? Preguntádmelo después; ya lo recordaré. Lo tengo en la punta de la lengua.

–¿Podría ser santo Tomás de Aquino? –sugiero–. Como el colegio al que va Raf.

–¡Ese! –El señor Eliot casi pega un brinco.

–Usted ya lo sabía, ¿verdad? –le espeta Margaret, mientras el profesor suelta una risita.

–¿En serio? –digo dando otro bocado a la magdalena–. ¿He acertado? Pues ni siquiera sé quién es. Estaba pensando en ello y... Bueno, ¿y quién es?

El señor Eliot habla como una enciclopedia:

–Siglo XIII. Italia. Filósofo. Santo. A pesar del apodo, un gran intelectual. Escribió la *Suma Teológica*, uno de los libros más influyentes de todos los tiempos, que en esencia es un resumen de los argumentos de la Iglesia católica; un poco de lectura ligera para tu lista de libros pendientes, Margaret.

–Si era tan inteligente, ¿por qué lo llamaban «buey mudo»?

–Cuando iba a la escuela, era más corpulento que los otros chicos y debía de parecer un poco torpe. Existe una anécdota muy famosa al respecto: alguien dijo que podían llamar «buey mudo» a Tomás, pero que algún día sus bramidos ensordecerían el mundo.

Una sonrisa ilumina el avispado rostro de Margaret, que exclama:

–Sé dónde está. ¡Vamos, señor Eliot! A lo mejor necesitamos su ayuda.

El profesor contempla su café, su pastel y su periódico y, suspirando, acepta:

–Claro, ¿por qué no?

• • •

La iglesia está aún más silenciosa (y oscura) que de costumbre. Aparte de un cura joven (bastante majo), a quien al principio confundo con un monaguillo, y del señor Winterbottom, al que jamás confundiría con un chico, somos las únicas personas presentes. Los ecos del vacío amplifican todos los ruidos que hacemos. Me fijo en que el señor Winterbottom está haciendo su ronda: enciende velas y arregla los asientos del altar para la misa de las siete y media; nos saluda con un gesto y sonríe al vernos.

En la nave izquierda hay una serie de capillas en las que la gente acostumbra a encender velas, rezar o, simplemente, contemplar las imágenes de sus santos favoritos. En una de esas capillas hay una imagen de santo Tomás de Aquino, el señor No-tan-buey-mudo, separada del resto de la iglesia por unos barrotes de hierro. Existe, sin embargo, un problemilla: el bueno de Tom mide metro y medio y está en un hueco abierto en la pared a cierta distancia del suelo, de modo que su cabeza llega a una altura de casi tres metros. Necesitamos una silla para alcanzarla, pero en la iglesia no hay más que bancos, así que tendremos que improvisar. La buena noticia es que, una vez dentro de la capilla, quedamos fuera de la vista de nuestro amigo el guardia de seguridad. Resulta sorprendente, pero el señor Eliot nos es de gran ayuda, porque además tiene una constitución muy fuerte. Así pues, se pone a cuatro patas, y Margaret lo utiliza de taburete; yo la ayudo a sostenerse cuando salgo del alelamiento de verla encaramada sobre la espalda de mi profesor de inglés. Se me ocurren dos preguntas. Primera: ¿Cómo se las arregló el profesor Harriman para colocar esta pista? Segunda: ¿Cómo suponía que Caroline la alcanzaría?

–¡Dios bendito! La próxima vez tú serás el taburete –gruñe el señor Eliot, enderezándose–. A ver, Margaret, ahora que estás ahí arriba, ¿tienes algún plan?

–Más o menos –responde ella, procurando no perder el equilibrio–. Un segundo, por favor. Tengo que girar un poco para poder…

–Margaret, ¿qué estás haciendo?

Ella acerca la oreja izquierda a la boca de santo Tomás de Aquino y estira el brazo hacia el punto en el que la pared curva de la hornacina se une a la lisa pared de mármol de la capilla.

–Creo que ya lo veo. Al acercar la oreja izquierda a la boca de la imagen, así, como si estuviese escuchando atentamente sus palabras, mi cara queda de frente a la pared, y veo un estrecho hueco. –Palpa el borde del mármol; la concentración la obliga a fruncir la frente.

–¡Qué barbaridad! Es terca como una mula, ¿verdad? –susurra el señor Eliot.

–Ni se lo imagina.

–Lo oigo todo, ¿eh? –dice Margaret sin apartar la vista del objeto de su atención–. Necesito unas pinzas. Lo veo, o al menos creo que lo veo, pero no logro pillarlo. Si tuviese las uñas más largas…

–A mí no me mires –replico. Entre la guitarra y la costumbre de morderme las uñas, las mías son un desastre.

–Yo tengo unas pinzas –dice el señor E.

¿¡De verdad!?

Busca en su bolsa (una bandolera verde, muy gastada), revuelve unos segundos y por fin saca una navaja en miniatura del ejército suizo. En medio de la enervante sensación provocada por el ruido de pasos que se acercan, le da a Margaret las pinzas más pequeñas que he visto en mi vida, de apenas tres centímetros.

–¿Te sirven?

Margaret asiente y espera a que los pasos se alejen. Me asomo a la puerta de la capilla y veo a una anciana con la cabeza cubierta por un pañuelo que se sienta en un banco de la parte delantera de la iglesia. El sacerdote y el señor Winterbottom no se ven por ningún lado.

–¿Todo en orden por ahí fuera? –pregunta Margaret.

–Sí, estás segura. –Y entonces lo veo por el rabillo del ojo: el joven sacerdote tan mono que vimos al entrar está apenas a nueve metros, y se acerca a paso rápido–. Detrás de la estatua, ¡rápido! –siseo–. Contra la pared. ¡Escóndete!

–Buenos días a todos. –El sacerdote (poco más alto que un hobbit e igual de alegre) saluda al señor Eliot y me saluda a mí, pero no ve a Margaret, que se mete en la hornacina y se oculta lo mejor que puede detrás del buenazo de santo Tomás de A–. ¡Oh, creí que eran tres!

El señor Eliot señala vagamente el lado opuesto de la iglesia.

–La tercera anda por allí. Estamos admirando las obras de arte.

–¡Ah, sí! La iglesia tiene una colección muy buena. –Le da la mano al señor Eliot–. Soy el padre Julian, nuevo en Santa Verónica.

–George Eliot. –Nuestro profesor le estrecha la mano–. Doy clase en el colegio.

–Encantado. ¿Puedo ayudarlos en algo?

–No, gracias. Casi hemos acabado. Las niñas preguntaron por santo Tomás de Aquino hace unos días y, cuando las encontré en el café esta mañana, se me ocurrió traerlas a echar un vistazo.

–Si cambia de idea, o si no encuentra a su amiga, dígamelo. –Exhibiendo una extraña sonrisa y sus andares de hobbit, se aleja.

En cuanto me vuelvo, me percato de lo que ha provocado su sonrisa: los zapatos que Margaret se ha quitado para subir a la hornacina están en el suelo, entre el señor Eliot y yo, y sus pies, enfundados en unos llamativos calcetines rojos, resultan ridículamente visibles al lado del santo.

–¡Dios mío! ¡Lo sabía! Y no dijo nada.

–¿Qué sabía? –pregunta Margaret.

–Dónde estás. –El señor E se ríe.

–¿Tendremos problemas?

–No creo. Me parece que el padre Julian es guay, como diríais vosotras. Pero no tentemos a la suerte. Acaba ya, Margaret, y baja de ahí antes de que venga alguien más. Preferiría que no me arrestasen por una profanación tan extraña.

Margaret se afana con las pinzas y poco después nos enseña un trozo de papel doblado:

¡Ya solo falta una!
(v) = Y
La respuesta a esta pista (vi) *es fácil: busca el retrato del santo que hizo mi padre (tu bisabuelo), y que tiene una relación directa con el objeto que te interesa.*

–¡Dios mío! –exclama Margaret–. Esta es facilísima. Sophie, tú también la sabes, ¿verdad? –Da saltos de alegría, mientras el señor E y yo miramos el papel, pasmados, esperando una respuesta.

El señor E se dirige a mí:

–No tengo ni idea. ¿Te suena a algo?

–Espere, espere... –murmuro–. ¿Tiene algo que

ver con aquel cuadro que vimos... el primer día que entramos a curiosear en la iglesia, antes de conocer a la señora Harriman?

–Tiene muchísimo que ver. –Margaret me agarra por un brazo y me empuja–. ¡Vamos! Está en la otra punta. Debemos darnos prisa; la misa empieza dentro de cinco minutos.

Nos encaminamos hacia el fondo de la iglesia y nos detenemos ante el cuadro de la sexta estación del viacrucis: *La Verónica limpia el rostro de Jesús.*

–Es este –dice Margaret–. Santa Verónica, esa de ahí, estaba casada con Zaqueo, que en Francia se conoce como Saint Amadour. De ahí *Roc-amadour*, el pueblo al que dio nombre y donde se encontró el anillo. Esa es la relación: Santa Verónica y los anillos de Rocamadour. Lo único que debemos hacer es mirar detrás de ese cuadro, y encontraremos la última pieza del rompecabezas.

Margaret levanta con mucho aplomo la misma esquina del cuadro que había levantado el señor Winterbottom para enseñarnos la firma.

–¡Aquí está! –Hay que reconocer que, dadas las circunstancias, se comporta con bastante naturalidad–. ¿Lo veis? A unos cinco centímetros de la firma. Si el diácono hubiese levantado más el cuadro, seguramente lo habría visto.

–Y lo habría cogido –digo–. ¡Ábrelo ya!

Toque de tambor, por favor.

¡Excelente trabajo, sin duda!
(vi) = 2
Ahora que tienes las seis respuestas,
puedes resolver el rompecabezas.
¡Y a propósito, feliz decimocuarto cumpleaños!

Con todo mi cariño y admiración por el trabajo bien hecho,
tu abuelo, Ev

El último renglón nos toca la fibra íntima a Margaret y a mí. El hecho de saber todo lo que ocurrió desde que el profesor Harriman escribió esas palabras nos enfrenta a una triste realidad. En cierto modo, encontrar el anillo resulta más importante, no solo porque es bonito y valioso, sino porque representa las vidas de Caroline y de su abuelo, que nunca consiguieron celebrar juntos el hallazgo. Y eso nos da todavía más ganas de culminar nuestra misión.

Vamos al aula del señor E, y Margaret se pone inmediatamente a dibujar mientras yo bajo a la cafetería a buscar a Rebecca, que está estudiando para el examen de biología. Echo un vistazo (ni rastro de Leigh Ann), lo cual me parece estupendo; más que estupendo.

Rebecca y yo subimos los cinco tramos de escalera, y encontramos al señor E contemplando con asombro a Margaret en pleno proceso de pensar, señalar y tramar.

–¿Estáis preparadas? –nos pregunta ella–. ¡Jesús, Rebecca! ¿Qué te ocurre? Tienes los ojos como puños.

–Me quedé hasta muy tarde estudiando –responde haciendo un gesto de indiferencia con la mano–. Sigue, sigue.

–¿No está Leigh Ann? –me pregunta Margaret.

–La he buscado, pero no la he visto. Continuemos.

–Es muy fácil –afirma Margaret–. En realidad ni siquiera hace falta que lo dibuje. Conozco la solución al sistema de ecuaciones sin necesidad de la gráfica, pero la haré para que la veáis. La primera ecuación es $X + 3Y = 6$. –Ha abierto el cuaderno por la página en que está mi solución–. Sophie, esto es lo que tú descubriste. Dibujaré los mismos puntos que utilizaste tú.

Marca los puntos (3,1), (6,0), (-3,3) y (-6,4) en su gráfica, y luego, con una regla, traza una recta que une los cuatro puntos.

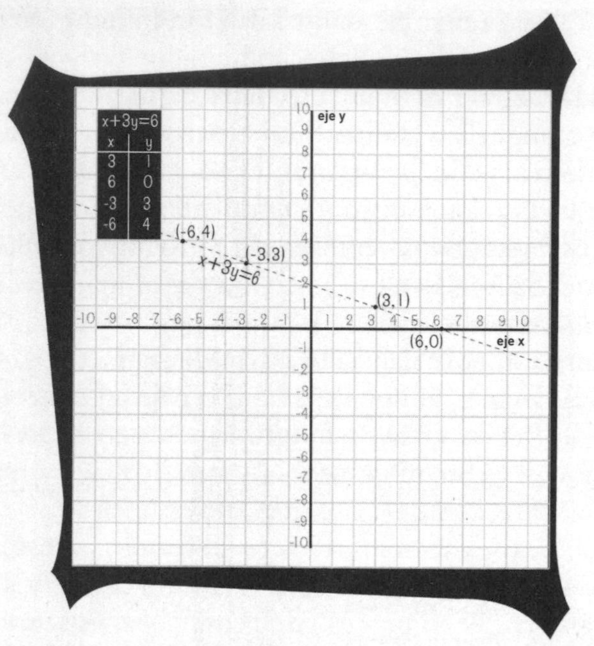

–*Voilà!* ¡He aquí la primera ecuación! La segunda ecuación es X - Y = 2, cuyas coordenadas son todavía más fáciles de descubrir. Por ejemplo, si X es cuatro, Y tiene que ser dos, porque X - Y ha de ser igual a dos. Becca, creo que te toca resolverla.

Rebecca coge la tiza que le ofrece Margaret y, acercándose a la pizarra, sentencia:

–Pan comido. –Escribe algo, pero de pronto se detiene y tuerce el gesto–. Hummm.

–¿Necesitas ayuda? –pregunta Margaret.

Rebecca lo piensa un instante.

–No; sé hacerlo. Puedo utilizar el número que quiera para X e Y, siempre que al restar, obtenga dos.

Igual que con cuatro y dos. ¿Correcto?

–Exacto.

Rebecca escribe 6 y 2 debajo de la X, 4 y 0 debajo de la Y; luego une los puntos de la gráfica con marcas bien visibles.

–Ha llegado el momento de la verdad. –Margaret le ofrece la regla a Rebecca como si fuera *Excalibur*.

Rebecca pone la regla sobre la pizarra y traza la recta que une los puntos y que se cruza con la de Margaret exactamente en el punto (3,1). Rebecca hace una reverencia y se aparta.

–¡Rayos! –exclamo–. Y ahí está el anillo.

Margaret se acerca a la pizarra, sonriendo, y dice:

–La X marca el lugar. Igual que en las películas.

–¿Y esta es la única solución posible de esas dos ecuaciones? –pregunta Rebecca.

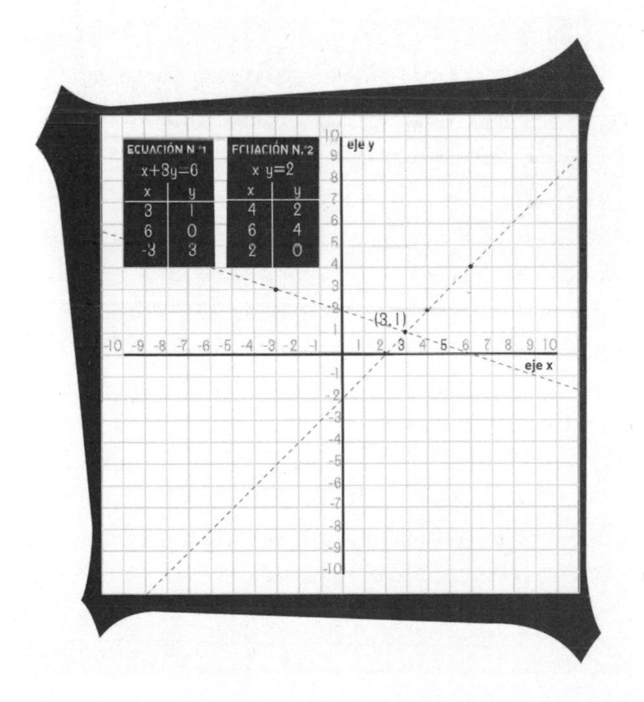

–La única. Las rectas solo se cruzan en un punto. Es una regla básica de geometría. –Margaret resplandece con su éxito.

El señor Eliot lanza un silbido de admiración.

–¡Diablos! Creo que lo ha conseguido. ¡Bravo, chicas, muy bien!

–Es mucho más lista que esa antigualla de Nancy Drew –sentencio señalando a Margaret.

–Oh, por favor –comenta Rebecca–. Ni punto de comparación. Vencería a Nancy Drew con la mitad del cerebro atrofiado.

–Esperemos a que tengamos el anillo en nuestras manos antes de echar las campanas al vuelo –advierte Margaret.

Pero mi brillante, preciosa y alucinante amiga sonríe. Y yo también.

CAPÍTULO 27

¿Recordáis que Margaret dijo que éramos las peores espías del mundo? ¿Sí? Pues olvidaos de que lo dijo, por favor

Rebecca y yo barajamos la posibilidad de encadenar a Margaret a su taquilla para impedir que vaya corriendo a la iglesia y se ponga a levantar las baldosas del suelo en plena misa. Aunque no creo que el padre Danahey y el puñado de nonagenarias que asisten a la primera celebración de la eucaristía se enterasen. A esas horas matutinas nada frena al sacerdote: ni llantos de bebés, ni teléfonos móviles, ni sirenas de la policía o de los bomberos; es una especie de vieja máquina gruñona de decir misa.

Margaret por fin acepta esperar hasta que acaben las clases para echar un vistazo a nuestro objetivo, un lugar que plantea un problema importante: las baldosas miden treinta centímetros de lado, o sea que, si nuestro objetivo es el punto (3,1), el anillo está a unos noventa y cinco centímetros de un lugar situado justo en el medio de la iglesia. Tenemos que buscar, pues, una forma de levantar la baldosa y volver a encajarla sin que se vea en las cámaras de seguridad. Además, hemos de hacerlo cuando la iglesia esté vacía y sin que nos oiga nadie. Pan comido, ¿eh? ¿O más bien pan reseco? ¿Y qué tal pan atragantado?

Hablando de comida, mientras Margaret, Rebecca y yo estamos en la cafetería tomando unos tacos, se acerca Leigh Ann con su bandeja. Sé que no tengo motivos para enfadarme con ella, así que finjo que leo *Grandes esperanzas* para no hablarle. Parece la protagonista de una portada de la revista *Seventeen*: camisa y falda recién planchadas, accesorios (pulseras, reloj, horquillas) perfectamente combinados, y más alegre que de costumbre. Gggrrr.

–¡Hola, chicas! ¿Dónde os habéis metido esta mañana? He estado aquí antes de las clases y no he visto a nadie. He supuesto que queríais darme esquinazo –dice riéndose con total ingenuidad.

–Estábamos en el aula del señor Eliot –responde Rebecca–. ¡Hemos resuelto el rompecabezas!

–¡No me digas! ¿Habéis encontrado el anillo?

–Todavía no, pero sabemos dónde está –contesta Margaret–. Sophie nos ha dicho que te había buscado, pero que no aparecías por ninguna parte.

–Bueno, me he saltado el horario –reconoce–. Llegué un poquitín tarde porque estuve hablando por teléfono.

La miro de reojo a ver si sonríe. Sí, sonríe. Uuuug.

–¿Y a ti qué te ocurrió ayer? –me pregunta.

Levanto la vista del libro, pero evito mirar.

–¿A mí?

–Sí, te marchaste sin más.

–Nada –murmuro–. Tenía que ir a casa. –Clavo de nuevo la vista en la página.

–Ah... ¡qué bien! Creí que os habíais enfadado conmigo por culpa de la parodia. Sé que es un poco larga, pero me parece muy buena, ¿a vosotras no?

–La parodia es buenísima –afirma Margaret.

Gggrrr al cuadrado.

Leigh Ann va a comprar un refresco a la máquina expendedora, y Rebecca me arrebata el libro de Dickens.

–¿Qué te pasa? Me he fijado en cómo la mirabas.

–Sophie cree que Leigh Ann…

–¡Margaret! ¡Cállate! No es nada.

Pero Rebecca se muestra muy interesada y exige una respuesta:

–Rápido, antes de que vuelva.

–A Sophie le gusta Raf, pero piensa que sale con Leigh Ann, por eso está enfadada con ella, lo cual no es justo, porque Sophie le dijo que Raf estaba libre.

Me aporreo la frente contra la mesa y Rebecca me pega con mi propio libro, diciéndome:

–¡Lo sabía! Te portas como una idiota delante de él.

–¡Yo no hago eso!

–Margaret, ¿tengo o no tengo razón?

–Lo siento, Soph. –Margaret me da palmaditas en el brazo, y añade –. Es cierto. Pero solo a veces.

Antes de que Leigh Ann vuelva a nuestra mesa, les advierto:

–Os mataré si decís algo. Y hablo en serio. Voy a seguir fingiendo que leo.

Doña Reina de las Portadas se sienta a mi lado.

–Chica, ¡qué en serio te lo tomas! –exclama–. Yo casi he acabado, así que no quiero estropearte la intriga, pero me sorprendió… Bueno, ya lo verás. Creo que la señorita Havisham está loca. Eh, ¿le habéis hablado del rompecabezas a la señora Harriman?

–No, pero es una gran idea, Leigh Ann. –A Margaret se le ha iluminado el rostro–. ¡Vamos ahora mismo! Podemos ir por la ruta interior.

Comento que llegaremos tarde a clase.

–No nos quedaremos mucho –asegura Margaret–. Estaremos lo justo para decirle que mañana por la noche tendremos el anillo. Debería saberlo, ¿no creéis?

Poco después esquivamos al guardia de seguridad, abrimos la puerta «del cáliz» (otra horquilla sacrificada por la causa), y subimos por la espeluznante escalera de caracol. Cuando Margaret llama a la puerta, oímos ruido de papeles y susurros insistentes. Todas aplicamos una oreja a la puerta, pero nos apartamos enseguida al oír el PLUM, PLUM, PLUM de unas rotundas pisadas. Cuando la puerta se abre, nos encontramos ante Winifred y una nube de humo: un cigarrillo le cuelga del labio inferior; el cuadrado rostro se contorsiona en lo que parece una sonrisa, ¿o tal vez es una mueca de disgusto?

–Hola, Winifred –saluda Margaret, muy contenta–. ¿Está Elizabeth?

El ama de llaves se queja y murmura algo sobre utilizar la puerta principal como la mayoría de la gente, pero nos deja entrar. Echo un vistazo a la habitación y me fijo en algo muy extraño: en el cenicero se consume otro cigarrillo. Una fina voluta de humo sale de él, apestando el aire; no es como el suyo, sino más corto, semejante a una colilla y con pinta de haber sido liado a mano. Intento mirar detrás de la puerta, donde tal vez se esconda alguien, pero Winnie me empuja prácticamente hacia la escalera.

Nos conduce al salón y nos ordena esperar. Me siento en el mismo lugar que la última vez; si la sirvienta pretende espiarnos, espiaré cómo nos espía. *Teazle* se acomoda a mi lado, quitándole el sitio a Leigh Ann. ¡Qué gato tan bueno!

Enseguida la señora Harriman, que lleva una chaqueta de color rojo igual que las nuestras, aunque sin escudo, irrumpe en el salón.

–¡Qué detalle por vuestra parte venir a verme! –Nos estrecha la mano a todas, reteniéndola unos instantes, y a mí me mira de una forma rara a los ojos, como si quisiera leerme el pensamiento. Si he de ser sincera, me pone un poco nerviosa.

Tras los saludos, emprende la «frenética ronda» de preguntas (y respuestas).

–¿Cómo estáis? ¡Os veo la mar de bien y me encantan vuestras chaquetas! Después de vuestra visita, fui a Bloomie's y me compré esta. –Se pone a dar vueltas en el centro del salón para enseñárnosla–. ¡Oh, pero no hablemos de mí, sino de vosotras! Contádmelo todo. ¡Ay, ay! ¿Os apetece un té? Tenemos que tomar un té. ¡Winnie! ¿Nos traes el té, por favor? Y una bandeja de pastas. ¿Por dónde íbamos? Rebecca, me alegré mucho de que fueras el sábado a la galería. Tienes que contarme cosas de tus clases, cuando empieces, claro. Sophie, ¿qué tal te va con la guitarra? Me parece maravilloso que te tomes la música tan en serio. Y tú, Margaret, me han dicho que eres una violinista de fábula.

Muchos minutos y montones de preguntas después, Winnie entra con la bandeja del té y provoca una breve interrupción que Margaret aprovecha para explicar la razón de nuestra visita.

–Elizabeth, tenemos una buena noticia –anuncia cogiendo una pasta.

–¡Qué emoción!

–Sabemos dónde está el anillo, y si todo discurre según nuestros planes, lo recuperaremos mañana.

–¡Oh, claro! ¡El rompecabezas! ¡Por eso habéis venido!

¡Por el amor de Dios! ¿Y por qué íbamos a ir a verla, si no? Lanzo una mirada fugaz a Margaret, que se limita a sonreír. Un momento. ¿He dicho «por el amor de Dios»?

–¡Niñas, es asombroso! Pensé que tardaríais semanas. Contadme cómo ha sido. –Está sentada al borde del sillón, literalmente.

Margaret recita una versión abreviada de la historia (omitiendo la parte de matemáticas, por suerte), y yo observo a Winnie mientras llena una y otra vez nuestras tazas de té y nos ofrece pastas. Abandona el salón, pero la veo espiando desde su lugar habitual. ¿Qué le ocurre? La vigilo por el espejo, pero me doy cuenta de que también ella me está mirando. Para explicarlo mejor: estoy mirando cómo me mira, mirándola mientras mira a todo el mundo. ¡Ay! Ambas nos sobresaltamos al ser sorprendidas mutuamente y, por un momento, nos observamos con perplejidad. Desvío la vista un segundo, y cuando dirijo otra vez la vista hacia el espejo, no la veo, pero estoy segura de que sigue escuchándonos.

Al acabar Margaret de contar la historia, Elisabeth se recuesta en su sillón y, moviendo la cabeza lentamente con una compungida sonrisa, nos dice:

–Lo habéis resuelto todo muy rápido. Aunque el anillo no esté donde decís, habéis hecho por mí mucho más de lo que suponéis. Acabo de tomar una decisión muy importante gracias a vosotras: tengo que ver a mi hija. Ya es hora de que termine la estupidez de mi familia, y soy yo la que debo terminarla.

–¡Eso es una maravilla! –exclama Leigh Ann–. Estoy convencidísima de que se alegrará un montón. Todo el mundo quiere a su madre.

–¿Cómo piensa hacerlo? La llamará por teléfono

o… –Quiero preguntar cómo va a reconciliarse con alguien a quien no habla.

–Supongo que me tocará tragarme el orgullo y pedir ayuda a Malcolm.

–¿Por qué no la invita al banquete de Dickens? –sugiere Leigh Ann–. Será muy divertido. Lo organiza nuestro profesor de inglés, que se disfrazará de Charles Dickens, y la gente llevará sombreros de copa. Podrán ver la representación de las parodias, y también se celebrará una cena.

–¡Qué interesante!

–No sé, Leigh Ann –dice Rebecca–. Hace mucho tiempo que no se ven. Tal vez quieran un poco más de… intimidad.

–No, no; me gusta la idea. Primero hablaremos por teléfono, pero creo que el banquete que ha descrito vuestra amiga es un lugar perfecto para vernos en persona… si ella quiere ir.

–¡Qué bien! –aplaude Leigh Ann–. Esta tarde dejaré un folleto en su buzón con toda la información. ¡Superemocionante!

–¿Piensa ir en serio? –pregunta Margaret.

–No me lo perdería por nada del mundo. ¡Ojalá mi hija me acompañe! –Parece a punto de echarse a llorar–. No os imagináis lo bonito que es decir esas palabras.

Más tarde, Margaret y yo estamos en Lexington Avenue, contemplando la iglesia de Santa Verónica.

–¿Preparada?

–¡Lista!

–¡Vamos!

Oímos el órgano desde la calle, y al entrar lo escuchamos; el organista está en pleno éxtasis.

–Bach –dice Margaret–. ¡Qué delicia!

–Suena como una casa encantada, o como *El fantasma de la ópera.*

No vemos a Robert, pero tiene el número de septiembre de *Elle* sobre la mesa («¿Lo odias? ¡Sal con él y fastídialo!»). Empujamos las puertas cristaleras de vaivén y entramos en el templo.

–Se ha marchado –digo–. Tal vez el organista se encargue de cerrar la iglesia cuando acabe.

–Eso espero.

Nos escabullimos por el pasillo lateral, pasamos ante los cuadros en los que encontramos la primera y la última pista clavadas con chinchetas, y vamos hasta el límite de la parte más elevada del suelo. Margaret cuenta las baldosas, empezando desde la intersección de las dos tiras metálicas que formaban el punto cero de nuestra gráfica, para descubrir dónde se encuentra el punto (3,1).

–¡Ayayay!

–¿Qué significa ayayay? –siseo.

–Está debajo del altar.

La mesa tiene unos dos metros de largo y noventa centímetros de ancho, y está encima de la baldosa que debemos levantar; un paño de satén, confeccionado a medida, la cubre por completo y cuelga casi hasta el suelo por los cuatro lados.

–¿Qué hacemos? –pregunto.

–Esta mesa pesa una tonclada, y la madera que cubre la parte superior tiene casi medio metro de grosor. No hay forma de moverla.

Margaret mira alrededor para comprobar si alguien vigila, pero la iglesia parece desierta, salvo el organista, que está en la nave superior, mirando hacia otro lado. Apenas le vemos la cabeza.

–Vamos a echar un vistazo.

Margaret se persigna, sube a la gastada tarima de piedra e, introduciéndose debajo de la mesa, desaparece tras el paño. La imito, después de mirar de refilón la iglesia.

–Ya estamos dentro –digo, como si acabásemos de burlar un sofisticado sistema de seguridad y estuviésemos a punto de salvar el mundo desmontando unos misiles nucleares.

–El lugar es este. La buena noticia es que las baldosas no están adheridas con cemento. Será fácil levantarlas.

–¿Levantarlas? ¿En plural?

–¡Ah, sí! Creo que me olvidé de explicar esa parte. En realidad no sé con exactitud qué baldosa es.

–¿QUÉEE?

–Tranquilízate, por favor. Cuando hablas conmigo, explotas. La intersección se encuentra entre las baldosas, ¿la ves? De modo que no habríamos de levantar más que cuatro.

–Entonces, ¿cuál es el inconveniente?

–Esta pata del altar está justo en medio de la intersección de las cuatro baldosas.

–¿Y eso qué significa?

–Intenta levantarlo.

Las dos tratamos de alzar la parte superior de la mesa, pero ¡cuánto pesa! ¡Diablos!

–Creo que me he torcido algo. Es como si estuviéramos en un castillo demencial.

–Viene alguien –susurra Margaret, y me hace callar–. Escóndete bien. He oído abrirse la puerta de la sacristía.

La música cesa bruscamente y el sonido de unos pasos resuena con claridad a medida que se acercan. El corazón me explota en el pecho y cuando la punta de un zapato negro de hombre asoma bajo el paño del altar, me entran ganas de vomitar.

El Hombre de los Zapatos Negros permanece allí durante lo que se me antoja una eternidad. ¿Registrará el audífono de Robert los alocados latidos de mi corazón? Margaret me indica que respire profundamente.

Los dichosos zapatos se alejan un poco, pero vuelven a aparecer cerca del podio, en el lado izquierdo del altar. Desde donde estamos no vemos nada por encima del tobillo del hombre.

–Se va a arrodillar –murmuro al oído de Margaret–. Está buscando algo.

–¿Quién es?

–No lo sé. –El organista la emprende con otra tenebrosa pieza de Bach, lo que me da ocasión de cambiar de postura y tomar aliento sin que se me oiga. Como hay algo de mi mochila que se me clava en la espalda, la deslizo con mucho cuidado por los hombros. Cuando se hace de nuevo el silencio, Margaret me indica que el visitante se ha trasladado al otro lado del altar, cerca de mí.

–¿Lo ves? –pregunta.

Me muevo para mirar y… ¡caramba!... está justo a mi lado. Poco después, veo que atraviesa la puerta de la sacristía y la cierra.

–Se ha ido –musito llenando por fin los pulmones con el aire que tanto necesito.

–¡Qué bien! No sé si habría aguantado mucho más.

–Pensé que me moría.

–A eso me refiero. No sé cuánto habría aguantado viendo cómo estás: tienes muy mala cara.

–Gracias por la parte que me toca. ¿Y si salimos de aquí?

–Primero asegurémonos de que se ha marchado.

Cuando Margaret hace una seña, salimos de debajo del altar, nos alejamos de allí y vamos al pasillo opuesto al de la sacristía, por donde han desaparecido los zapatos negros. Doblamos un recodo… y tropezamos con el cegato, sordo y fanático de las revistas del corazón guardia de seguridad de Santa Verónica.

–¡Oh, hola, Robert!

CAPÍTULO 28

¿Os podéis creer que Margaret y yo seamos sospechosas de un delito?

–Alto ahí, niñas.

Nos han pillado.

–¿Qué andáis haciendo por aquí?

–¿Qué? –En caso de duda, mejor hacerse la tonta.

–Os he visto salir de debajo del altar.

–No estábamos haciendo nada malo –replica Margaret–. ¿No se acuerda de nosotras? Estuvimos aquí hace poco, mirando cosas para un trabajo escolar. Vamos al colegio de al lado. Aquí está mi carnet. Solamente estábamos echando un vistazo y haciendo fotografías, porque tenemos que presentarlo mañana y se nos olvidó una parte. Le juro que…

El guardia de seguridad se muestra escéptico.

–Hemos tenido algunos contratiempos, así que debo comunicar al padre Danahey, de inmediato, cualquier sospecha.

–¡Sospecha! ¡Oh, por favor, si somos alumnas del colegio! –Me da la sensación que la estrategia de Margaret es representar el papel de «colegiala traviesa pero inocente».

Robert habla con el organista para decirle que se ausenta unos minutos.

–Jovencitas, vamos.

Y ahí estamos, la encarnación de la inocencia culpable, esperando que se cumpla nuestro destino en el despacho del párroco.

El padre Danahey entra dando zancadas. Mide más de un metro ochenta, de gesto brusco y de nada de tonterías, y su cabello parece una brocha de pintor. Margaret y yo hacemos ademán de levantarnos, pero nos ladra:

–Sentaos. Ante todo, vuestros nombres.

Nos presentamos, añadiendo a continuación que estudiamos en el colegio Santa Verónica, con la esperanza de que ese detalle nos absuelva. Pero no sirve de mucho.

–Me ha dicho Robert que estabais debajo del altar, ¿es cierto?

–Sí –responde Margaret–. Pero nosotras...

–Y que salíais corriendo de la iglesia cuando os sorprendió.

–Sí, padre –admite Margaret.

El párroco la mira a ella, luego a mí y levanta las manos; sus pobladas cejas también se alzan.

Me sudan las manos y me duele el estómago.

–No hemos hecho nada malo –asegura Margaret–. Estamos realizando un trabajo escolar y teníamos que mirar unas cosas en la iglesia. Ya sé que no deberíamos habernos metido debajo del altar, pero el señor Winterbottom nos permitió acercarnos hasta ahí el otro día para hacer fotografías de la vidriera. Al oír pasos, nos asustamos y nos escondimos.

–Y esa es toda la verdad, ¿no? –El padre Danahey se reclina en su sillón. Parece cansado, demasiado cansado para aguantar a unas adolescentes–. Reconocerás que no resulta muy convincente.

–Sí, lo reconozco –afirma Margaret, y en mi mente aparecen imágenes de ella y yo picando piedras vestidas con unos nada favorecedores monos de presidiarias.

–Veréis, niñas, quiero creeros. No me convence vuestra explicación, pero tampoco me parece que pretendieseis hacer algo incorrecto. Naturalmente, cabe la posibilidad de que intentéis engañar a este pobre y viejo irlandés. Resulta que unos días atrás desapareció una estatuilla de san Andrés de uno de los antiguos pasillos, y no hace más de veinticuatro horas alguien se llevó dos candelabros que estaban sobre el altar bajo el que se os ocurrió esconderos. En condiciones normales el robo no sería grave, puesto que se pueden sustituir. Pero se trataba de unos candelabros especiales. No llamaban la atención; sin embargo, me han explicado que eso no es lo más significativo de las antigüedades. Por ejemplo, esa monstruosidad de altar bajo el que os escondisteis fue hecho en la Edad Media para un castillo escocés y al parecer vale una fortuna. Los candelabros procedían del mismo castillo y también eran de la Edad Media. En realidad iba a enseñárselos a un feligrés experto en esa clase de objetos, al que le pedí que los valorase junto con otros detalles. ¿Comprendéis ahora el problema?

–¿Acaso cree que los robamos nosotras? –plantea Margaret, indignada–. Nunca he robado nada en mi vida, pero una vez Sophie...

Se impone un silencio ensordecedor, terrible y me da la impresión de que el suelo se va a abrir bajo mis pies en ese preciso instante.

Margaret, al ver la expresión del padre Danahey, comprende que ha hablado de más y se apresura a cubrirse la boca con la mano.

–¡Pero eso fue hace siglos! –exclama intentando sobreponerse, pero el daño ya está hecho.

–¿Cuántos siglos, con exactitud? –El párroco me traspasa con la mirada. ¡Glup!

Y ahora viene una confesión desnuda y totalmente sincera: yo, Sophie Saint Pierre, tengo un pasado de delincuente.

–Espere, espere –ruega Margaret, llorando–. Usted no puede… ella nunca… ¡Dios mío, Sophie! Lo siento muchísimo. Por favor, padre Danahey, debe creerme. No fue culpa suya. En realidad no ocurrió nada.

–Señorita Saint Pierre, ¿por qué no me habla de esa otra vez y deja que decida yo? Señorita Wrobel, hay pañuelos de papel en la mesa, detrás de usted.

Es curioso, pero no me pongo nerviosa al contarle la historia.

–Estábamos en cuarto de primaria. Era el último día de clase antes de las vacaciones de Navidad; nuestro grupo fue a una misa especial en la catedral de san Patricio, y luego a la tienda de regalos de al lado.

–¿Robaste en la tienda de regalos de san Patricio?

Asiento y explico:

–Pero no fue tan grave como parece. En realidad fui… víctima de las circunstancias. Verá, mi padre es francés, y esa noche viajábamos a París. Yo estaba nerviosa por el viaje, y en la tienda había una preciosa medalla de san Cristóbal que me gustaba mucho; además, acababa de enterarme de que ese santo es el patrón de los viajeros; costaba cinco dólares, y yo solo tenía tres. Y entonces viene lo de la otra chica.

–Bridget O'Malley –dice Margaret con desdén.

–Sí, ella me contó todas esas historias del *Titanic* y los accidentes de aviación, y que los únicos supervivientes eran los que llevaban medallas de san Cristóbal y que si yo no llevaba una, bueno, ya sabe. Y la creí porque yo no tenía más que nueve años e iba a estar metida en un avión varias horas, y me moría de miedo. Así que la cogí, pero le juro que pensaba volver y pagarla cuando regresase de Francia. Se lo juro.

–Pero te pillaron.

Asiento otra vez.

–En efecto, con las manos en la masa. Fue la hermana Antonia, que es la encargada. Y durante tres meses tuve que ir todos los sábados para ayudarla a ella y a las otras hermanas en la tienda, y mis padres me castigaron y me obligaron a confesarme. Le juro que nunca he vuelto a robar nada en mi vida; no lo he hecho ahora y no lo haré jamás.

–Hummm –murmura el padre Danahey, frotándose la frente, con los ojos cerrados.

Mientras trato de averiguar si ese «hummm» quiere decir «te creo» o «tu historia hace aguas por todas partes», aparece alguien detrás de nosotras y carraspea.

El padre Danahey lo saluda con la mano, y le indica:

–Malcolm, entra. Niñas, os presento al doctor Chance. Es, digamos, nuestro historiador extraoficial de la iglesia.

Me giro en redondo y veo al grimoso Malcolm Chance, envuelto en *tweed*, con un aspecto más repulsivo que de costumbre.

–Vaya, volvemos a coincidir. Buenas tardes, chicas.

–¿Os conocéis? Será mejor que también llame a Gordon. –El padre Danahey sale al pasillo y grita–: ¡Gordon! ¿Puedes venir, por favor? –Y regresando, le dice a Malcolm–: Así que conoces a estas niñas.

–¡Oh, sí! Estas señoritas son amigas de Elizabeth. Se podría decir que compartimos ciertos... intereses comunes.

–No me digas. ¿Te refieres a intereses comunes como los Yankees, o como las antigüedades religiosas medievales?

–Lo último, me temo.

–Curioso. –El párroco invita a otro hombre a entrar en el concurrido despacho–. Gordon, gracias por venir. Niñas, este es nuestro diácono, el señor Winterbottom.

Aunque estuviese ciega, sabría que ese señor estaba allí. Es una especie de cenicero andante.

El padre Danahey continúa:

–Estaba hablando con las niñas de nuestros candelabros desaparecidos. Aseguran que ellas no tienen nada que ver con el desafortunado incidente, y me han comentado que les dejaste hacer fotografías detrás del altar. ¿Te suena esa historia?

–Sí, es cierto que las ayudé una o dos veces –responde el señor Winterbottom, cuyos temerosos ojillos van de Margaret a mí y viceversa sin cesar–. Tenían gran interés en algunas obras de arte y en las figuritas del Nacimiento.

Lo que faltaba para rematar el tema. Gracias por arrojarnos al vacío, señor diácono.

En ese preciso instante aparece el padre Julian, ataviado con un chándal y zapatillas deportivas, y la frente bañada en sudor. Me reconoce de inmediato y se muestra extrañado al vernos en el despacho del padre Danahey.

–Buenas tardes padre, doctor Chance. ¿Y las niñas? ¿Qué ocurre?

–Vaya, todo el mundo os conoce menos yo –comenta el párroco.

El padre Julian sonríe, y comprendo que al menos tenemos un aliado. Me señala con el dedo, diciendo:

–En realidad conozco a esta. La he visto con uno de sus profesores esta mañana en la iglesia. Creo que estaban haciendo un trabajo escolar.

–¿La ha visto haciendo ese trabajo?

–Sí.

–¿Y respondería por ella?

–Por supuesto.

–¿Y tú qué? –El padre Danahey mira a Margaret.

–No sé. Me parece un personaje bastante turbio –dice el padre Julian con una amplia sonrisa, y me guiña un ojo.

–Con eso me basta. –El párroco sonríe a su vez–. Jovencitas, no diremos nada de esto a vuestros padres… de momento. Pero idos a casa. Y en el futuro no os quiero husmeando en la iglesia, ¿entendido?

–Sí, pa… dre Da… na… hey –decimos en tono obediente. Cuando me levanto para salir, me aparto el cabello de los ojos y veo al señor Winterbottom con la vista clavada en el dedo anular de mi mano derecha, donde llevo una sortija muy sencilla, tanto que solo se distingue el aro de oro.

–¡Qué anillo tan bonito! –miente–. ¿Me lo enseñas?

–¿Cuál, este? –Doy la vuelta a la sortija para que vea la piedra. Es un auténtico «anillo mágico» de los setenta que compré por cuatro pavos en una tienda de ropa vintage del Village.

–¡Eh, me acuerdo de ellos! –exclama el padre Julian–. Un anillo mágico, ¿verdad? Hace años que no veo ninguno. ¿Qué significa ese color?

La piedra es negra como el carbón.

–Creo que significa que necesito un helado de tofe con virutas de chocolate.

–Os acompaño a la puerta –se brinda el sacerdote, soltando una risita.

Margaret se gira hacia el padre Danahey y Malcolm, y afirma:

–Lo sentimos mucho, de verdad, padre. No lo volveremos a hacer; se lo prometemos.

–Buenas noches, señorita Wrobel. Recordad, derechitas a casa.

El padre Julian nos lleva hasta la entrada de la rectoría y abre la puerta.

–Acaba de salvarnos la vida ahí dentro –le digo.

–Bueno, no creo que la Iglesia queme a la gente en la hoguera en estos tiempos, al menos si se trata de faltas insignificantes. Pero algún día me gustará saber qué está ocurriendo en realidad, ¿de acuerdo? –Muy inteligente para ser un hobbit.

CAPÍTULO 29

En el que aprendo mucho más de lo que necesito saber sobre los zapatos de hombre

Vamos directamente a casa, demasiado asustadas para hablar mucho. Me refiero a lo de ser menores sospechosas de un robo y a que Margaret ha sacado a la luz mi vergonzoso pasado en el peor momento. Cuando nos hallamos a dos manzanas de la iglesia, siento de pronto como si me cayese encima un piano desde un edificio de diez pisos.

–¡MI MOCHILA! ¡Oh, Dios mío, no tengo la mochila!

–¿Estás segura de que la llevabas cuando salimos del colegio?

–¡Segurísima! Acuérdate de que saqué el móvil antes de entrar en la iglesia. –Busco en el bolsillo de la chaqueta y encuentro el teléfono.

–Debes de haberla dejado en el despacho del padre Danahey. Mañana por la mañana se la pides.

Me estrujo el cerebro, intentando recordar dónde la dejé, y concluyo:

–No, no. No la llevaba cuando fuimos a su despacho.

–¿Estás segura?

Y entonces me cae encima otro piano.

–¡Oh, no! –me quejo.

–¿Oh, no, qué? –Margaret me observa con preocupación.

–No la tenía en la sala de espera.

Tarda un segundo en darse cuenta de lo que eso significa, y me pregunta:

–¡Ay! ¿La has dejado en la iglesia?

–Sí; debajo del altar. Cuando estábamos escondidas, noté que algo me pinchaba la espalda, así que me desprendí de ella cuando la música sonaba más alta.

–Sophie, eres la peor delincuente del mundo. –Se echa a reír como una loca–. No se molesten en buscar huellas dactilares, señores policías, aquí les dejo mi mochila con todo lo necesario para identificarme.

–No tiene ninguna gracia. ¿Y ahora qué hago? ¿Cómo la recupero? ¿Y qué voy a hacer esta noche? Mis libros están en la mochila, tengo que hacer deberes. Y nuestra parodia... Necesito estudiar mi parte. Si no...

–Sí, es cierto, pero no hay forma de recuperarla ahora. Puedes estudiar con mis libros. Mañana por la mañana, le contaremos una versión de lo ocurrido al guardia de seguridad, y te devolverá la mochila.

El ritmo de mi corazón recupera la normalidad, y al fin bajamos por la escalera del metro en la calle Sesenta y ocho.

–Oye, ¿te fijaste en sus zapatos? –pregunta Margaret mientras deslizamos las tarjetas y pasamos por los torniquetes del metro.

–¿En qué zapatos?

–En los de los hombres que estaban en el despacho del padre Danahey.

¿Zapatos? Estaba demasiado ocupada contemplando la película de mi vida: una obra perfecta para todos los públicos, lamento decir.

–Recordarás unos zapatos: los que a punto estuvieron de pisarnos cuando estábamos debajo del altar. ¿Cómo eran?

–No sé... Mocasines negros corrientes. Unos zapatos de hombre.

–Cierto. ¿Te fijaste en los del guardia de seguridad? Eran de tipo deportivo.

–Eso quiere decir que no fue él quien se acercó al altar cuando estábamos allí. Tal vez fue el padre Julian.

–No. Acuérdate de que llevaba un chándal y zapatillas deportivas.

–Lo cual deja a...

–El padre Danahey llevaba zapatos marrones: Hush Puppies.

–¡Malcolm!

–Bingo. Quizá.

–¿Qué significa eso?

–Llevaba unos mocasines negros bastante usados. Pero hay un detalle... Winterbottom también los llevaba.

¿Por qué me siento decepcionada?

–Si fue Malcolm, ¿qué hacía?

–Lo mismo que nosotras. ¿No te parece mucha coincidencia que se arrodillase y se pusiese a buscar a poco más de un metro de donde estábamos mirando nosotras?

–Pero ¿cómo sabía dónde mirar? Nosotras desciframos todos los acertijos, y solo había una nota y una serie de pistas. ¿Crees que nos ha estado espiando siempre?

–Tal vez alguien lo hizo en su lugar –sugiere Margaret–. Por ejemplo, el ama de llaves de Elizabeth, Winifred.

–Está conchabada con él. Ya notaba yo algo extraño en la criada.

–Sophie, tú notas algo extraño en todo el mundo.

–Pero esta vez he acertado. ¿Y ahora qué hacemos?

–La verdad es que… no tengo ni idea.

Hummm. Margaret sin ideas. Eso sí que es nuevo.

–¿Y qué te parece lo de los candelabros desaparecidos? ¿Habrá sido Malcolm?

–Quizá, pero ¿por qué?

–Por favor, Soph. Por dinero, naturalmente. El padre Danahey dijo que no llamaban la atención. No dudes de que Malcolm era una de las pocas personas que conocía su valor. Y como es un miembro destacado y de confianza de la parroquia, puede hacer lo que le dé la gana en la iglesia. Como si tuviera un pase privilegiado.

Y así está la competición: el Club de las Chaquetas Rojas contra Malcolm y Winnie, los Bonnie y Clyde del Upper East Side.

CAPÍTULO 30

En el que mi vida está patas arriba, desquiciada, hundida en el caos y hecha pedazos

A la mañana siguiente, por primera vez en la vida (de eso estoy archiconvencida), me despierto mucho antes de que mi madre me llame. Es jueves, me espera un día muy ocupado y tal vez un ataque de nervios. Aunque mi madre también tiene mucho que hacer, me prepara crepes con arándanos. ¡Qué bien! Se lo agradezco mientras salgo a todo correr diciéndole que es el día del ensayo de vestuario para el banquete de Dickens, y que seguramente volveré muy tarde.

Cuando Margaret y yo llegamos a la iglesia, nos encontramos con varios camiones aparcados en el exterior, mientras que la acera es un hervidero de obreros que cargan andamios y otros materiales contundentes, y los trasladan al interior del templo. Al parecer han comenzado las reformas; las posibilidades de éxito del proyecto «Recuperación del anillo» disminuyen a cada minuto que pasa.

Robert está ante su mesa, absorto en la lectura de *Marie Claire*.

–¿Nunca se va a casa? –susurro innecesariamente.

–Buenos días, señoritas. Tengo algo para una de vosotras.

–¡Qué suerte! La ha encontrado.

–¿Encontrar qué? –replica el guarda, mirándome con cara de no entender nada–. Yo no he encontrado nada. Se trata de una cosa del señor Winterbottom para una tal… Sophie Saint Pierre. ¿Eres tú?

–Sí, soy yo –respondo, decepcionada del todo–. ¿Y mi mochila?

–No sé nada de ninguna mochila. Me dijeron que te diese esto cuando vinieses, y aquí lo tienes.

Abro el sobre. Dentro hay una nota escrita con letras grandotas:

TENGO TU MOCHILA.
HEMOS DE HABLAR
TÚ Y YO SOLOS.
VEN A LA RECTORÍA
EN CUANTO LEAS ESTA NOTA.

¿Y nada más?

Margaret lo lee con el entrecejo fruncido, y cuestiona:

–¿Por qué no ha dejado aquí la mochila el señor Winterbottom?

–Por casualidad, ¿le dijo qué quería? –pregunto a Robert.

–No, no. Se limitó a darme el sobre, con el encargo de que te lo entregase en cuanto aparecieses, y dijo que vendrías temprano. –Continúa leyendo «¡Diez cosas que él nunca te contará de su pasado!».

Margaret se asoma entre las puertas que separan el vestíbulo de la nave de la iglesia: los obreros están colocando escaleras, luces portátiles y otros elementos, y tapan los bancos del lado izquierdo con kilómetros de cubiertas protectoras.

El guardia de seguridad hace un gesto negativo con la cabeza, y nos dice:

–No puedo dejaros entrar, chicas. Hoy solo abriremos unas horas, de dos a cinco, porque van a trabajar en el techo. Únicamente se utilizará la capilla del fondo.

–No me importa lo que diga la carta; te acompaño –afirma Margaret. Así pues, empujamos la puerta y subimos la escalera que conduce a la rectoría, donde nos detenemos para armarnos de valor.

–Tal vez solo quiera advertirme contra Malcolm. –Llamo al timbre.

Poco después el rostro artificialmente bronceado del diácono aparece tras la puerta. La entreabre y pregunta:

–¿Cuál de vosotras es Saint Pierre?

–Yo.

–Tú sola.

–¿No puedo esperar dentro? –pregunta Margaret–. Aquí hace mucho frío.

Abre la puerta y nos deja entrar; después guía a Margaret hasta la salita donde habíamos esperado al padre Danahey y a mí me indica que lo siga a su despacho.

–Muy bien –dice encendiendo un cigarrillo con manos temblorosas–. Vamos al grano. Los dos tenemos algo que el otro quiere: yo tengo tu mochila, y tú... una cosa muy especial.

–Oiga, señor Winterbottom, le juro que no robé los candelabros, si se refiere a eso.

–Hablaremos de ellos luego. Ahora me interesa

mucho más cierta información que conoces y que yo necesito.

–¿Está seguro de que no se equivoca de chica?

–Segurísimo. Hablo de Sophie Saint Pierre. Por cierto, un nombre precioso.

–¿Qué clase de información?

–No te vayas por las ramas. –Da un golpecito al cigarrillo y la ceniza cae en un cenicero rebosante–. Se trata del paradero de un objeto muy valioso, una reliquia que lleva mucho tiempo escondida en la iglesia; veinte años, para ser exactos.

¡Caramba! ¿Cómo lo sabe?

–Oiga, no admito nada, pero aunque supiese algo sobre ese objeto del que habla, ¿por qué iba a decírselo a usted? ¿Qué saco yo de eso? ¿Me devuelve la mochila o no? ¡Pues vaya chollo! Estoy deseando que se presente la ocasión de comprar libros nuevos, y seguro que L. L. Bean tiene más mochilas como esa.

El hombre da una calada al cigarrillo y, mirándome con fijeza a los ojos, esboza una especie de sonrisa de autosuficiencia. A continuación arroja el cigarrillo al cenicero con gesto teatral, y me aplaude:

–¡Bravo! Una representación genial, señorita Saint Pierre. Créeme que admiro tu descaro, y perdona que te lo diga, pero no es tan fácil como piensas. Queda el detalle de los candelabros, ¿sabes?

–¿Qué pasa? Ya le dijimos al padre Danahey que no teníamos nada que ver. Y nos creyó. –En ese momento me fijo en sus cigarrillos: cortos, aplastados, como los que se lían a mano, igualitos al que vi consumiéndose en el cenicero de la señora Harriman.

–Entonces tal vez quieras explicar qué hacían en tu mochila, que encontré debajo del altar, a poco más de un metro de donde habían desaparecido. –Busca algo bajo su mesa y saca mi mochila entreabierta, de la que sobresale la parte superior de dos candelabros de madera.

–Oiga, espere un minuto. –Me levanto y protesto–. Esto no es…

–¿Justo? ¿Es lo que ibas a decir? Mira, voy a simplificar las cosas: dispones de veinticuatro horas. Mañana a las siete en punto de la mañana, te reúnes conmigo en la iglesia, sola. Tendremos media hora antes de que empiecen a trabajar los obreros; devolverás estos objetos y haremos un pequeño intercambio. Si no apareces, llevaré la mochila al padre Danahey, y gracias a la indiscreción de tu amiguita sobre tu pasado… En fin, imagino que adivinas el resto. Ah, me olvidaba de la imagen de san Andrés, la que tanto te interesaba el otro día. Me gustaría saber cuándo se descubrirá eso.

«¡Oh, sin duda es un genio!», me digo.

–Le formularé una pregunta: ¿Por qué confía tanto en que sabemos dónde… bueno, dónde está ese objeto? –Naturalmente, conozco la respuesta; lo único que quiero comprobar es si él lo admite. Winnie ha estado espiando para él desde el principio, en vez de hacerlo para Malcolm. Pero ¿por qué? ¿Qué relación hay entre ellos?

A diferencia de esos pillos de la tele que lo sueltan todo, este se limita a acompañarme a la puerta principal, donde espera Margaret, que me dice:

–¿Va todo bien? Te veo un poco pálida. ¿Dónde está tu mochila?

–¡Oh, no le ocurre nada! Pero necesita un poco de aire fresco –comenta el diácono, y nos echa una bocanada de humo en las narices para subrayar lo del aire fresco–. Que tengáis un buen día, niñas. Nos veremos pronto, muy pronto. *Ciao!*

Cuando salimos, Margaret me coge del brazo, bajamos la escalera y me lleva al Perkatory sin decir nada hasta que estamos sentadas ante una mesa.

–¡Vale, suéltalo!

–Lo siento mucho, Margaret. –Los ojos se me anegan en lágrimas y no soy capaz de mirarla a la cara.

–Sophie Saint Pierre, ¿de qué hablas? –inquiere cogiéndome la mano–. ¿Qué ha ocurrido ahí dentro?

–No era Malcolm quien estaba en la iglesia anoche, sino él. Sabe lo del anillo, y Winnie es su espía. Dice que tengo que ayudarlo a encontrar el dichoso anillo mañana por la mañana a las siete; de lo contrario, le dará mi mochila al padre Danahey. Y adivina qué hay en ella: ¡los candelabros desaparecidos! ¿Y te acuerdas de la imagen de la que habló el párroco? Pues da la casualidad de que es la que Winterbottom me mostró mientras mirabais el Nacimiento. Y tiene la intención de decir que encontró la mochila debajo del altar y que esos objetos estaban dentro.

–¿Y piensas que el padre Danahey creerá que los robaste?

–Reconócelo, Margaret, tengo muy pocas probabilidades: es mi palabra contra la de un diácono de la iglesia. ¿Tú a quién creerías? Y ahora que Danahey conoce mi… pasado, si Winterbottom le lleva la mochila, estoy perdida.

–Entonces nos perderemos las dos. Nos hemos metido juntas en esto, Sophie, y además es culpa mía que todo el mundo se haya enterado de la absurda historia de la medalla de san Cristóbal. Pero de ningún modo vamos a entregar el anillo a ese canalla. Tiene que haber otra solución. Es inconcebible que sea tan… asqueroso. ¿No crees que sería mejor ir a hablar con el padre Danahey, por ejemplo ahora, y contarle lo ocurrido? ¿Cómo justificaría Winterbottom vuestra conversación?

–El padre Danahey no está. Anoche oí cómo le decía al padre Julian que debía ir a Pittsburg, o a un sitio parecido, a ver a su hermana. No regresará hasta el lunes.

–Humm. Tengo que pensar. –Se cubre las orejas con las manos, y al cabo de un minuto, dice–: Hemos de sacar el anillo de ahí hoy mismo.

–Eso es imposible porque están Winterbottom, el guardia de seguridad, los obreros, Malcolm, el padre Julian y los demás sacerdotes. No hay forma de que entremos sin que nos sorprendan.

–No existe nada imposible. Necesitamos ayuda... y creo que sé a quién pedírsela.

Me esfuerzo por no echarme de bruces sobre la mesa y ponerme a llorar.

–¿A quién?

–A Malcolm Chance.

La miro, alucinada, y murmuro:

–Hace una hora pensabas que era el enemigo.

–Me equivoqué. Puede ayudarnos. Recuerda que tiene un «pase privilegiado» para entrar en la iglesia.

–Sí, claro, podría ayudarnos, pero ¿por qué iba a hacerlo?

–Por una cosa: porque él tampoco quiere que el diácono se haga con el anillo.

Buen argumento.

–Pero ¿qué ventaja tiene que Malcolm, en lugar de Winterbottom, se quede con el anillo? ¿No son los dos igual de malos?

–Cabe la probabilidad de que hayamos juzgado mal a Malcolm. Piénsalo: ¿ha hecho algo contra nosotras? Es cierto que su exmujer no le tiene mucho aprecio, pero ¿cuánta gente dice cosas agradables de sus ex? No me malinterpretes; Elizabeth me cae bien, pero está un poco chiflada.

El plan de Margaret de aliarnos con Malcolm tiene otra ventaja: podemos utilizar la «felicitación». Según mi amiga, el anillo no le pertenece a él ni tampoco a la señora Harriman, sino a Caroline, su hija. Al fin y al cabo, era un regalo de cumpleaños para ella.

Tengo mis dudas sobre este plan, pero sé que solamente nos quedan dos opciones: congraciarnos con Malcolm o irme de cabeza al reformatorio juvenil.

CAPÍTULO 31

En el que me vuelvo cada vez más curiosa y... oculto una información insignificante

Mi destino queda así en manos del insólito dúo formado por Margaret Wrobel y Malcolm Chance. Primero vamos a la biblioteca, entramos en Internet y averiguamos el teléfono del despacho del profesor en Columbia. Margaret le deja un mensaje para que la llame al móvil, cruzamos los dedos y vamos a la cafetería.

Leigh Ann, siempre alegre y encantadora, está con Rebecca preparando un examen de vocabulario. Giro en redondo con intención de subir la escalera e ir a nuestra taquilla, pero Margaret me lo impide.

–Sé que es una grosería por mi parte –reconozco–, pero tengo demasiadas cosas en la cabeza para aguantarla también a ella.

–Soph, esta noche necesitaremos su ayuda, así que debes soportarla. Vamos a solucionar este asunto y lo del banquete del viernes por la noche; después ya veremos qué hacemos.

Me dejo caer en la silla y suspiro.

Rebecca me apunta con un dedo y quiere saber:

–¿Qué le ocurre?

–¿Estás bien, Sophie? –pregunta Leigh Ann.

¿Por qué es siempre tan condenadamente encantadora?

–Ha pasado veinticuatro horas muy duras –responde Margaret–. Anoche nos sorprendieron en la iglesia, y su mochila con los libros dentro ha quedado en prenda.

–¡Qué!

Cuando Margaret acaba de contar nuestra sórdida historia, Rebecca dice:

–Chicas, sois mis heroínas. ¿Y qué vais a hacer?

–Lo que vamos a hacer –responde Margaret– es encontrar el anillo esta noche, siempre que Malcolm nos ayude, claro.

–¿Cómo sabéis que el tal Malcolm no os engañará? –pregunta Rebecca.

–Oye, el futuro de Sophie está en juego, y yo empeoré las cosas cuando abrí mi *grande bouche* y conté la tontería de la medalla de san Cristóbal. Así que, o conseguimos que Malcolm nos ayude o entramos en la iglesia cuando esté cerrada sin él. Si nos cogen haciendo algo así...

Leigh Ann silba y sentencia:

–Lo más probable es que nos expulsen.

–Y vosotras vais a acompañarnos –dice Margaret con mucho aplomo–. La mesa del altar pesa una tonelada. Antes de que digas nada, Rebecca, hablaré con tu madre.

–¿Cómo? ¡Ni se te ocurra!

–Hablo en serio. Le contaré la verdad: vamos a ayudar a una mujer de la parroquia.

–¿Y qué le dirás que pensamos hacer por esa buena señora?

–Que la ayudamos… a buscar una cosa muy importante. Por favor, Rebecca, confía en mí. Saldrá bien.

–Oye, ya sé que eres doña Marisabidilla, pero mi madre no lo sabe. Y yo, yo… ¡Oh, vale! ¡Iré!

Cuidado con el poder de las presiones del grupo.

El teléfono de Margaret suena en plena clase del señor Eliot, en el preciso momento en que él me pide que describa los cambios que experimenta Pip durante sus primeros meses en Londres. Al lanzarse a cogerlo, mi amiga tira los libros que tiene sobre la mesa.

–¡Vaya, qué situación tan interesante! Sepa usted, señorita Wrobel, que tengo órdenes tajantes de la hermana Bernadette de confiscar los teléfonos móviles que se utilicen en horas de clase. –Extiende la mano.

Margaret se lo entrega, excusándose:

–Lo siento muchísimo, señor Eliot; me he olvidado de que estaba encendido. Por favor, no lo lleve a dirección. No volverá a ocurrir.

–Vamos a hacer una cosa. Si la señorita Saint Pierre responde a la pregunta satisfactoriamente, le devolveré el teléfono. Si falla, me lo quedo.

Acto seguido, suelto todo lo que se me ocurre:

–Pip se convierte en un irresponsable: gasta todo el dinero que tiene y recurre a Jaggers para que le preste más. Y para colmo, se vuelve muy esnob. Lo digo por la forma en que trata al pobre Joe cuando va a visitarlo…

El señor Eliot levanta la mano para hacerme callar, y le devuelve el teléfono a Margaret.

–Muy bien, señorita Saint Pierre. Veo que no ha traído sus libros… Confío en que no se repita.

Margaret se gira para darme las gracias, y murmura:

–Era Malcolm.

Cuando suena el timbre del fin de la clase, vamos corriendo al baño para leer el mensaje. Malcolm dice que «le sorprende bastante» que lo llamemos y que «siente gran curiosidad»; queda con nosotras en el Perkatory a las cuatro y media, y promete no decir nada a nadie (condición impuesta por Margaret).

–¿Sigues pensando que podemos confiar en él? –pregunto.

–Hasta que dejemos de necesitarle –responde mi amiga, rodeándome con un brazo.

A las dos y media Margaret y yo vamos al aula del señor Eliot, situada en la quinta planta, para ensayar la parodia con Leigh Ann; por el camino la directora, la hermana Bernadette, nos aborda con cara de pocos amigos.

–Precisamente os estaba buscando. –Pone las manos sobre nuestros hombros y nos dice–: Acompañadme.

Subimos la escalera hasta su despacho. ¿Y ahora qué pasa?

–Sentaos –ordena, como si fuésemos cocker spaniels–. Vuelvo enseguida.

La directora tiene fama de severa pero justa. No es de esas monjas arrebatadas por «la cólera de Dios», aunque tampoco es, precisamente, la madre Teresa de Calcuta.

–¿Crees que el padre Danahey se lo habrá contado? –le pregunto a Margaret.

–Chissst. Ahí viene.

La hermana Bernadette entra en el despacho y, en vez de sentarse tras la mesa, coloca una tercera silla frente a nosotras y se sienta.

–Señoritas, acabo de tener una conversación muy interesante con el padre Danahey, que me ha telefoneado desde un lugar de Pensilvania, cuyo nombre no recuerdo. ¡Ah, señor Eliot! Entre, entre. Gracias por venir. Siéntese. –Le cede su silla y se sienta detrás de la mesa.

–Hola, chicas. Hermana.

–Hola, se... ñor E... li... ot. –Nos matamos por actuar con alegría y parecer inocentes.

–El padre Danahey acaba de contarme que anoche el guardia de seguridad de la iglesia sorprendió a estas dos saliendo de debajo del altar.

–¿En serio?

Tratamos de reducir nuestro tamaño hasta lo microscópico, pero nos ven de cualquier forma. La directora sigue contando la desafortunada historia:

–Era tarde. Según ellas, están haciendo un «trabajo escolar» para la clase de religión. –La monja dibuja unas comillas en el aire para subrayar su suspicacia–. Aún me falta hablar con su profesor de ese misterioso trabajo que, al parecer, las ha obligado a arrastrarse como ratones por el suelo del altar a horas intempestivas.

¡Menudo trago! Miro al señor Eliot, rogándole en silencio que no nos traicione antes de que se nos ocurra una forma de escabullirnos de aquella situación.

–¿Estabais debajo del altar? ¿Por qué?

–Nos habíamos escondido –respondo.

–De una persona que andaba rondando por la iglesia –añade Margaret–. Habíamos ido a inspeccionar, pero no tocamos nada, y de pronto entró alguien; nos asustamos y nos escondimos debajo del altar.

La hermana Bernadette se burla:

–¿Qué «persona»? ¿Y por qué os escondisteis?

Hummm. Una pregunta lógica. ¿Cuál sería la respuesta lógica?

–Éramos conscientes de que no debíamos estar allí y, cuando oímos a esa persona, al principio pensamos que se trataba del guardia de seguridad. No queríamos tener problemas –explica Margaret.

–¿Y no era el guardia de seguridad? –inquiere el señor Eliot, inclinándose hacia nosotras.

–No. El hombre fue a la sacristía, que está a un lado del altar. En ese momento salimos por el otro lado y, entonces sí, nos sorprendió el guardia.

–Ya he oído bastante –dice la hermana Bernadette, y levanta la mano para hacernos callar–. Extraños merodeando por la iglesia; niñas (niñas que deberían estar en su casa) escondidas debajo del altar... Tengo entendido que el padre Julian respondió por vosotras, y por eso el párroco os dejó marchar.

–Hermana, no tenemos nada que ver con los candelabros desaparecidos –asegura Margaret–. Se lo juro. Nunca se nos ocurriría robar nada, y mucho menos en una iglesia.

–Creo que me he perdido algo –comenta un desconcertado señor Eliot.

–Ayer desaparecieron del altar un par de valiosos candelabros –explica la monja.

El profesor arquea una ceja y me mira; luego mira a Margaret.

–Por favor, señor Eliot. Sabe que jamás haríamos algo así –me defiendo.

El señor Eliot suspira profundamente y argumenta:

–Hermana, conozco muy bien a estas dos jóvenes y no creo que tuviesen nada que ver con algo así. Como es natural, eso no disculpa que anduviesen fisgoneando por la iglesia a deshora, pero de cualquier forma...

–Muy bien, de acuerdo. Pero no puedo dejarlo pasar sin un castigo. Creo que van a participar en su fiesta de Dickens, ¿no es así, señor Eliot?

–Sí, por desgracia –responde el profesor.

–Dejaré en suspenso el correctivo hasta después de la fiesta, pero a partir del lunes tendréis una semana de castigo al acabar las clases. Lo único que me faltaba era el padre Danahey atormentándome porque mis alumnas hacen gamberradas en la iglesia. Mientras tanto, NO ENTRÉIS en ella. Muchas gracias, señor Eliot. Podéis iros. –Prácticamente, nos echa del despacho.

–¡Vaya, vaya! –dice el señor Eliot cuando nos alejamos del despacho de la directora y nadie puede oírnos–. ¿Qué es lo que no me habéis contado? Y a propósito, creo recordar que me prometisteis que no andaríais curioseando por la iglesia.

–En realidad –precisa Margaret– le prometimos no entrar a la fuerza ahí, pero no dijimos nada de no entrar a curiosear.

–Lo esencial era no meterse en líos, doña Semántica. Bueno, contadme: ¿habéis encontrado el anillo? –¡Está entusiasmado!

–Casi, casi –contesta Margaret, sonriendo.

–¿Y?

–Tendrá que esperar. No quiero gafar las cosas más de lo que están.

–Por favor, prometedme que no os volverán a arrestar.

–Se lo pro… me… te… mos, se… ñor E… li… ot –decimos al unísono. Acto seguido huimos escaleras arriba y pasamos la siguiente hora y media ensayando la parodia de *Grandes esperanzas*. Confío en ocupar la mente de esa forma. Consigo olvidarme de mi mochila un rato, pero no resulta fácil estar con Leigh Ann. Lo reconozco: me comporto como una verdadera víbora con ella durante el ensayo. Quiere que Herbert, el personaje que yo represento, hable con un acento más británico, pero a mí no me apetece. Insiste e insiste, hasta que estallo.

–¡Jo, Leigh Ann! ¿Y qué más da? No es sino una estúpida parodia para un estúpido banquete de pacotilla. ¡Déjame en paz y piérdete!

No quería decirlo, de verdad. Dios mío, está desolada.

–Tal vez deberíamos abandonar el proyecto –murmura.

Margaret me mira con cara de «¿Qué demonios te pasa?», y se dedica a animarla a ella:

–Nada de abandonar. Es una gran escena, gracias a ti, y aunque no ganemos, nos vamos a divertir un montón. ¿Acaso eso no importa? Sophie está muy agobiada con... con todo lo que le preocupa. Continuemos ensayando la parte siguiente, después de la marcha de Herbert. Mientras tanto Sophie saldrá a dar una vuelta y descargará su estrés, ¿verdad, cariño? Y de paso, llama a Rebecca para ver si viene.

Me escabullo y llamo a Becca. Al salir del colegio, se ha ido a casa para dejar a sus hermanitos con una tía, y poder así asistir a la cita con Malcolm; si todo va bien, se quedará a pasar la noche en mi casa.

–Será mejor que valga la pena –comenta–, porque voy a tener que cuidar al niño de mi tía gratis un año.

–¿El que muerde?

–Ese mismo.

Y creía que yo tenía problemas.

A las cuatro y cuarto, cuatro chicas tristonas, ataviadas con chaquetas rojas, entran en el Perkatory y se sientan ante una inestable mesa redonda. Margaret coge una silla más, y esperamos a Malcolm en silencio.

La camarera que atiende el mostrador, una pelirroja que lleva una sudadera del Hunter College, nos saluda:

–Hola, niñas. ¿A qué vienen esas caras tan largas?

Margaret trata de manifestar alegría, a pesar del poco eco que encuentra.

–Día largo, caras largas –argumenta.

–Por casualidad, ¿alguna de vosotras se llama Sophie? –pregunta la chica, y yo levanto la cabeza.

–Sí, yo.

–Alguien ha preguntado por ti hace una hora. Un chico monísimo. Dijo que se llamaba... Ralph, no, ¿Raf? ¿Te suena? Estuvo un rato esperando, pero al fin dijo que tenía que irse.

–¿Estás segura de que me buscaba a mí y no a ella? –Señalo a Leigh Ann con un dedo cargado de malas intenciones.

–¿Y por qué iba a buscarme a mí? –replica ella, perpleja.

–Estás saliendo con él, ¿no? –le espeto lanzándole una mirada fulminante.

–¿Salir con Raf? ¿De dónde sacas semejante idea?

–¿Recuerdas la llamada de teléfono? Yo estaba presente cuando él te llamó, y vi su número en tu teléfono cuando te lo di.

–Sí, me acuerdo; es cierto que me llamó, pero no salgo con él. Me telefoneó para hablar de su amigo Sean, a quien conocí la semana pasada en el baile, y creo que es muy tímido; por eso le pidió a Rafael que me llamase y me dijese que quería salir conmigo.

Oleadas de emociones distintas arrasan la playa de mi frágil cerebro. Rebecca me atiza con su cuaderno de dibujo, y Margaret pone cara de circunstancias.

–¿Qué ocurre? –pregunta Leigh Ann, mirándonos una a una.

–Sophie estaba enfadada contigo –responde Margaret– porque le gusta Raf, y suponía que salías con él. Lo cual es absurdo, porque aunque así fuera, escuché con mis propios oídos cómo ella te daba permiso.

–¡Eh, eh, un momento! ¿Todo tenía que ver con Raf? –Leigh Ann trata de atar cabos–. Tenía la impresión de que te estabas portando muy mal conmigo, ¿sabes? Pero si te gusta, ¿por qué no se lo insinúas?

–Porque soy imbécil. ¡Dios mío, qué vergüenza!

–Con razón –dice Rebecca–. ¿Alguien más piensa que Sophie debería pagar la primera ronda?

La camarera levanta la mano, y todas la imitan; luego nos pregunta:

–¿Os apetece mi especialidad: el flotante de moka? Es café con chocolate y helado. A mitad de precio para vosotras.

–Leigh Ann, lo siento muchísimo. Pero es que… En fin… que formáis la pareja ideal.

–Salvo por un detalle: a ti te gusta él y tú le gustas a él, y a mí no me gusta. Al menos en ese sentido.

–Yo no le gusto.

–No la convencerás, Leigh Ann –comenta Margaret.

–¿Interrumpo algo? –De repente Malcolm aparece junto a nuestra mesa.

Margaret se da la vuelta para mirarlo, y él se señala los zapatos, alegando:

–Suela blanda, la mejor para fisgonear. –Esboza una sonrisa astuta, pero sin malicia.

Husmeo y noto que continúa llevando el mismo producto en el cabello; sigo reacia a depositar mi futuro en unas manos que huelen como el vestuario después de la clase de gimnasia.

–Gracias por venir, sobre todo con tan poco margen de tiempo –le dice Margaret, y le indica la silla vacía.

–No lo habrá seguido nadie, ¿verdad? –le pregunto yo, comprobando que no hay nadie en la puerta.

Mi pregunta le hace reír y, por vez primera, le detecto un centelleo en los ojos, un centelleo que dice: «No soy tan malo como crees».

¿Acaso me he equivocado? ¡Otra vez!

–¡Vaya! ¿Y por qué iban a seguirme? No tenía ni idea de que me había adentrado en un submundo tan turbio.

–Está un poquitín nerviosa, ¿sabe? –comenta Margaret–. En realidad solo hay una persona que preferiríamos que no supiese nada de esta reunión. Sophie ha tenido una mala experiencia esta mañana por culpa de algo que ocurrió anoche.

–A ver si lo adivino: Gordon Winterbottom.

–¿Cómo lo sabe? –Tal vez pueda ayudarme.

Malcolm suelta otra risita, y explica:

–De todos los que estábamos presentes anoche, es el único que no querría que me siguiese. Es lógico que te preocupe el señor diácono. De hecho, también a mí me preocupa por razones que no vienen al caso en este momento. Pero decidme, ¿de qué mala experiencia se trata?

–De acuerdo –claudica Margaret–, le contaremos una cosa porque necesitamos su ayuda, pero no sé si podremos compensárselo; así que nos arriesgaremos, suponiendo que hará usted lo correcto.

–Antes de que empecéis –plantea Malcolm, entrelazando las manos sobre la mesa frente a nosotras–, ¿estáis seguras de que queréis que haga lo correcto, o de que haga una cosa concreta? ¿Las dos opciones coinciden y son lo mismo?

¡Ay! Si le da por llamarnos pequeños saltamontes, me marcho.

La maestra del zen Margaret expone el caso:

–Se lo explicaré. Tal como yo lo veo, se trata de hacer lo correcto. Sin embargo, si mi visión de los hechos está equivocada, cabe la posibilidad de que lo que es realmente correcto y lo que queremos, basándonos en la información que ahora tenemos, no sean la misma cosa.

–Me parece justo. Chicas, me estoy aventurando mucho y supongo que todo esto tiene relación con el objeto del que hablamos el sábado pasado en el Met; un objeto muy bien descrito por vuestro joven amigo como «la materia de la que están hechos los sueños». ¿Acierto? –Asentimos, y continúa–: Y voy a aventurarme un poco más al suponer que nuestro mutuo amigo, el señor Winterbottom, manifiesta gran interés por dicho objeto.

–¿Le comentó algo al respecto?

–¡Oh, no! Gordon es demasiado inteligente para hacer eso. Hay un detalle sobre él que no sabéis: desde que os conocí en casa de Elizabeth y me enteré de lo que andabais buscando, temí que se produjese esta situación.

–¿Por qué?

–Porque cada vez que visitabais a mi exposa, él se enteraba de todo.

–¿Cómo? ¿Colocó micrófonos en la casa o algo así?

–No, no se trata de nada tan sofisticado. Lo que tiene es una espía; alguien «infiltrado», como dirían vuestros espías. Se trata del ama de llaves de Elizabeth, Winifred…

–¡Lo sabía! –grito.

–Es la mujer de Gordon.

—¿Su mujer? —se asombra Margaret—. Creíamos que Winifred trabajaba para usted. Además, ¿no es mucho más joven que él?

—Gordon es más joven de lo que parece.

—Por consiguiente, no va de farol. Lo sabe todo. —Margaret se muestra preocupada.

—¿Qué es lo que sabe, exactamente?

—Que encontramos el anillo.

Malcolm se endereza, poniendo los ojos como platos, y suelta montones de preguntas:

—¿Lo encontrasteis? ¿Cómo? ¿Dónde? ¿Dónde está? ¿Puedo verlo?

Margaret le cuenta la versión abreviada, y después me obliga a explicar los detalles de mi encuentro privado con Winter*bote.*

—Hemos de entrar en la iglesia cuando sepamos con seguridad que no hay nadie —dice Margaret—. Y ahí es donde encaja usted.

—Ya entiendo. Y si no me equivoco, lo «correcto» que queréis que haga es ayudaros a recuperar el anillo y dárselo a mi exmujer.

—Algo así.

Malcolm se frota la barbilla, paseando la mirada sobre nosotras cuatro. Al fin expone:

—¿Y si os digo que tengo una solución mejor y más equitativa? ¿Por qué no le damos el anillo a Caroline? Al fin y al cabo, y por lo que me habéis dicho, iba a ser un regalo de cumpleaños para ella. Os aseguro que estará eternamente agradecida de recibir ese último regalo de su abuelo.

—No sé, no sé —replica Margaret—. De hecho, se lo hemos prometido a Elizabeth. Dudo que podamos…

—Permíteme que yo me encargue de eso. Lo cierto es que esta reunión me ayuda a entender la conversación que he tenido con Elizabeth esta misma mañana, pues parece que, después de quince años, siente la urgente necesidad de hablar de nuevo con nuestra hija. Es muy curioso, pero mantuvimos un encuentro amabilísimo, el más educado desde hace muchos años. De modo que, aparte de encontrar el anillo, tal vez consigáis que la familia se reconcilie.

Margaret y yo nos miramos de reojo, reprimiendo sendas sonrisas. Malcolm ha jugado la «carta familiar».

–Si la señora Harriman está de acuerdo, nosotras también.

Concluida la conversación, Becca y Leigh Ann se acercan al mostrador a pedir una segunda ronda de flotantes de moka, y Margaret va al baño, de modo que me dejan sola con Malcolm.

Él se inclina un poco hacia mí y me dice en voz baja:

–Tengo una idea, señorita Saint Pierre; sería una forma de rematar el episodio con cierto salero: se me ocurre una representación teatral llena de inspiración, pero necesito que actúes de protagonista. ¿Tu capacidad como actriz estará a la altura de las circunstancias?

Yo también me inclino un poco, asiento con entusiasmo y sonrío, mientras Malcolm me cuenta su plan, que acordamos mantener en secreto.

Cuando las demás vuelven a la mesa, él me guiña un ojo y nos dice que nos vayamos a casa, nos relajemos un par de horas y esperemos a que nos envíe un correo electrónico. Estrechamos la mano de nuestro sorprendente y nuevo co-conspirador, que tiene un detalle realmente encantador: ¡paga la cuenta!

CAPÍTULO 32

En el que comprendo que las mansiones de oro, los superpoderes y los Maserati no son nada en comparación con los buenos amigos

Cuando salimos del Perkatory, pasadas las cinco, estamos de mucho mejor humor, pero sobre todo volvemos a ser un equipo, aunque Rebecca se niega a llevar puesta la chaqueta fuera del colegio. Como la *artiste* que es, siente la necesidad de subrayar su individualidad poniéndose una vieja cazadora vaquera llena de manchas.

Me sorprende, y en cierto modo me preocupa, que tanto mi padre como mi madre estén en casa. Él solo está en casa los domingos y los lunes por la noche, y los jueves se encuentra ilocalizable.

–Papá, ¿qué haces en casa? –En cuanto lo digo, me doy cuenta de lo mal que suena.

–¿Qué saludo es ese para alguien que ha tenido la amabilidad de traeros, a tus amigas y a ti, unos riquísimos pasteles? Mejor nos los comemos tu madre y yo.

–¿Petisús? ¿En serio? *Papa, tu es le meilleur.*

–¿Cómo te ha ido? –pregunta mi madre.

–Empecé el día con mal pie, pero fue mejorando. Mamá, tengo las mejores amigas del mundo. Ah, creo que olvidé decírtelo: se quedarán aquí esta noche. El banquete es mañana y aún tenemos que ensayar nuestra parodia. Podrás ir, ¿verdad?

–Por supuesto. Y tu padre intentará escabullirse si no tiene demasiado trabajo en el restaurante.

No tengo ni idea de cómo vamos a darles esquinazo por la noche, sobre todo porque mi padre suele quedarse hasta muy tarde leyendo o viendo la televisión en el salón. Sin embargo, hay suerte porque toca cine esta noche en casa de los Saint Pierre. Mis padres van al cine una o dos veces al año, y hoy es una de esas veladas excepcionales. Le corresponde a mi padre escoger la película y, como es francés, elegirá una extraña, deprimente y extranjera, lo cual significa que irán al centro, donde están los cines «más artísticos», y por lo tanto, disponemos de un margen de unas tres horas para hacer todo lo que tenemos que hacer. Tiempo de sobra, siempre que Malcolm aparezca a una hora razonable.

En cuanto nos amontonamos en mi habitación, Margaret enciende el ordenador para mirar su correo electrónico y encuentra el mensaje:

Queridas niñas de las chaquetas rojas:
¡Despegamos! Puerta roja, 8.45, ¡en punto!
Esperad instrucciones dentro.
MC

Ni una sílaba de más.

–Lo vamos a conseguir, Soph –asegura Margaret, mirándome sonriente.

–Quiero creerte, Margaret.

–«Las grandes hazañas suelen conllevar grandes riesgos», según Heródoto. –No se puede evitar.

Si yo fuese inteligente o leyese los libros que lee ella,

se me ocurriría una réplica adecuada para esa cita. ¿Por qué Elmer el Gruñón o el Pato Lucas nunca dicen nada profundo?

Mi madre se asoma por la puerta de mi habitación, e inquiere:

–¿Va todo bien por aquí? Si tenéis hambre, el padre de Sophie ha preparado sus famosos macarrones con queso; están en el horno, y los petisús en el frigorífico. La película no empieza hasta las nueve y cuarto, así que regresaremos después de medianoche. No os quedéis levantadas hasta muy tarde, ¿de acuerdo? Mañana os espera un día complicado. Margaret, tú que eres sensata, procura que Sophie duerma un poco; no queremos que acabe roncando en el escenario.

–Tranquila, Kate.

–Adiós, «Kate» –me despido de mi madre, dándole un beso en la mejilla–. Que te diviertas viendo esa deprimente película.

–No todas las películas francesas son deprimentes, ¿sabes, Sophie? –dice en tono audible para que mi padre la oiga y, susurrando, añade–: Pero esta parece un plomo. Llevo un cargamento de pañuelos, por si acaso.

En cuanto salen, asaltamos la cocina y devoramos una gran fuente de macarrones con queso que, según Leigh Ann, son lo mejor que ha comido en su vida.

–¡Santo Dios, Sophie! ¿Puedo venir a vivir contigo? Que me adopten tus padres, y a cambio limpiaré la cocina y la tendré como los chorros del oro. Seríamos hermanas. Me parece inverosímil que tu padre haga algo así, porque el mío es incapaz de hacerse ni una tostada.

Es la primera vez que oigo a Leigh Ann hablar de su padre.

–¿Tus padres… ejem, viven juntos?

–No; se divorciaron cuando yo estaba en tercer curso, pero no pasa nada, porque veo a mi padre a menudo. Vive cerca de nuestra casa, en Astoria.

–Tengo una pregunta para vosotras –anuncia Margaret, mientras nos despatarramos por mi habitación–. Conocéis la leyenda del anillo, ¿verdad? Si lo llevaseis puesto, santa Verónica se os aparecería en sueños y haría realidad vuestras plegarias. Pues bien, ahora que vamos a tener el anillo un par de horas, mi pregunta es la siguiente: ¿qué le pediríais? Ha de ser algo factible y bueno; nada de superpoderes, ni una casa de oro macizo o cosas similares.

–¿Y si utilizo los superpoderes para combatir el delito? –pregunta a su vez Rebecca–. Sería algo bueno, ¿no? Y si la gente a la que salve quiere agradecérmelo ofreciéndome una casa de oro…

–Me gustaría que mis padres se reconciliasen –expone Leigh Ann–. Sé que suena a tópico, pero en su caso parece posible. Cuando estaban juntos, todo era mucho más… fácil, no solo para mí, sino también para mi madre. Y a mi padre lo veía más feliz. ¿Es absurdo desear algo así?

Me acerco y, dándole una palmadita en el hombro, le confieso:

–Me parece precioso. No me imagino la vida si mis padres se divorciasen. Becca, ¿y tú qué pedirías? En serio, ¿eh?

–Iba a decir que me gustaría volar, pero supongo que no vale, y lo de la «paz mundial» está muy trillado, así que optaré por algo simple: quiero ver de nuevo a mi padre, aunque solo sea en sueños, y volver a vivir un día junto a él. Yo solo tenía siete años cuando murió; apenas lo recuerdo y nunca sueño con él. Es curioso, pero me acuerdo de cómo olía (igual que su imprenta), aunque no visualizo su aspecto. Eso es lo que me gustaría. Eso y una casa de oro. Y un Maserati. Son guay. Si tuviera alguna de esas cosas, no me importaría no poder volar.

–Como Emily, la de *Nuestra ciudad* –interviene Margaret–. Me refiero a la primera parte, no a lo de la casa de oro y el Maserati. Aunque en su caso, ha de morir para revivir un día de su vida.

–¿Y entonces no sería demasiado tarde? –cuestiona Rebecca, que parece un poco confusa.

–Creo que ese era el mensaje –digo.

Leigh Ann me da un codazo, y me insta:

–Bueno, Sophie. Te toca.

–Oh, creo que todas sabemos lo que quiere –bromea Becca.

–Cállate, Rebecca. Estoy pensando, pero no en lo que tú crees. Margaret, tú primero.

–Si tuviera que decidir ahora mismo, copiaría a Rebecca. Quiero revivir mi octavo cumpleaños; fue la última vez que vi a mi abuelo. Al cabo de un par de meses, nos trasladamos a Estados Unidos, y él murió al cabo de un año. Aquel día lo pasé muy bien: mi abuelo tocó el piano, y todos cantamos y bailamos, ¡y qué comilona! Fue un día absolutamente perfecto.

A veces resulta intimidante tener amigas como las mías.

–¡Caramba! Vuestros deseos son… preciosos. No sé… –musito.

–No intentes escabullirte, Zoltan –amenaza Rebecca.

–Algún deseo tendrás, ¿no? –añade Leigh Ann.

Pienso en el sueño en el que Raf me acompañaba a casa en su descapotable, pero a continuación miro a mis tres mejores amigas. Y entonces sé exactamente lo que más quiero en el mundo.

–Quiero que sigamos siendo siempre amigas y que nada se interponga entre nosotras: ni chicos ni otras amigas, ni que nos traslademos por culpa del trabajo de nuestros padres, la universidad o los estudios.

Soy una ingenua, una boba, una patosa.

Abrazo de grupo.

Cuando nos damos cuenta, son las ocho: hora de ponerse en marcha.

La mariscala Margaret asume el mando de la tropa, y me pregunta:

–Sophie, ¿tienes una linterna? La iglesia estará sumida en la oscuridad.

Revuelvo en un cajón de la cocina hasta que encuentro una linterna barata. La muestro con gesto triunfante, encendiéndola y apagándola.

–Estupendo. ¿Todas lleváis zapatillas deportivas?

–Deberíamos vestir pantalones y jerseys de cuello cisne negros, y tiznarnos las caras. ¿O sería exagerado? –pregunta Rebecca.

–Con la ropa habitual estamos bien –responde Margaret–. Creo que tengo los utensilios que necesito en mi mochila.

–Hay algo que no entiendo –tercia Leigh Ann–: Si ese tal Malcolm va a ayudarnos, ¿por qué tenemos que entrar a hurtadillas? ¿Por qué no cogemos el anillo y nos vamos?

–Sí, buen argumento –corrobora Rebecca–. ¿Por qué preocuparnos por Winter*botas*? ¿Qué nos hará si nuestro colega Malcolm nos acompaña?

Sonrío para mis adentros. Sé muy bien por qué, pero no voy a decirlo, al menos de momento. En cambio, opino:

–Tendrá sus buenas razones. Tal vez tema que Winter*bruto* llame a la poli, por ejemplo. ¡Vamos, en marcha!

Llamamos al timbre a las nueve menos cuarto en punto, y abre la puerta la señora Harriman en persona, vestida con una falda estampada de tonos anaranjados que rechina con su chaqueta roja; enseguida se pone a hablar por los codos.

–¡Hola, chicas! ¿A que es emocionante? Me siento como un personaje de una novela de espías. Me he puesto la chaqueta roja para que nos dé buena suerte. Malcolm me lo ha explicado todo. No sé qué haré con Winnie cuando esta aventura acabe. A decir verdad, nunca me ha gustado cómo limpia; jamás mueve los muebles para pasar la aspiradora. ¡Ni una sola vez! Entrad, os haré un té.

Margaret la acompaña a la cocina.

–Malcolm, ejem, el doctor Chance dijo que esperásemos instrucciones. ¿Vendrá?

–Oh, claro que...

La interrumpe alguien que llama a la puerta del piso de arriba.

–¡Debe de ser él! Sophie, ¿te importaría abrir la puerta?

–Claro. –Subo la escalera corriendo. De pronto me domina el pánico; ¿y si es Winterbottom?

Conteniendo la respiración y sin atreverme a mirar, abro la puerta. Es el padre Julian, muy sonriente y con un aspecto de lo más juvenil: lleva vaqueros y una sudadera de la Universidad de Fordham.

–Volvemos a coincidir, señorita Saint Pierre.

–Padre Julian. No esperaba... Bueno, no sabía lo que esperaba, pero usted no estaba en la lista. Entre, entre; todas están abajo.

El padre Julian toma asiento en el salón, y nos dice:

–Antes de nada, permitidme que os manifieste mi admiración. ¡Guau! ¡Vaya aventura la vuestra, chicas! El doctor Chance me ha puesto al tanto esta tarde y me ha pedido que os eche una mano. Él tomará parte en la reunión del consejo parroquial, que empieza dentro de unos minutos y a la que también asistirá el señor Winterbottom, quien estará así fuera de circulación una hora por lo menos. Malcolm Chance tiene intención de mantener con él un largo debate sobre la importancia de conservar los tesoros de la iglesia. Mis instrucciones consisten, pues, en llevaros al templo a las nueve en punto. Cuando estemos dentro, habrá que trabajar rápido; no sabemos con certeza cuánto tiempo podrá el doctor Chance entretener al diácono. Sophie, me he enterado de la charla que tuviste con él esta mañana y siento muchísimo que te hayas visto en semejante trance. Pero te aseguro que nos encargaremos de ese personaje.

Margaret ayuda a la señora Harriman a servir el té, y le pregunta:

–Elizabeth, cuando encontraste la felicitación en el libro de poesía, ¿imaginaste que ocurrirían tantas cosas?

–No, pero ¡me encantan las sorpresas! Esta pequeña aventura me ha hecho regresar a mi propia niñez y a los viajes con mi padre. Y lo mejor de todo es que os he conocido a vosotras.

–Me muero de ganas de tocar el anillo –afirmo–. Al fin y al cabo, alguien lo creó hace casi dos mil años. Pensad en lo diferente que era la vida entonces.

–Tal vez no fuera tan diferente como te parece –opina la señora Harriman–. Cuestiones de familias, amor, vida, peleas, muerte... Esas cosas no han cambiado tanto.

El reloj de péndulo da la hora en el vestíbulo; son las nueve.

El padre Julian se levanta y, observándonos a todas, inquiere:

–¿Estáis preparadas?

Entrecruzamos nuestras miradas y asentimos con energía. Elisabeth nos desea suerte, y el sacerdote nos guía por la escalera hasta el pasadizo.

CAPÍTULO 33

A veces basta con un pequeño escupitajo

Bajamos por la escalera de atrás, cruzando los dedos para no encontrar ningún obstáculo. Margaret y el padre Julian van delante, y nos detenemos al llegar ante nuestra vieja amiga: la puerta del cáliz en la vidriera. Margaret respira hondo, gira el pomo y abre la puerta. Ha llegado el momento de la verdad. La iglesia está sumida en la oscuridad, pues aunque hay unas cuantas «lamparillas» encendidas en sus soportes, la tenue luz que proyectan es absorbida por los fríos muros de piedra. Las imágenes de Jesús, María y los santos parecen revivir cuando las sobrepasamos, ya que extienden los brazos hacia nosotros mientras nuestras sombras se deslizan ante ellas.

Nuestros ojos se acostumbran poco a poco a la penumbra, y distingo al padre Julian, que nos hace señas para que nos acerquemos. Me late el corazón como si fuese a salírseme del pecho.

Margaret también nos indica que no nos detengamos, y determina:

—Vamos a hacerlo ya.

Todo el mundo, incluido el padre Julian, calza zapatillas deportivas, así que caminamos en silencio desde la puerta hasta el altar. Sin embargo, nuestros esfuerzos resultan vanos cuando se me cae la linterna que, de inmediato, se rompe en mil pedazos, mientras las pilas ruedan a toda velocidad por el pulido suelo de mármol. Es inimaginable lo mucho que resuena el eco entre esos muros. Las pilas siguen y siguen rodando, y yo me encojo de vergüenza. Por fin, gracias a Dios, se detienen.

–Por favor, decidme que no era la única linterna –susurra el padre Julian cuando nos agachamos, esperando no se sabe qué.

Margaret, siempre la perfecta líder de las exploradoras, me da una palmadita en la espalda, animándome:

–No pasa nada, Soph. Tengo una linternita en mi llavero; lo compré después de aquel día que estuvimos con Raf.

¿He comentado alguna vez la suerte que tengo en cuestión de amigas?

–Muy bien, ¿qué pata es? –pregunta el padre Julian después de examinar la mesa del altar.

–Esta de la derecha –responde Margaret–. Se halla justo encima de la intersección de las cuatro baldosas. Basta con que la retiremos treinta centímetros; será suficiente para conseguir levantarlas. ¿Qué le parece? ¿Podremos hacerlo?

Rebecca empuja la mesa, pero no se mueve ni un milímetro.

–¡Dios mío, en mi vida había visto una mesa como esta! –se queja–. No hay manera.

–Tenemos que levantarla y empujar al mismo tiempo. –Espero que mi actitud positiva compense el desgraciado incidente de la linterna.

Al padre Julian le parece bien, y comenta:

–Creo que Sophie tiene razón. Vamos a intentarlo.

Los cinco nos colocamos a un lado del altar.

–Uno, dos, tres, ¡EMPUJAD! –ordena Margaret. Es como si hiciéramos fuerza sobre el muro exterior de la iglesia.

–Estoy resbalando –advierte Rebeca, mirándose las suelas de las zapatillas–. Creo que han dado cera al suelo o algo así.

Al notar que los pies se me deslizan sobre el pulido mármol, añado:

–Yo también. Necesitamos saliva.

–¿Cómo dices? –A pesar de la oscuridad, veo la expresión escandalizada en el rostro del padre Julian.

–Que necesitamos saliva: escupís en las suelas de las zapatillas o en el suelo, y después las frotáis contra la saliva; así se vuelven pegajosas. Los jugadores de baloncesto lo hacen siempre.

–¿No os parece que deberíamos salir del altar para hacer eso?

–¿Qué? ¡Ooooh! Sí, claro. Lo siento. No me di...

–Bueno, no pasa nada. Vamos a probar.

Hay que ver cómo cambia todo con un poco de tracción. No vamos rápido ni llegamos muy lejos, pero entre gruñidos y quejas, empujando y empujando, logramos mover aquella monstruosidad lo suficiente para despejar las cuatro baldosas. Cuando nos arrodillamos junto a ellas, el padre Julian nos hace una seña para que nos callemos y echa un vistazo a la iglesia; luego se santigua. Tras un rápido intercambio de miradas, lo imitamos. (Al fin y al cabo no hacemos daño a nadie).

Margaret palpa el borde de la primera baldosa de piedra pulida, buscando un punto por donde agarrarla.

–¡Jo, qué encajada está! Pero no hay cemento entre

los bordes. –Abre la mochila y saca una herramienta metálica plana, uno de cuyos extremos es curvado.

–¿Qué es eso?

–No sé cómo se llama; sirve para abrir botes de pintura y cosas así. Supuse que nos sería útil.

–¿Qué más llevas en la mochila? –pregunta, asombrado, el padre Julian.

Soltando un bufido, Rebecca enumera:

–Una carretilla elevadora, un reactor nuclear en miniatura, una piscina hinchable, un garfio, una barra de labios con una pistola espacial…

Margaret desliza el extremo más delgado de la herramienta metálica en el interior de la grieta más ancha. A continuación, con gran suavidad, hace palanca, desplazando la herramienta de un lado a otro y metiéndola debajo del borde. Rezo (como el padre Julian, estoy segura) para que la baldosa no se rompa. ¿Acaso Margaret llevará una pieza del mismo mármol en su mochila mágica?

–Ya está –dice cuando consigue levantar un poco el borde de la baldosa–. Un poquito… más… ¡La tenemos! –Los ojos le brillan de emoción.

–¡Cuidado! –aconseja el sacerdote.

Margaret mete las manos bajo la baldosa, y el padre Julian y ella la desplazan.

Todos estamos de rodillas, casi entrechocando las cabezas en lo que parece una extraña ceremonia religiosa. Rebecca enfoca la luz hacia el agujero donde la baldosa ha estado veinte años sin que nadie la tocase. Margaret palpa con las manos el hueco, pero no hay nada.

–Todo va bien –asegura Margaret sin decepcionarse–. Se trata de la primera baldosa; nos falta comprobar las otras tres. Puede estar debajo de cualquiera de ellas.

–Al menos las demás serán fáciles de mover –observa Rebecca–. La primera es la más difícil.

De pronto se enciende una luz en la sacristía, junto al altar, y nos quedamos inmóviles. Se oyen voces, voces masculinas, y muy cerca.

–Rápido, debajo de la mesa –dice el sacerdote, y por segunda vez en veinticuatro horas, me encuentro escondida debajo del altar de la iglesia de Santa Verónica. Como somos cinco, estamos muy apretujados. Leigh Ann está prácticamente encima de mí, y siento su aliento en mi nuca, mientras unos pasos se aproximan.

–¿Lo ves, Gordon? No hay nadie. –Es la inconfundible voz de Malcolm Chance–. Está tranquilo como una iglesia. –Se acerca al altar, y uno de sus zapatos cubre la esquina del hueco de la baldosa que acabamos de retirar.

–Te aseguro que he oído algo –insiste Winterbottom.

–Todo está cerrado a cal y canto. Comprobé las puertas personalmente. Lo más probable es que fuera ruido de la calle. Volvamos. Tengo que repasar otras cuentas contigo; creo que ha llegado la hora de reformar el convento, y necesitamos recaudar dinero.

Winter*botijo* gruñe. Me doy cuenta de que no le convence la explicación de Malcolm, pero obedece. Esperamos hasta que se apaga la luz y se cierra la puerta tras ellos antes de osar movernos.

–¡Qué cerca han estado! –El padre Julian respira a fondo.

Coincido con él plenamente y corroboro:

–Sí, vamos a acabar con esto y salgamos de aquí cuanto antes.

Margaret desliza la herramienta de pintor bajo la segunda baldosa, y la levanta enseguida. En el centro del cuadrado hay otro cuadrado, de unos cinco centímetros de lado, cuidadosamente enterrado debajo de las baldosas. El hueco tiene la profundidad suficiente para contener un pequeño estuche de joyas, como los que se usan para guardar anillos.

–¡Rayos! –exclamo–. Lo siento, padre.

–No, no; coincido contigo. ¡Rayos y centellas!

–Ábrelo de una vez –sisea Rebecca.

–Padre Julian, le corresponde el honor –dice Margaret.

–No, ni pensarlo. Vosotras habéis hecho todo el trabajo. Os lo merecéis.

–Ábrelo, Margaret –susurro.

Ella extrae la caja del agujero y la sostiene bajo la luz para que todos la veamos. La sujeta con ambas manos y levanta la tapa con cuidado.

Encajado en el forro de terciopelo morado hay un anillo igual al que vimos en el Museo Metropolitano de Arte. Es perfecto: el oro y los rubíes brillan y centellean a la luz de la minúscula linterna de Margaret.

–Es asombroso –exclama Leigh Ann, mirándolo boquiabierta.

–La materia de la que están hechos los sueños... –afirmo–. ¿Qué opinas, Margaret?

–Creo que es lo más bonito que he visto en mi vida.

–Tenemos que salir de aquí. –El padre Julian rompe el hechizo–. Hay que poner las baldosas en su sitio, y espero que nos quede fuerza para colocar de nuevo la mesa.

Margaret coge una baldosa y cuando está a punto de encajarla, se lo impido.

–Espera. Tengo que hacer una cosa. –Busco en el bolsillo de mis vaqueros y saco un trocito de cartulina doblado.

–¿Qué es eso?

–Un mensajito amistoso.

–¿Para quién? –pregunta Margaret.

–¿Para quién va a ser? Para el señor Winter*tonto*, por supuesto. Margaret, no creerás que hemos acabado con él, ¿verdad?

–Bueno, suponía que…

–¿Que cuando tuviésemos el anillo ya habríamos terminado? Tenemos una oportunidad de oro (la metáfora es intencionada en este caso) de crearle dificultades al bueno de Winter*bobo*. Es una cosilla que hemos tramado Malcolm y yo. Dame el estuche del anillo.

–¿Por qué?

–No preguntes. Dame el estuche, y confía en mí; sé lo que hago.

Margaret retira con mucho cuidado el anillo, de dos mil años de antigüedad, de la ranura del forro de terciopelo, y me entrega el estuche vacío. Les doy la espalda para que no vean lo que hago, cierro la tapa y le devuelvo la cajita a Margaret con una sonrisa satisfecha.

–Ya está.

Margaret coloca el estuche en el hueco del suelo y encaja con precisión las dos baldosas. Cuando termina, me mira y, a su vez, me dedica una sonrisa maliciosa.

La mesa del altar parece más ligera la segunda vez que la movemos. ¿Será la adrenalina que nos robustece a todos? Pero en lugar de colocarla en el punto exacto en el que estaba, los convenzo para que la pongamos de tal forma que se pueda acceder al escondite del anillo. A continuación recogemos los fragmentos de linterna rota y echamos un vistazo por última vez. No se nota ninguna alteración.

Después de traspasar la puerta del cáliz (la «puerta

del Santo Grial», como la llama Rebecca), le damos de nuevo las gracias al padre Julian y subimos la escalera hasta la puerta de la señora Harriman.

–¡Misión cumplida! –grito cuando nos abre.

Su rostro reluce y nos abraza a todas, dándonos las gracias innumerables veces. Le enseñamos el anillo, y se le escapan las lágrimas, solo unas poquitas, pero bastan para que nos dé pena y procuremos consolarla.

–¡Oh, no, niñas, no lloro porque esté triste! Este pequeño anillo significa mucho. Mi padre, mi hija... Y mi nieta. Incluso Malcolm, ese viejo tonto. Pero mira quién fue a hablar. ¡Qué estúpida he sido! A lo mejor he esperado demasiado...

A todo esto, suena el timbre, y Elisabeth reacciona, se seca las lágrimas y se detiene ante el espejo para retocarse el maquillaje. Es Malcolm, que le da un fugaz beso en la mejilla, y enseguida nos hace señas, alzando las manos y arqueando las cejas. Sin duda adivina, gracias a nuestros resplandecientes rostros, que lo hemos logrado, pero aun así pregunta:

–¿Qué tal?

–Justo donde yo dije que estaría –afirma Margaret, llena de orgullo.

–Magnífico. ¿Puedo verlo?

–Naturalmente. No lo habríamos conseguido sin usted.

–Cuando se encendió la luz en la iglesia, creí que estábamos perdidas –digo.

–Vosotras y también yo –ríe Malcolm–. ¿Qué fue ese horrible ruido? Parecía como si alguien le hubiese dado una patada a un cubo lleno de canicas.

–A Sophie se le cayó la linterna.

–Es muy hábil –bromea Rebecca.

–Bueno, no pasó nada. Solo fueron unos momentos

de nerviosismo. –Acerca el anillo a la luz y lo admira–. Es todavía más hermoso de lo que recordaba. –Y se lo devuelve a Margaret, diciéndole–: Lo has encontrado tú; te corresponde custodiarlo un día más.

–¿En serio? –Lo sostiene, muy al estilo Frodo, en la palma de la mano.

–Totalmente. Tengo entendido que vais a participar en una obra de teatro mañana por la noche en el colegio, ¿no es cierto? Muy bien. Pues Elizabeth y yo asistiremos. –La mira y, sonriendo, añade–: En calidad de invitados muy especiales.

–Gracias, Malcolm. –Los ojos de la señora Harriman se llenan de lágrimas otra vez.

–Cuando la representación termine, venid a vernos. Creo que entonces será el momento más adecuado para dar el anillo directamente a su legítima dueña.

–Se refiere…

–Mañana. Pero en este momento, si no me equivoco, deberíais estar durmiendo, jovencitas. Esta debía ser una velada escolar y no sois precisamente delincuentes, ¿verdad?

–¡Qué va! Somos buenísimas –afirma Rebecca.

Cuando nos dirigimos a la puerta, doy un codazo a Malcolm.

–¿Sigue en pie lo de mañana?

–Ah, el golpe de gracia. ¡Por supuesto! Ve a ver al señor Winterbottom a la siete en punto, como te indiqué. Doy por sentado que anoche en la iglesia todo discurrió según lo previsto, ¿no?

–Fue perfecto. Salvo la rotura de la linterna.

–¿De qué estáis hablando, Sophie Saint Pierre? –quiere saber Margaret, encarándoseme–. ¡Después de todo lo que hemos pasado juntas! ¿Me ocultas algo?

–Solo un detallito. Dentro de nada lo verás.

–¿Y cuándo se concertó todo esto?

–En el Perkatory, cuando Leigh Ann y Becca fueron al mostrador y tú al baño.

–Me está bien empleado. Las cosas más interesantes siempre ocurren cuando una va al baño.

CAPÍTULO 34

En el que ofrezco la actuación de mi vida. ¡Que suenen los aplausos!

Salimos corriendo de casa de la señora Harriman y llegamos a la mía a las diez y cuarto. Hablo con Kevin, el portero, para preguntarle si han llegado mis padres y le pido que no les diga nada de nuestro tardío regreso. Ellos se presentan pocos minutos después; resulta que cambiaron de idea con respecto a la película y prefirieron irse a cenar. Si hubiéramos estado cinco minutos más en casa de Elisabeth o hubiésemos ido a tomar una pizza (como sugirió la siempre hambrienta Rebecca), nos la habríamos cargado.

Nos va a costar mucho dormirnos, aunque todas estamos agotadas. El anillo pasa de mano en mano; nos gusta admirarlo puesto en nuestros dedos mientras recordamos la aventura. Entre la medianoche y la una de la madrugada empezamos a serenarnos, pero antes de que nos domine el sueño, tenemos que tomar una decisión muy importante: ¿cuál de nosotras dormirá con la alianza puesta?

Rebecca baraja un mazo de cartas varias veces, y a continuación lo extiende en el suelo. Leigh Ann escoge el cinco de corazones, Rebecca la jota de picos, y Margaret el dos de diamantes. Cojo una carta y le doy la vuelta: el rey de diamantes. ¡Tachán!

–¿Todas de acuerdo? –pregunto.

–Por supuesto –afirma Margaret–. Si la leyenda del anillo es cierta, seremos amigas siempre.

A las tres cuarenta y cuatro me incorporo de repente. Juraría que alguien me ha sacudido para despertarme, pero Margaret, que está a mi lado en la cama, duerme profundamente, igual que Leigh Ann y Rebecca en el colchón hinchable en medio de la habitación. Me saco el anillo, lo deslizo en el índice de la mano izquierda de Margaret, me doy la vuelta y me duermo de nuevo.

El timbre del despertador nos interrumpe el sueño. Margaret y yo nos incorporamos a medias y lanzamos nuestras almohadas a Rebecca, que tiene la cabeza enterrada debajo de la suya.

Poco después Leigh Ann también se incorpora. Aún es más guapa por las mañanas, ¡qué rabia!

–Esto… Sophie.

–¿Qué?

Levanta la mano izquierda, confundida: tiene el anillo en el dedo corazón.

–¿Me has puesto…?

–No he sido yo. –Me rasco la cabeza, tratando de recordar los hechos de la noche anterior–. Ha ocurrido algo muy extraño: me acuerdo de que me he despertado a las tres cuarenta y cuatro porque he consultado el reloj para comprobarlo; entonces me he quitado el anillo y se lo he puesto a Margaret en un dedo. Pero lo curioso es que no recuerdo haber pensado: «Tengo que dárselo a Margaret», ni nada parecido; lo he hecho sin más. Como si fuera algo automático, o como si estuviese programada para actuar así.

–Se me ha puesto la carne de gallina –confiesa Margaret–. ¡Porque a mí me ha ocurrido exactamente lo mismo! Me he despertado a las cuatro treinta y siete y se lo he colocado a Rebeca en un dedo. Pero ahora que lo pienso, ni siquiera me ha extrañado que yo lo llevara puesto; también lo he hecho sin más. Y luego he tenido un sueño…

Rebecca se aparta lentamente la almohada de la cara y, entrecerrando los ojos a causa de la luz, explica:

–A mí me ha ocurrido lo mismo a las cinco diecinueve. Creía que estabais haciendo el tonto porque me ha dado la impresión de que alguien me sacudía. Y le he pasado el anillo a Leigh Ann.

–¡Qué locura! –exclama esta, contemplándolo–. Cuando ha sonado el despertador, estaba soñando. Apenas recuerdo nada, pero me parecía algo muy real. Y tengo la extraña sensación de que todavía no ha terminado; sé que volveré a revivir ese sueño.

Nos miramos y asentimos. Sabemos muy bien de qué habla.

Definición de caos: cuatro chicas intentando arreglarse al mismo tiempo, antes de ir al colegio, en un piso con un único cuarto de baño. Por suerte, mi padre sigue durmiendo; de lo contrario, le daría un ataque de nervios en medio de semejante confusión y ajetreo. Mi madre nos hace el desayuno pero, por su propio bien, se quita de en medio.

A las seis y media anuncio:

–Hay que ponerse en marcha, chicas. Mamá, gracias por el desayuno; ya nos veremos en el banquete de esta noche, ¿vale? Papá también irá, ¿verdad?

–Ha quedado en recogerme a las siete y media. Le he dicho que vuestra parodia es la primera y que si llega tarde, se la perderá, pero me ha asegurado que llegará a tiempo. ¿Queréis explicarme por qué habéis de estar en el colegio a las siete de la mañana?

–Tenemos otro… trabajo escolar que debemos acabar. Hay que entregarlo hoy y nos quedan algunos detalles pendientes.

–De acuerdo, pero tened cuidado; aún es de noche.

–Vamos juntas, mamá; no nos sucederá nada. Hasta esta noche. –La beso cuando voy hacia la puerta, y salimos de mi casa.

Destellos rojizos y anaranjados cubren el cielo del East River y el ambiente es fresco y despejado. Tenemos tiempo de sobra para llegar a la iglesia, donde he quedado con Winterbottom, así que decidimos ir andando. En la puerta del Perkatory, me despido de mis tres amigas, asegurándoles que me reuniré con ellas antes de que hayan acabado de tomar sus cafés.

–¿Tienes claro que no quieres que te acompañemos? –cuestiona Margaret, cruzándose de brazos.

–No, no; tranquilas. No me ocurrirá nada. Sí, se va a enfadar, pero ¿qué puede hacer? Solo necesito esa pequeña herramienta que usaste anoche para levantar las baldosas.

Margaret la busca en su mochila y me la entrega.

–Suerte. Y recuerda que debes tener cuidado para que no se te rompan.

–Vale. Despacito y buena letra.
–Por cierto, Soph... Que no se te caiga nada.

Gordon Winterbottom me aguarda en el vestíbulo del templo, caminando de un lado para otro con una expresión angustiada en su asqueroso rostro. No hay nadie más: ni guardia de seguridad, ni obreros de la construcción, ni ancianitas que esperan que empiece la misa. Solo yo y el Bruto Codicioso.

–¿Preparada? –Por lo visto no vamos a perder el tiempo con galanterías.

Me toca salir a primer plano. Silencio, se rueda.

–Síii, estoy preparada. Acabemos con esto de una vez, señor, se lo ruego, para que pueda recuperar mi mochila y largarme de aquí. No quiero meterme en dificultades; ni siquiera me importa el estúpido anillo.

–Pero sabes exactamente dónde está, ¿verdad?

–Yo... sé dónde se supone que está según los cálculos de mi amiga. Pero tal vez no sea tan lista como se cree. A fin de cuentas han pasado veinte años, y en tanto tiempo pueden haber ocurrido muchas cosas. –Caminamos por el pasillo central de la iglesia; con el rabillo del ojo veo un fragmento de la linterna que se me cayó, y me hace gracia. También me parece ver la sombra de alguien detrás de la puerta, ya familiar, del cáliz en la vidriera, como si estuviese acechando. ¿Amigo o enemigo? Saco una hoja de libreta con notas garabateadas que finjo estudiar con gran seriedad, y acto seguido monto el espectáculo, contando las baldosas hasta que por fin llego al recuadro por excelencia–. Si los cálculos son correctos, el anillo debería estar debajo de esta baldosa. ¿Quiere que la levante? He traído una pequeña herramienta. ¿O prefiere hacerlo usted?

Winterbottom lo piensa mientras su expresión cambia a toda velocidad, y acaba gruñendo:

–Hazlo tú. ¡Venga, rápido!

Inserto el filo de la herramienta en la grieta que hay entre las baldosas, como hizo Margaret, y lo desplazo con suavidad a uno y otro lado hasta que consigo levantar un poco el azulejo. Cuando introduzco los dedos para retirarlo, él se arrodilla, se pone a gatas y me da un empujón, para acabar el trabajo personalmente. Me levanto y me aparto unos centímetros para ver la expresión que pondrá al abrir la caja.

Los ojos le resplandecen de emoción al meter la mano en el agujero y encontrar el estuche que contiene su tesoro. Lo abre sin levantarse y se queda boquiabierto, un poco al principio y luego, cuando comprende la terrible realidad, cada vez más. Entre temblores y espasmos, sostiene mi anillo mágico de cuatro pavos estilo años setenta, en lugar del ansiado anillo de Rocamadour. La piedra adquiere un tono gris mortuorio en su mano; la mira con horror un momento y arroja la sortija al suelo. A continuación viene mi parte favorita: desdobla lentamente mi nota, escrita sobre cuatro muñecas recortables que se dan la mano y llevan las chaquetas carmesí de Santa Verónica. Se pone rojo como un tomate, tanto, que en mi vida había visto nada igual (aunque el sashimi de atún se parece mucho). Me mira, y tengo un poquitín de miedo. ¿Va a matarme ahí mismo o ha sufrido un ataque?

Pero ese es mi momento de gloria. Esbozo una sonrisa diabólica y lo fotografío con la cámara de mi móvil que, como yo, tiene las pilas muy, muy cargadas.

–Gracias –digo–. Su expresión no tiene precio, realmente es la materia de la que están hechos los sueños. ¿Qué ocurre, señor Winterbottom? Parece usted disgustado. ¿No es eso lo que esperaba encontrar?

No acierta más que a soltar un gruñido.

–No sé usted, pero yo he averiguado que en la vida hay muchas situaciones como esta. Imaginamos cosas, y cuando por fin encontramos lo que buscábamos con tantas ganas, nos decepciona. Me gustaría saber por qué. Supongo…

–Te crees muy lista, ¿verdad? –Se pone en pie y trata de intimidarme.

Es muy probable que lo consiga.

–La verdad es que sé que soy muy lista. Lo suficiente para engañarlo, asqueroso ratero aficionado. –Cojo mi anillo mágico, que de inmediato resplandece con un saludable y llamativo color morado en mi mano.

–Esto no ha terminado. No olvides que todavía tengo en mi poder tu preciosa mochila.

–¿Te refieres, por casualidad, a esto? –pregunta Malcolm, acercándose al altar con el padre Julian, que sostiene en la mano mi mochila.

El diácono adopta de repente la actitud de una rata acorralada, y exclama:

–¡Tendría que haberme dado cuenta de que estabas metido en esto, Chance! Siempre me tuviste entre ceja y ceja. Por tu culpa Everett Harriman no me dejó nada en su testamento después de veinte años de servicio leal. Ese anillo me pertenece. Lo merezco. ¡Me lo he ganado!

–¿También mereces esto? –Malcolm saca los candelabros de mi mochila y los coloca sobre el altar–. ¿Cuántos tesoros de la iglesia has robado estos años, Gordon? ¿Cuántas desapariciones, que creíamos casuales, de tantos objetos fueron obra tuya?

–¿Cómo te atreves? He dedicado mi vida a Santa Verónica. ¿Crees en serio que el padre Danahey dará más crédito a tu palabra que a la mía después de todo lo que he hecho?

–Dependerá del padre Danahey. Pero con la señorita Saint Pierre y el padre Julian...

–¡Esta delincuente juvenil! –se burla Winterbottom–. ¿Supones que el párroco la creerá después de que fue sorprendida en la iglesia, a altas horas, con los candelabros en la mochila? Y todos sabemos que no era la primera vez...

–Incluso un detective de tercera te diría que el fallo de esa historia es la falta de móvil. ¿Para qué iba a robar dos candelabros de lo más corrientes en apariencia si estaba a punto de descubrir el anillo? Míralos. La chica no conocía su valor; parecen de un bazar chino. No encaja.

La única respuesta de Winterbottom consiste en mirarnos con odio a Malcolm, al padre Julian y a mí. Gira en redondo, se dirige a la puerta principal y, mirando hacia atrás, grita:

–¡Esto no ha terminado!

Claro que su salida habría sido más impactante si no se hubiera detenido en la escalera para encender un cigarrillo. Y mientras está entretenido en ello, Winnie sale como una exhalación por la puerta del cáliz y lo persiguc; los zapatos le chirrían en el suelo encerado. Cuando lo alcanza, la emprende a puñetazos contra él, como un niño en plena pataleta. Un espectáculo absolutamente patético. Casi me compadezco de Winterbottom.

El padre Julian los ve marcharse y mueve la cabeza, apenado. Luego me pregunta cómo me encuentro.

–¡Oh, ahora muy bien! Estaba un poquito asustada

antes de que llegasen ustedes; no me gustaba nada la expresión de ese hombre.

Se agacha, recoge el estuche de la joya y la nota escrita en las muñecas recortables, y me los entrega, diciéndome:

–Recuerdos de tu pequeña aventura.

–A propósito, ¿qué dice la nota? –inquiere Malcolm.

Se la enseño.

QUERIDO SEÑOR WINTERBOTTOM:
LO HEMOS BURLADO, VENCIDO Y PILLADO
CON LAS MANOS EN LA MASA.

EL CLUB DE LAS CHAQUETAS ROJAS

–Precioso. El Club de las Chaquetas Rojas, ¿eh? Me gusta.

–A mí también –asiente el padre Julian–. Suena a «alianza», si se me permite el juego de palabras.

Claro. Pero solo una vez.

Cuando poco después mi mochila y yo entramos en el Perkatory con un aire de lo más normal, mis tres mejores amigas me reciben como a una heroína conquistadora y exigen todo tipo de detalles.

–En realidad fue idea de Malcolm. Hacía mucho tiempo que sospechaba que Winterbottom se dedicaba a robar cosas de la iglesia, pero no podía demostrarlo. Era nuestra oportunidad de apretarle las tuercas. Lo del anillo mágico se le ocurrió a Malcolm, pero esto fue cosa mía. –Extiendo la nota de las muñecas recortables sobre la mesa.

–¡Perfecta! –exclama Leigh Ann.

–Es tan perfecta que siento envidia por no haberlo pensado yo –afirma Margaret, abrazándome.

–Chicas, debe de estar echando chispas –comenta Rebecca–. Eso de que le hayan dado la patada en el culo unas niñas...

–Sí, habría dado lo que fuese por ver su expresión cuando leyó esto –dice Margaret–. Debería enfadarme contigo porque no nos dejaste acompañarte. Al menos podrías haber hecho una fotografía.

–¡Vaya por Dios! –Me doy una palmada en la frente–. ¡Debería haberle hecho una foto! ¿Os imagináis algo más horrible que su cara en el momento de leer la nota?

Todas coinciden; es una pena, una verdadera lástima. ¡Qué fastidio!

Sostengo mi móvil y arqueo las cejas. ¡Corten!

CAPÍTULO 35

No tiene la longitud de un capítulo, pero después de todo lo ocurrido en los dos últimos, necesito un descanso

Confío en que los profesores no expliquen nada vital, porque las clases transcurren con la velocidad de los taxis cuando aprietan el acelerador en un semáforo en ámbar. Aguanto a base de adrenalina y cafeína, habiendo dormido cuatro horas menos de lo normal. Me muero de ganas por dormir un fin de semana entero. Solo queda un obstáculo: el banquete de Dickens; luego podré descansar. ¡Qué maravilloso, fantástico y fascinante es dormir!

Repasamos la parodia por última vez al salir de clase, y Leigh Ann nos declara oficialmente aptas. Rebecca y Margaret tienen que ir a sus casas antes del banquete, y Leigh Ann y yo disponemos de un poco de tiempo para dar una vuelta, entrar en Bloomingdale's, compartir su iPod y hablar de ya sabéis quién.

–¿Has decidido qué harás con ese chico? –pregunta, mientras subimos en la escalera mecánica al departamento de calzado–. La verdad es que me siento un poco responsable de lo que ha ocurrido entre vosotros. Te aseguro que lo lamento mucho, Soph. Debería haber dicho algo cuando me llamó aquel día. Si hubiera sabido...

–No, no; yo me precipité al sacar conclusiones.

–¿Y ahora qué?

–No lo sé. Hace tres días que lo evito. Me ha llamado y me ha enviado correos, pero no he respondido a ninguno de sus mensajes. Seguramente, a estas alturas, me odia.

–Pues yo lo dudo. Cuando deje de telefonearte... entonces sí tendrás que preocuparte. ¿Por qué no lo llamas ya? No pierdes nada.

–¿Y si pierdo la cabeza? Estoy muy nerviosa con lo de la parodia, y cansadísima. Como intente pensar, se me derretirá el cerebro. Si aparece esta noche, cosa que dudo mucho, hablaré con él. Ahora mejor miramos zapatos, para lo cual no hay que pensar.

Bueno, a menos que trates de calcular el coste de unas sandalias monísimas que han rebajado el 25% de su precio original de 34,99 dólares, menos otro 15% adicional, más impuestos. Intento pagarlas con 25 dólares y cruzo los dedos.

¿Y ahora qué? Os preguntaréis qué ocurrirá a continuación. ¿Acaso por primera vez un grupito de niñas de secundaria ganará el concurso de parodias de Dickens? ¿Asistirán Elizabeth y Malcolm, acompañados de su hija Caroline? ¿Se reconciliará la familia? ¿Y Raf? ¿Me sorprenderá asistiendo al espectáculo a pesar de todo? ¿Y qué le diré en ese caso? ¿No sería mejor que reservase todo esto para una segunda parte? Poneos algo rojo y pasad la página para leer otro capítulo. ¡Ah, pedidlo por favor!

CAPÍTULO 36

Este es el que estabais esperando

Se abre el telón, o se sube o como se diga, a las siete y media en punto de la tarde, y el señor Eliot aparece en el escenario vestido con un frac negro, arrugado y apolillado, un polvoriento sombrero de copa y una barba que parece de verdad, para presentar el decimosegundo banquete anual de Dickens del colegio Santa Verónica. Los invitados se sientan en torno a mesas redondas que lucen manteles blancos y vajillas y velas alquiladas, mientras que nosotras esperamos en un pequeño y mugriento espacio situado tras el escenario. Debido al ruido de las veintitantas niñas que se apretujan con nosotras, al zumbido de los ventiladores y al constante tintineo de los cubiertos contra los platos, apenas oímos nada del monólogo inaugural del señor Eliot, una mezcla del «humor» de Dickens y del suyo propio. *C'est la vie.*

Una hora antes, mientras Rebecca, Leigh Ann y yo esperábamos a Margaret en el vestíbulo del auditorio, coincidimos con el señor Eliot y le contamos la gran noticia. Estaba emocionadísimo y quería ver el anillo, pero lo tenía Margaret, que por primera vez llegaba tarde. Cuando por fin apareció, la notamos muy cambiada. Casi no dijo nada, se limitó a responder a nuestras preguntas con monosílabos, y a duras penas logró esbozar una sonrisa forzada cuando Rebecca hizo su genial imitación del señor Eliot. Daba la sensación de que había estado llorando, pero insistió en que se encontraba bien. Margaret no es como yo: mis emociones afloran y todo el mundo las percibe, pero ella reprime las suyas. Cuando llegó el momento de quedarse entre bambalinas, se sentó en un rincón, mirándose las puntas de los zapatos; de vez en cuando sacaba una tarjetita floreada de un sobre, la leía en la penumbra y movía la cabeza lentamente.

Y llega un momento en que ya no lo puedo resistir, y digo:

–Voy a intentarlo.

–¿Quieres que te acompañemos? –pregunta Rebecca.

–Dejadme un minuto a solas con ella. –Me acerco a mi amiga y me siento en el suelo con las piernas cruzadas, delante de ella.

Tras otro minuto de silencio, Margaret dice:

–Soy Pip.

–Ya lo sé. Y yo soy Herbert, y Leigh Ann es Joe.

–No me refiero a la parodia.

–No te entiendo.

–Soy como Pip. –Por fin me mira a los ojos–. No soy buena.

–Margaret, ¿de qué hablas? ¿Se trata de un nuevo método para actores, o es que te ha afectado mentalmente la parodia?

–No; hablo en serio. No deberías ser amiga mía, Sophie. No valgo nada como ser humano.

–¡Qué cosa más ridícula! Eres un ser humano estupendo y la mejor amiga que he tenido en mi vida. ¿De qué va todo esto?

–Léelo. –Me da el sobre.

Saco la tarjeta e intento leerla, pero no entiendo una palabra.

–¿Está en polaco?

–Sí, claro. –Me arrebata la tarjeta–. Me había olvidado.

–¿Qué dice?

–Es un regalo de Navidad anticipado de mi abuela, que regresa a Polonia la semana próxima. ¿Recuerdas el campamento de violín de los Berkshires del que te hablé, ese al que quiero ir el próximo verano por encima de todo? Bueno, pues mi madre se lo contó, y mi abuela ha estado ahorrando hasta el último centavo durante meses. Ayer me matriculó y lo pagó todo. Y lo peor es que mi madre me dijo que incluso había vendido algunas joyas porque no le llegaba el dinero. Mis padres se han ofrecido a devolverle parte de lo que ha gastado, pero ella quería que fuese un regalo especial suyo para su nieta especial. –Las lágrimas bañan las mejillas de Margaret, que tiembla sin apartar los ojos de la tarjeta. Entre sollozos lee–: «Cuando te conviertas en una violinista famosa, seguirás siendo mi pequeña petunia». Me llamaba así cuando vivíamos en Polonia: «su pequeña petunia».

Nuestras amigas se han acercado. Rebecca está a mi lado y Leigh Ann abraza a la inconsolable Margaret.

–¿Y cómo la he tratado yo? Igual que Pip a Joe.

–Margaret, esto es ridículo. Tú no eres mala persona.

–Y además, Pip se vuelve bueno al final –dice Rebecca–. ¡Eh, no me miréis así! He acabado de leer el libro.

–Tiene razón. No digo que seas como él, pero Pip sabe que ha cometido errores e intenta corregirlos volviendo a ser el Pip de siempre, en vez del farsante de Londres. Dijiste que tu abuela estaría aquí otra semana, y tu familia seguramente irá a Polonia en Semana Santa, así que tienes mucho tiempo. Puedes compensarla con creces.

Los tristes y húmedos ojos de Margaret me miran, y balbucea:

–¿De verdad lo crees?

–De verdad.

Una petulante directora de escena aficionada de un curso superior, que lleva una carpeta de pinza en la mano y unos auriculares tipo Britney Spears, nos interrumpe:

–¿Sois las chicas de primero de secundaria? Salís en quinto lugar. ¡Suerte! –Sonríe con suficiencia.

Es justo lo que necesitamos para ponernos en marcha. Formamos un círculo y juntamos las manos en el medio; encima de todo se apoya la izquierda de Margaret luciendo el anillo de Rocamadour.

–¡Por Margaret! –digo.

–¡Por nosotras! –añade Leigh Ann.

–¡Por Frodo! –exclama Rebecca, alzando el puño.

Esperamos detrás del telón, escuchando la presentación del señor Eliot:

–Este grupo de valientes muchachas es el único de secundaria en el programa de esta noche. Han adaptado la escena de *Grandes esperanzas* en la que Pip, que se ha trasladado a Londres para convertirse en caballero, recibe la visita de Joe, su cuñado y mejor amigo desde la humilde niñez de ambos. En muy poco tiempo Pip se ha vuelto muy estirado, y se avergüenza del paleto de Joe. Señoras y señores, ante ustedes Rebecca Chen,

Leigh Ann Jaimes, Sophie Saint Pierre y Margaret Wrobel en... *¡Grandes esperanzas!*

Rebecca tiene el papel más fácil. Interpreta a Biddy, y lo único que ha de hacer es leer como si estuviese escribiendo una carta a Pip, en la que le informa de la inminente llegada de Joe. Luego se queda entre bastidores y se dedica a ver cómo las demás sudamos la gota gorda.

La primera parte de la representación es muy divertida: el pobre Joe no está acostumbrado a llevar ropa elegante ni a codearse con «caballeros», y comete continuas torpezas, lo cual molesta muchísimo a Pip; tampoco sabe nunca qué hacer con el sombrero, y se lo ponga como se lo ponga, se le cae al suelo. Cuenta la historia de un sacristán que ha abandonado la Iglesia («se le subió el vino a la cabeza», según él) para unirse a una compañía de actores ambulantes. El compañero de habitación de Pip, Herbert (interpretado por *moi*), le da a elegir entre café o té, y a Joe le cuesta mucho decidir algo tan sencillo. La representación de la escena es mi segunda mejor actuación del día, en la que consigo mantener el acento británico todo el rato y me marcho del escenario correctamente para dedicarme a contemplar la segunda mitad con Rebecca.

Tras la salida de Herbert, la escena se vuelve más seria a medida que los cambios negativos del carácter de Pip resultan más evidentes. Joe, que se empeña en llamarlo «señor», le explica el motivo de su visita: debe transmitirle el mensaje de la señorita Havisham de que Estella desea verlo. Dicho esto, Joe se levanta y se dispone a marcharse.

–Joe, no pensarás en irte ahora, ¿verdad?

–Sí, me voy –dijo Joe.

–¿Volverás a cenar?

–No, no volveré.

Leigh Ann se acerca a Margaret y le coge la mano. Los asistentes a la cena dejan los cubiertos para escuchar con atención.

–Pip, mi querido amigo –dice Leigh Ann en el papel de Joe–, la vida se compone de muchos fragmentos que se funden, en cierto modo... Entre ellos hay fisuras y debemos aceptarlas. Si hoy alguien ha cometido un error, he sido yo. Tú y yo no somos personas que puedan estar juntas en Londres ni en ningún otro lugar, salvo en la intimidad, en el ámbito de lo familiar y de los sobreentendidos entre amigos. No es que sea orgulloso, sino que pretendo hacer las cosas bien, pero no volverás a verme nunca con esta ropa... No me encontrarás ni la mitad de los defectos si me ves enfundado en mi traje de faena en la forja, martillo en mano e incluso fumando mi pipa... ¡Pero que Dios te bendiga, querido Pip, buen amigo. Que Dios te bendiga!

Leigh Ann acaricia la frente de Margaret (que hace de Pip), se da la vuelta, se aleja y se reúne con Rebecca y conmigo entre bastidores. Margaret se queda sola en el escenario y parece muy afectada por las últimas frases de Leigh Ann. Se dirige entonces al público para pronunciar su breve monólogo final:

«–No me equivocaba al pensar que había una sencilla dignidad en él. Su corte de traje le sentaba tan bien cuando dijo esas palabras como si lo llevase en el mismo cielo. Me acarició con dulzura la frente y se marchó. En cuanto me recuperé, corrí tras él y lo busqué en las calles del vecindario, pero se había ido.»

El público permanece en silencio, como si temiese que, al respirar, se rompa el hechizo.

Salimos al escenario para hacer la reverencia de grupo con Margaret, y el público (incluso las alumnas del curso superior) prorrumpen en vivas y aplausos. Cuando se callan, nos vamos y, prácticamente, chocamos con el señor Eliot, que va a presentar al grupo siguiente.

Salvo a una sustituta abrumada y sin la preparación adecuada de quinto de primaria, jamás había visto llorar a un profesor, pero en ese momento el señor Eliot, que lleva una ridícula barba postiza, tiene los ojos anegados en lágrimas.

–Chicas, no sé qué decir. Supuse que lo haríais bien, pero esto ha sobrepasado todas... las *esperanzas*, si me lo permitís.

Una asociación de ideas muy adecuada.

Otra victoria del club de las chaquetas rojas: ¡ganamos el premio a la mejor parodia! El señor Eliot nos entrega a cada una de nosotras un precioso ejemplar en tapa dura de *Nicholas Nickleby*. Ya le tengo reservado sitio en mi habitación.

Mi madre está orgullosísima, y me llevo una gran sorpresa cuando veo a mi padre. Tenía previsto marcharse después de la representación, pero tras ver nuestra excelente actuación, decide quedarse a la entrega de premios. Me da un fuerte abrazo, y entonces me toca a mí llorar a mares.

Por el rabillo del ojo observo a Margaret, que abraza a su abuela, la coge de la mano y la presenta a todo el mundo. Cuando nosotras cuatro nos reunimos en el centro del auditorio, se nos acercan Malcolm y la señora Harriman, ambos vestidos con trajes de *tweed*.

Elisabeth nos abraza y nos felicita:

–¡Chicas, habéis estado sublimes! En mi vida lo había pasado tan bien; merecíais el premio con toda justicia. Margaret y Leigh Ann, ¿qué os voy a decir? Realmente impresionante.

–Y esta… –Malcolm se aparta, y vemos a una mujer detrás de él.

–Tú debes de ser Caroline –apunto. Es tan guapa que me siento torpe (sigo llevando la ropa y el maquillaje de hombre de la parodia).

–Estás igual, igual que cuando tenías dieciséis años –afirma Margaret.

Caroline se ríe, y los ojos le centellean como los de su padre.

–Sois muy amables. Esta es mi hija, Caitlin.

La niña, que lleva el jersey verde del colegio rival del nuestro, la Faircastle Academy, se aproxima con timidez.

–Encantada de conoceros –dice con un excelente (y auténtico) acento británico.

La señora Harriman no cabe en sí de orgullo.

–Caitlin, te presento a Sophie Saint Pierre, Margaret Wroble, Rebecca Chen y Leigh Ann Jaimes. Estas jovencitas me han sido de gran ayuda las últimas semanas. No sé de dónde han sacado el tiempo para preparar esta representación y hacer todo lo demás.

–Es un placer para nosotras conocerte al fin, Caroline –dice Margaret–. Tenemos una cosilla para ti.

–¿Ah, sí?

–En efecto, un regalo de cumpleaños de tu abuelo.

Elisabeth está en la gloria.

–¿De… del abuelito Ev?

Malcolm le cuenta la historia de la felicitación de cumpleaños, y promete explicarle los detalles más tarde.

Margaret se saca la alianza del dedo y se la ofrece a Caroline, diciéndole:

–Siento que no tenga un bonito estuche, pero es... el anillo de Rocamadour. Bueno, uno de los dos.

Al principio Caroline teme tocarlo. Sin embargo, tras unos instantes, lo coge de la mano de Margaret y lo sostiene bajo la luz para verlo bien. Se lo acerca a la boca y después al corazón; los sentimientos reprimidos a lo largo de quince años afloran en ese momento.

–No sé qué decir. Es sobrecogedor. ¡Qué preciosidad! Y vosotras...

–Todo lo hicieron ellas –aclara la señora Harriman–. Las cuatro amigas son muy especiales.

–Bueno, hemos tenido una ayudita –digo al mismo tiempo que le doy un codazo a Malcolm en plan de broma.

–Tonterías –se burla el padre de Caroline–. No he movido ni un dedo; todo el mérito es vuestro. Y por cierto, tengo una sorpresa para vosotras. Elizabeth me ha informado de cierta situación que podría provocar la separación de las integrantes del Club de las Chaquetas Rojas, como creo que os llamáis. En vista de todo lo que habéis hecho por nosotros, eso sería inconcebible. Peor, sería un escándalo. Así que he estado indagando en la universidad y me he enterado de que hay una plaza de enfermera en nuestra clínica; un puesto que, según creo, es muy similar al que tu madre tenía hasta ahora, señorita Chen.

–Hemos compartido mesa con ella durante el espectáculo –interviene Elisabeth–, y mantenido una agradable conversación. Está muy orgullosa de ti, Rebecca.

–Con mucho gusto la recomendaré –añade Malcolm–. No puedo prometer nada, pero todavía tengo mis influencias en la universidad.

Rebecca abraza a la señora Harriman y estrecha la mano de Malcolm.

–¡Gracias, muchísimas gracias! Es una enfermera de primera.

–Por supuesto. Que me llame si tiene alguna duda.

–Ah, Rebecca –añade Elisabeth–, y no te olvides de decirle que empiezas las clases de arte la semana que viene. –Más abrazos, más gritos de alegría cuando todo se aclara: las integrantes del Club de las Chaquetas Rojas seguirán juntas.

CAPÍTULO 37

Sé que dije un capítulo más y con este son dos, pero es mi parte favorita y además se trata de mi libro, así que ahí va

Nos despedimos de la señora Harriman y de Malcolm Chance, que se ha convertido en una especie de nuestro tío preferido, de Caroline y de Caitlin, que estaría mucho más guapa con una chaqueta roja que con esa prenda verdosa del Faircastle. ¡Huuuuuu! Mientras nos metemos entre bambalinas para cambiarnos de ropa, Margaret me tira de la manga.

—¿Qué ocurre?

—¿No se te olvida algo?

—Creo que no. ¿A qué te refieres?

—A Raf.

—¡Oh, Dios mío, Raf! Me olvidé de él por completo. ¿Está aquí?

Margaret me coge por los hombros y me obliga a girar en redondo.

Raf está apoyado en una pared, con los brazos cruzados. Se me acelera el corazón y me pongo colorada.

—Estoy segura de que me odia. Hemos pasado de él totalmente.

–¿Hemos? –replica Margaret–. Yo hablé con él después de que nos diesen el premio. Tú eres la única que has pasado de él.

–Será mejor que le digas algo –sugiere Rebecca–. Si no lo haces tú, lo haré yo. Esta noche está guapísimo.

–¡Vale, ya voy!

No recuerdo haber cruzado el salón, pero de pronto me encuentro frente a él.

–Hola, ¿qué tal? –digo echándole gracia y entusiasmo.

Raf no responde, se limita a ladear la cabeza y a sonreír... un poquitín. El efecto es demoledor. ¿Sabe lo que me está haciendo?

–Lo siento, Raf. Yo solo...

–¿Qué es lo que sientes?

–Ya lo sabes. No he respondido a tus llamadas ni a tus mensajes en toda la semana; te tomas la molestia de venir hasta aquí para vernos, y no te hago caso.

–Te he traído una cosa –me dice encogiéndose de hombros, y me entrega un ramito de flores envuelto en el papel de la floristería.

Miro el interior del paquete: rosas de color rosa, ¡mis favoritas!

–Gracias. Quiero decir, ¡caramba, qué detallazo! –Abrazo a mi amigo como he hecho miles de veces, pero en esta ocasión es... distinto.

Y entonces sucede: allí delante de Dios, de Margaret y de todo el mundo, me besa.

Al principio estoy tan sorprendida que no cierro los ojos. Y juro que el tópico es cierto: se me doblan las rodillas. Cuando nos apartamos, debo de tener la expresión más estúpida del mundo, y soy incapaz de articular palabra. No puedo dejar de sonreír, sonreír y sonreír... ¡Mi primer beso de verdad!

–¿Estáis bien, chicos? –grita Rebecca mientras corre hacia nosotros con Margaret y Leigh Ann, que se ríen y sueltan incoherencias.

–¡Ya era hora! –exclama Margaret.

La buena de Margaret. Siempre tiene razón.

Caso cerrado.

AGRADECIMIENTOS

Deseo dar las gracias a los numerosos amigos, colegas, familiares y alumnas que me han animado, inspirado y ayudado para que este libro se convirtiese en realidad. Unas cuantas personas merecen dosis mayores de agradecimiento: Rosemary Stimola por su entusiasmo y su buena disposición al repasar los fallos de mi primer borrador, y Cecile Goyette de Knopf por su fe, perspicacia y sugerencias, y por enseñarme unas cuantas cosillas sobre el arte de escribir. Mi agradecimiento también a Beth Gratzer, Erin Flaherty, Joanne Ptak, Ariella Grinberg, Dorothy Luczak, Fabiane deSouza, Saoirse McSharry, Denise Coleman, Tammy King, Steve Holub y Gretchen Bauermeister, lectores de primera hora, firmes examinadores y críticos. Lynn Palmer, dondequiera que estés: sigo intentándolo. Y sobre todo, doy las gracias a mi mujer, Laura Grimmer: la mejor amiga, confidente y conseguidora-jefe durante quince maravillosos e inimaginables años.

¿QUERÉIS MÁS MISTERIOS?

¡ECUD LSHQEA RJSVLE POTCN UVSA ETRS LLBE ACAUTS OAOVRA RNOO NEA VNUA!

HAY QUE SOLUCIONARLO.

El anillo
de Rocamadour
PRIMER TÍTULO DE
El Club
de las
Chaquetas Rojas

se acabó de imprimir
en verano de 2011
en los talleres gráficos de Egedsa
Roís de Corella, 12-16, nave 1
Sabadell (Barcelona)